カテリーナの旅支度

イタリア　二十の追想

内田洋子

集英社文庫

カテリーナの旅支度　イタリア　二十の追想

目次

I　その土地に暮らして

サルデーニャ島のフェラーリ　11
犬を飼って、飼われて　26
大地と冬空と赤ワイン　41
黒いビキニと純白の水着　58
ハイヒールでも、届かない　75
聖なるハーブティー　92
掃除機と暮らす　108
塔と聖書が守る町　124
ヴェネツィアで失くした帽子　139
赤い小鳥の絵　156

II

町が連れて来たもの 175
めくるページを探して 191
四十年後の卒業証書 206
思い出を噛み締めて 221
硬くて冷たい椅子 237
小箱の中に込める気持ち 253
老優と哺乳瓶 271
花のため息 286
ヨットの帰る港 303
バッグに導かれて 320
カテリーナの旅支度 336
文庫版　あとがき

カテリーナの旅支度

イタリア　二十の追想

I　その土地に暮らして

サルデーニャ島のフェラーリ

　夏が終わって、ひと月以上経つ。楽しかった思い出は次第に色褪せて、陽炎の中の光景のように、遠くで揺らめいている。十月の最終日曜日に、夏時間から冬時間へと時計が変わる。すると突然、朝は薄暗く、夕方は早い時刻に日が暮れる毎日が訪れる。ミラノの長くて暗い冬の始まりだ。

　朝から降りしきる雨を眺めているところに電話で呼び出しを受け、友人のミケーレと近所で会うことになった。

「雨続きで、気分が塞ぐ。ジェノヴァに用事があるので、いっしょに行かないか」

　ミケーレが誘った先は、ジェノヴァ港で開催される船舶フェアである。

　ジェノヴァといえば、港。港といえば、この町出身のコロンブス。

　港を埋め尽くす、大航海時代の壮大な帆船を想像し、気分が高まる。

　憂鬱なミラノをあとにして、海へ行くことにした。

ミラノからジェノヴァまでは、車で一時間半である。

雨はポー川を越える頃には上がり、ピエモンテ州の黒々した深い山間部を抜けると、輝く海が目の前に現れた。

ジェノヴァは、海岸線に沿った長細い町である。港といっても一ヶ所だけではない。石油タンクの並ぶ工業港に始まり、貨物船が発着する商業港や大型フェリーがひしめく観光港、一般の船舶の係留港、そして漁港と、港の見本帳を眺めるようである。どの港にも、国籍や種類の異なるさまざまな船舶が碇泊している。全盛時代の華やぎには遠く及ばないのだろうが、それでも往来する無数の船を見ていると、運命を左右するような人や出来事に出会うのではないか、と胸がざわめく。

見本市会場は、斬新な設計の建物が並ぶ湾岸部に作られていた。展示会場は二十万平米だという。

「今年は三千隻近くも出展されているらしい」

そう言いながら、ミケーレの目は船に釘付けになっている。私には、数千隻もの船舶を見て回る興味も気力もない。いちいち立ち止まっては測量計に至るまで丹念に見ているミケーレとは別行動を取り、昼食時に落ち合うことにした。

展示会場は、照明と人いきれで蒸し暑い。各ブースでは水着同然の制服姿の若い女性コンパニオンたちが、スポットライトを浴びながらにこやかに船舶を紹介している。船よりもコンパニオンたちに熱心な男性も多い。訪問客の大半は、一人もしくは男性どうしだ。妻や恋人などがいては、おちおち諸々のラインも鑑賞していられないだろう。連れの女性たちが、一様にふてくされた様子なのも頷ける。

「これを島に持っていけば、軽く三十人は乗せられるな」

屋外レストランの正面のブースでひときわ高い男の声がして、周りにいるほかの見学者たちがどっと笑っている。すぐにサルデーニャ島の人だとわかる、強いイントネーションだった。サルデーニャ島には、小柄な体格の人が多い。展示されている豪華ヨットは定員が十名とあるが、小柄なサルデーニャ島民ならその三倍は乗せられるだろう、と自虐的な冗談を言って笑わせたのである。

声の主を見ると、ご多分に漏れず百六十センチ少々という、小柄な男性である。ゴマ塩の髪は散髪したての五分刈りで、生え際が青白い。銀縁の眼鏡をかけている。ポロシャツに綿パンツというありふれた装いなのに、どことなく品格があるうえ、清潔感にあふれている。襟やポケットの角に至るまで、プレスが利いているからだろうか。あるいは、自分の冗談に笑ったときに見えた、真っ白な歯のせいだろうか。

わざわざ周囲に聞こえるような大声で軽口を叩いているのは、水着姿のコンパニオンへのお愛想らしい。ハイヒールを履いたコンパニオンの横に立つと、脇の下に入り込めるほどの背丈しかない。小柄だが少しも貧相ではない。むしろ堂々として、ただの船好きではない気配がある。胸は厚く、全身が筋肉のような印象である。

「マルコじゃないか」

背後から大声でサルデーニャの小柄な男性を呼び止めたのは、待ち合わせ場所にやってきたミケーレだった。

ミケーレは、釣りの専門雑誌の編集に携わっている。世界各地の船舶フェアを訪れては、疑似餌(え)から最新の釣り船までを隈(くま)無く取材している。ジェノヴァのフェアに通うようになって、三十年余りだという。昔はずっと小規模で、毎年この会場で顔を合わせるうちにミケーレとマルコは親しくなった。

現在でこそリゾート地として名高いサルデーニャ島だが、三十年前は知る人ぞ知る隠れた避暑地だった。マルコは、島の南東部の海沿いに住んでいる。当時は商業港も観光港もなく、小さな漁港があるだけの村だった。

「サルデーニャ島へ、釣りの取材に来ないか」

ある年、ミケーレの仕事を知ったマルコは、そう誘った。

漁村の近くには、その海域にだけ生息する珍しい魚介類もいる。見たこともないような海の世界を案内してやる、とマルコは言った。

ミケーレには、サルデーニャ島に遠縁がいた。就学前の頃に両親に連れられて、島を訪ねたことがあった。島都のカリアリに行ったのだが、遠縁がどういう人だったか、どんな家に住んでいたのか、何を話したのか、記憶にない。ぼんやりと覚えているのは、半日もかけて船で着いた島には人も建物も車も何もなかった、ということだけだった。あの荒漠とした島の、さらに突端に住むような男が、なぜ毎年ジェノヴァまで来るのだろう。

ミケーレは、秘密の漁場よりもマルコの暮らしぶりに興味が湧(わ)いた。

当時、二人はまだ二十代後半だった。ミケーレは、自分で興した出版社から釣りの専門誌を刊行していた。海が好きだったからである。発行部数は知れていて、広告もあまり入らず、風向きがよくなったら刊行する、という調子だった。生活費を稼ぐためにほかの仕事も掛け持ちしながら、趣味のように雑誌作りをしていたのである。

「宿代は心配するな。僕が招待する」

マルコは、好きなだけ泊まっていくといい、とも言った。島が自分の思うがままになるような、自信たっぷりの物言いだった。

ミケーレは、最も安い船賃のフェリーに乗った。マルコの村には、フェリーが入れる港がない。東岸部の港に着く航路を選んだ。十七時間もかかる旅だった。

マルコの住む村は、潮流の激しい海域のそばにある。

古代ローマ時代はもちろん、さらにさかのぼってフェニキア人の時代から、一帯の海越えは難関として有名である。イタリア半島側からスペインへ向かう航路の途中に、島はある。流れの速い海流で難破する船も昔から多い。

海流に流された船が最初に漂着する先が、マルコの村だった。海岸まで迫る険しい岩山に阻まれて、舗装された道路は数本しか通っていなかった。住民の少ない島の中でもとりわけ孤立した場所だったが、難破して漂着しそのまま島に住み着いた漁師や商人も少なくなかった。村は逼塞(ひっそく)しているようで、実は島外との関わりが他より強い場所でもあった。

船室も取らずに甲板席で寝て、ようやく島に着いたミケーレを、マルコは最新型のジープで出迎えた。下船する人のほとんどが島民か、島に親族のいる人たちで、車で出迎えを受けた人は他になかった。皆は、路線バスに乗っていくのである。初めて自動車を目にするかのように、驚いた様子でジープを見ている老人もいる。

マルコは皆が見ている中、

「さあ、村までひとっ走りだ」

颯爽(さっそう)と言うと、これ見よがしに幌(ほろ)を外した。

里帰りだろうか。大きな荷物をいくつも抱えた若者が、迎えに来た初老の男とバスを待っている。一人で半島側から戻ってきた中年の女が、疲れきった様子で停留所のベンチに座っている。そういう人たちの日の前を、マルコの車は走り抜けた。同じ方向に行く人もいたに違いなかった。しかしバスを待つ島民には声もかけずに、マルコは車を出した。

幌を外したのが単なる恰好(かっこう)付けではなかったのを、しばらく走ってからミケーレは知った。道と呼ぶにはほど遠い、岩が突き出る荒れ地を走った。街灯などはなく、道標もない。

「日のあるうちに、山を越えなければ」

マルコは先を急ぎ、ずいぶん無茶な運転をした。タイヤが岩にぶつかるたびに、座ったまま車外に振り落とされそうになった。ハンドルさばきをひとつ間違えると、そのまま深い谷底へ転げ落ちてしまうような急峻(きゅうしゅん)な山道も通った。突然マルコが速度を落としたので何ごとかと前方をよく見ると、野生の馬の群れが道を渡っていた。

道中には、集落どころか小屋一軒すらなかった。深い原生林に入ったかと思うと道は次第に上り坂になり、いくつものヘアピンカーブを経てようやく頂へ着く。目を刺すような強い光に驚くと、遠く前方に見える連峰の間から逆三角形の海が光っているのだった。空には、白い画用紙を切り抜いたような鋭角な形の秋の雲が浮かんでいる。

「これが島の匂(にお)いだ」

運転席でときどき派手に飛び上がりながら、マルコが叫ぶ。山岳地帯にさしかかると、一帯だけに生える高山植物の香りが束になって車中へ流れ込んでくる。

「島では、この木の枝で子豚の丸焼きの味付けをする」

山岳地帯の匂いを嗅いだとたん、ミケーレは両親と島を訪れた遠いあの日の食卓の光景を思い出した。カリアリの遠縁が半島からやってきた自分たち親子を歓迎して、子豚の丸焼きを作ってくれたのだった。

山を過ぎても、髪や身体（からだ）に残るほど高山植物の匂いは濃厚だった。

五時間ほど休むことなく走り続けて、ようやく村にたどり着いた。日の入りと同時だった。

バスはいったい、どういう道を通るのだろう。

ミケーレは、停留所でバスを待つ疲れきった女性や大荷物の若者を思ったが、意識的に島民たちと一線を画するように振る舞ったマルコに、あれこれ尋ねてはならないような気がした。

連れられていった宿泊先は、村でただ一軒の食堂だった。五十席はある、そこそこの広さの店である。

「いらっしゃい」

出迎えたのは十八歳になったばかりの店主の娘で、マルコはその娘の公認の婚約者だった。食堂を切り盛りしているのは、五十前後の女店主である。ご主人は、と尋ねると、女店主は黙って壁を指した。額入りの写真の中で、眉が太く分厚い鼻をした濃い顔立ちの大柄な男が、自分の背丈よりも大きな魚を片手に持ち、どうだ、と目を見開いている。

女店主の夫は、この漁村の網元なのだった。

「僕は山岳地帯で生まれた。家族は母と僕だけ。学校の成績はよかったが、島には仕事がない。しかし、島を出ようにも母を一人にはできなかった」

マルコは専門学校へ進学して、配管工の資格を取った。夜間学校に通いながら、簿記も勉強した。配管工になれば路頭に迷うことはないだろう、と思ったからである。金銭出納を勉強しておけば、そのうち自営の店も持てるかもしれない。

村のたった一人の配管工は、数年前に他界していた。水回りで問題が起きると、二つ山を越えた隣村から配管工に来てもらわなければならなかったので、若いマルコが配管工事の看板を掲げると、次々と仕事が入ってきた。村は小さく、すべての漁船の配管を任されるまであっという間だった。網元との付き合いも、配管がきっかけだった。

中学を出たばかりだった娘と婚約するようにマルコに頼み込んだのは、網元のほうからだった。仕事熱心で頭の回転が速いマルコを見て、網元は漁業だけではない村の将来を託せる可能性があると感じたからである。

網元は、サルデーニャ島で生まれたのではなかった。ナポリの近くにある小島の出身で、漁に出て大時化に遭い難破した。意識が戻ったのは、サルデーニャ島の南東部にある漁村だった。港前の食堂の女店主が救ったのである。

快復してから村の教会へお礼に出向いて、自分の住む小島とサルデーニャのその漁村の守護聖人が同一だと知った。この村に流れ着いたのも神のご加護、と感激して若い漁師はそのまま村に残り、やがて網元となった。


食堂には、マルコとミケーレしかいない。

奥の厨房から、次々と大皿に盛った魚介類が運ばれてきた。ミケーレは、豊富な魚の種類と美味に唸った。釣りでさまざまな海を知っていたつもりだったが、これほどにおいしい魚を食べたのは初めてだった。薄いパスタの生地で羊乳のチーズを包んで揚げ、上からたっぷり蜂蜜をかけた菓子が出て、食事は終わった。溶けたチーズからは、道中、山の中で嗅いだ草の香りがした。蜂蜜は後味がほろ苦く、鼻の奥が切なくなるような味わいだった。

「そろそろ食事も終わる頃かと思って」

大きな声がして、男が食堂に入ってきた。別珍のハンチング帽を目深にかぶり、手には二リットル瓶を提げている。瓶にはラベルがない。男は、初めまして、と大きな手を差し出し、「マルコの無二の親友だ」と自己紹介した。マルコは、横に座ったまま黙っている。親友というその男はミケーレやマルコよりは少し年上で、四十歳くらい。はち切れるように、胸から胴回りに肉が付いている。がっちりと固く岩のような身体つきだ。女店主もその娘も、男が入ってくるとそそくさと奥に引き上げてしまったので、給仕をする者がいない。代わりにマルコが、小ぶりのコップを出した。

「まずは客人に」

男は節くれだった分厚い手で持ってきた大瓶を摑み、コップのふちぎりぎりまで中身を注いだ。透明な液体は、水のように見えた。ぐっと空けて、とマルコとその男に言われて、ミケーレは一気にそれを飲み干した。そうしなければならないような空気があったからである。喉の奥に火がつき、胃へ流れ落ちていく間に蒸発するのではないかと思うほどにアルコール度の強い酒だった。

「フィル・エ・フェル（針金）、という蒸留酒だ」

深く穴を掘り、そこにこうして針金を巻き付けて瓶を吊るし隠しておく、と言いながら、男は瓶の口のあたりに指を巻き付けてみせた。

「ちょっとした傷なら、こいつを吹き付けておくと消毒液代わりになるぞ」

男はそう言って大笑いし、ハンチング帽を取り自分もグラスを空けた。

帽子の下から出た男の横顔には、片方の耳がなかった。

マルコとその男は、仕事を通じて親しくなった。

「村の配管工事だけの人生なんて、つまらないだろう」

ある日、マルコを訪ねてきた男はそう言った。島内で手広く不動産業をしている、と自己紹介した。見覚えがない、とマルコが思っていると、男はナポリの近くの小島の名前を口にした。網元と同じ島の出身で、

「ある嵐の夜、商人だった親父といっしょに流されてきた」

と言った。それ以来、島に居着いたのだという。

サルデーニャ島が高級リゾート地として脚光を浴び始める頃で、エメラルド色の海岸沿いには外国資本の豪華なホテルが次々と建てられていた。男は、自分と組めば建築ラッシュの配管工事を回してやる、とマルコに持ちかけた。

ほどなく、二人は島内では知らない人がいないほどの建築業者となる。


密造酒を飲みながら、ミケーレは二人の立身出世の話を聞いた。まだ若いマルコが毎年のように豪華な船舶を購入しているらしい背景が、よくわかった。

それにしても、他所(よそ)から流れ着いた男がよくこの島の不動産を扱えるような立場になれたものだ。ミケーレは不思議に思い、

「商人の息子さんだけあって、あなたはやり手なのでしょうね」

男の成功を褒めるつもりで世辞を言ったのだが、男は自嘲的な苦笑いを浮かべて、

「代償が、これさ」

ない片耳を指して、言った。


海岸沿いや眺めのよい小高い場所を、男は徹底的に調べた。そこからさらに、持ち主が島から外へ一歩も出たことがない老人のものである土地に絞り込んだ。そして、破格の安値で土地を買い叩いていったのである。そのあざとい手法は徹底していた。文字の読み書きもできないような老人たちには、漁師だった人が多かった。自分と同郷の網元の名前を出して信用させ、「パンを買うように」二束三文で土地を買い上げていったのである。

ある夜、男は港のそばの建築現場を出て車で山道を走っていたときに、何者かに拉致された。

数日後、網元のところに切り取られた男の耳が送られてきた。フィル・エ・フェルに浸けられて。

「そのとき、こいつが手を打ってくれたんだ」

マルコの背を叩きながら、男はうれしそうに言った。

身代金の額がいくらだったのか、誰に拉致されたのか、二人ともミケーレには話さない。ミケーレも訊かない。

その夜ミケーレはマルコと男といっしょにしこたま密造酒を飲み、食堂のテーブルに突っ伏したまま寝入った。

早朝、ふと目が醒めた。外はまだ薄暗い。マルコが黙ってそばに立っていた。

「ちょっと出かけよう」

食堂の裏に回ると、三階建ての立派な屋敷があった。マルコはその地下へと入っていく。二階分ほど地下へ下りていっただろうか。マルコがリモコンを押すと壁が開き、そこにはフェラーリがあった。一点の曇りもなく磨き上げられていて、薄暗い地下で赤がまぶしい。

「乗ってくれ」

爆音が地下に響く。

港の前を通り抜け、内陸へと向かう国道へ入る。

前にも後ろにも、車はない。

マルコは、思いきりアクセルを踏んだ。

十数分、疾走しただろうか。マルコは急ブレーキを踏んで切り返し、元来た国道を再び全速力で走り抜けた。途中から往路とは違う小道に入り、あたりをうかがうようにして、マルコは一言も話さないまま地下の車庫へと戻った。

外はまだ薄暗いままである。三十分にも満たないドライブだった。

「フェラーリは、昨晩の男から礼にもらった。島の中でフェラーリで走れる道は、あいつが買い叩いて地上げした海岸沿いの道と、今走った内陸の国道だけだ。せっかくもっても、走れない」

そう言いながらマルコは自分の耳を触り、怯(おび)えたように顔をゆがめて無理に笑ってみせた。


ミケーレはマルコを訪ねて島へ行ったときの話を終えると、さあ昼食にしよう、と給仕を呼んだ。

「鯛(たい)をサルデーニャの香草で焼いてくれないか」

それまで黙ってミケーレの話を聴いていたマルコは、手に提げていた紙袋からおもむろに大きな瓶を出した。瓶には、ラベルが付いていなかった。マルコは私のほうを向いてにやりとし、

「われわれの耳に乾杯」

低い声でそう言い、グラスを掲げた。

犬を飼って、飼われて

ふと誰かが待っている気配を感じて、そちらを見やった。すると暗がりで大きく目を開き、何か言いたげにこちらを無言で見つめている。

うれしいのに、さみしい。

さまざまな思いを言葉にして伝えられないのだ。瞳いっぱいに切なさがこもり、思わずその頭を両手で包み胸に抱いた。

未明に水を飲みに起きたら、足元に犬がついてきていたのである。

いつもどこにいても、気づくとこちらの様子を静かにうかがっている。すぐに寄っていっていいものか、その場で待つべきなのか。犬は、頭を少し持ち上げたまま考えている。

十二年前のある日突然、家の中が空っぽになった。

物が減ったわけではないのに、電話の呼び出し音や茶碗を置く音が響き、音が止むとしんと静まり返る。寒々しい室内に、冷えた自分の気持ちを見るようだった。

「犬をもらってくれないか」

そんなこちらの様子を見透かしたかのように、友人から電話があった。

彼は名の知れたファッションジャーナリストのアシスタントで、年じゅうミラノを走り回っている。専門誌の撮影のために、衣服の他に雑貨や家具、絨毯やカーテンなどを集めてきてはスタジオの中にさまざまなミラノをこしらえる。鋭い嗅覚で集めてきた物から創りだされる疑似ミラノは斬新で、上司のジャーナリストにも読者にも好評である。

「知人の飼い犬が、子犬を産むらしい。一匹、引き受けてもらえないだろうか」

いつも彼が自転車で走る抜け道があり、途中、小学校の前を通る。学校には校務員がいて、家族とともに校内に住み込みで働いている。以前、子供服の撮影があり、モデルが必要になった。オーディションを受けに来る子供たちは、形も仕草も大人びていて不自然だ。もっと子供らしいモデルを探すためにその学校に協力を頼みに行って、彼は校務員家族と知り合った。

いつものように自転車で通りかかったところ、校務員に呼び止められて子犬の話を持ちかけられたらしい。

その小学校にはちょっとした中庭があり、校務員が小さな畑や花壇を作って、子供たちにも世話をさせている。ある土砂降りの朝、迷い犬がやってきて中庭にうずくまったまま動かない。どうしたのかと見てみると、大きな腹をしていたのだった。

友人と連れ立って、犬に会いに小学校へ行く。

母犬は黄色がかった茶色の尾を力なく振って、私たちを出迎えた。今にも生まれそうな腹をして、立つのも辛そうである。小型犬なので二、三匹で精一杯ではないか、と犬の世話を任されている校務員は言った。

「四匹でした。うちが全部引き取りたいくらいです」

その晩のうちに校務員から弾んだ声で連絡があり、翌日早速、子犬たちを見に行く約束をした。

あの日から、もう十二年。

足元にいる犬は、そのとおり、というような顔でこちらを見上げている。

買い物に出るとき、散歩も兼ねて連れていく。

食料品店には、犬を連れて入れない。道沿いの街灯の支柱に繋いで店内に入るが、買い物中も気が気でない。順番を待ちながら、頻繁に外を見る。すると、支柱の根元にじっと座ったままこちらをうかがい見る犬と目が合う。〈あと少し待って〉と心の中で呟くと、犬は地面に打ち付けるように勢いよく尻尾を振って返す。

　路面電車に乗って遠出する。最後尾の車両に乗るのが、犬連れで乗るときの規則である。朝夕のラッシュアワーを除く時間帯に限り一車両につき一匹だけ乗車させてよい、と決まっている。乗り込むと早々に犬は座席の下に入り、待機する。頭だけ出し、こちらの靴先をじっと見ている。

　車内には、利用案内と規則を書いた紙が貼ってある。薬の服用説明書のような細かな字で、びっしりと記載されている。〈車内に持ち込んでもよいもの〉という項目に、〈小動物〉とある。犬猫だけかと思いきや、〈小鳥〉〈金魚〉なども持ち込めるらしい。犬猫は大人一人分の料金がかかるが他の小動物は無料でよい、と書いてある。どういう入れ物に小鳥や金魚を入れたらいいのかまで細かく指示があるところをみると、過去にトラブルでもあったのか、と思う。

　たしかにペットは、見慣れた小動物ばかりとは限らない。

　以前ミラノで、さまざまなペットを取材したことがあった。ハムスターや亀、猿などはごくあたりまえで、蛇やダチョウ、豚に毛虫も登場し生物図鑑を繰るようだった。どの飼い主も、ペットとの暮らしに満足していた。そして取材先の全員が、一人暮らしなのだった。取材を終え写真を並べて見ると、いったいどちらが飼い主でどちらがペットなのかわからない。互いに飼い飼われて、しんとした日常を乗り切る。

写真の中の表情は、人間も動物も、大切な家族と記念撮影するときのそれだった。

〈大切な友がいなくなりました。見つけてくださった方には、お礼を差し上げます〉

夏のトリノ市内で、貼り紙を見かけた。町中で時おり目にする、迷い犬や迷い猫を尋ねる貼り紙かと思うとそうではなく、飼い主が探しているのはオウムだった。

盛夏のトリノは長期休暇で人が少なく、繁華街もがらんとしていた。歩きながら見回してみると、シャッターの下りた商店街から住宅街へと続く通り沿いに、十数メートル置きにその貼り紙はあった。

いったいどれほどの数を作ったのだろう。

飼い主は、貼り紙の半分を占めるスペースに消えたオウムの近影を載せている。コピーでモノクロなのに、そのオウムの羽が鮮やかな色をしているのが写真の濃淡から見てとれた。

人気（ひとけ）のない町で、オウムの行方を案じている飼い主を思う。家から出ていってしまったオウムの気持ちを考える。

春先だったか、南仏の海岸通りを歩いていると、前方に目を引く小柄な老女がいた。陽光が満ち真っ青な海からの照り返しにあふれる遊歩道では、多少変わった色や形の服を着ていても人目につくことはない。それでもその老女が目立ったのは、肩から背中を遠目にも色鮮やかな大判のショールで覆っていたからである。華やかさを通り越して仰々しく、まるで道化師が宣伝をして回っているような印象だった。

老女との距離が縮まるにつれて、ショールに見えたのは彼女の肩に止まるオウムだとわかった。尾羽（おばね）が老女の背丈の中ほどまで届こうかという、立派な鳥だった。オウムの足首にはリードが結ばれ、老女は腰にその先を巻き付けている。オウムの鮮やかな羽を目立たせるかのように、老女は白っぽい無地の衣服をまとっている。時おり彼女は肩の上のオウムを見上げては何か言い、そのたびにオウムは何度か足踏みしながら短く高い鳴き声を立てる。遊歩道を行く人たちもオウムに気づき、たちまち老女を取り囲むようにして集まった。

老女は誇らしげに、訊かれることに応（こた）えている。彼女のフランス語には、強いイタリア訛（なまり）があった。集まった人たちの中にはイタリア人の家族連れもいて、老女のイタリア訛にうれしそうな声を上げている。そしてまるで自分たちがオウムを連れているかのように、得意げにイタリア語で鳥に話しかけたりしている。

一人で散歩していた老女は、あっという間にできた大勢の連れを伴って、再びゆるゆると歩き始めた。オウムは慣れた様子でときどき羽を半分ほど広げてパサパサと風を取り込むようにしたかと思うと、肩の上で足踏みをしてバランスを取りながら立つ位置を替えたりしている。その都度、老女はそうっと片手でオウムの足先を撫でるように押さえてやり、上を見上げて微笑みかけている。しばらく眺めているうちに、老女の肩からオウムが生えているようにも見えてくるのだった。

老女は先に進みながら、路上で知り合った人たちに色鮮やかな相棒のことを説明している。

「名前は、アルベルトです」

そう紹介するや肩の上で、

「あるべると！　あるべると！」

オウムがうれしそうに高く叫ぶ。

亡き夫の名前だ、と老女がさみしそうに言う。

老女とオウムはときどき目線を合わせ、足先と指先で触れ合い、羽で耳元をくすぐって、他を寄せ付けないような繋がりを見せていた。

小学校で生まれた犬を紹介してくれた友人に、かつて南仏で見たその光景を話すと、

「土曜の午後、ここへ行ってごらん」

にやりと笑い、紙切れに住所を書いてよこした。住所を地図で調べると、ミラノの真ん中にある高級ブティック街と一筋違いの通りだった。

次の土曜の午後、地図を頼りに行くと渡された番地には店舗はなく、呼び鈴が三つだけ付いた重々しい扉があった。住宅なのだろうか。

インターフォンから返答がないまま解錠される音がして、重い扉が内側に少し開いた。玄関から続く細い通路を行くと、坪庭のような中庭に出た。白黒の玉石が凝った紋様に敷き詰められている。その奥に幅の狭いガラス扉が見える。中へ入ろうとすると、扉の向こうから四十過ぎの男性が踊るような足取りで出迎えて、

「お待ちしていました」

満面の笑みで言ってから、視線を足元に落として、あれ、と意外そうな顔をした。

「お連れはどちらで？」

意味がわからず黙って顔を見返すと、

「お宅のワンちゃん、どちらでしょう？」

ガラス扉に、ブルドッグの顔の形をした真鍮（しんちゅう）製のドアノブが付いているのが目に入った。そこは、犬のための店だった。犬のため、といっても、首輪や餌（えさ）、玩具（おもちゃ）などを売るだけではない。店に入るとすぐ、ゆったりとした空間があり、毛足の長い絨毯が敷かれている。奥には一人用の椅子（いす）が置いてある。小ぶりで低く、座面が広くて座り心地がよさそうだ。その隣には、いかにも柔らかそうな黒い革の寝椅子がある。脚は猫足で、優雅な曲線が薄暗い店内に調和している。どちらも犬用なのである。寝椅子には、フレ

ンチブルドッグが長々と肢体を伸ばしている。店主と私が近づくと、薄く目を開き鼻先を数センチだけ上げて、挨拶したように見えた。店主の飼い犬らしい。

店は、L字形になっている。入り口から店内全体が見渡せないように工夫してある。

「試着や仮縫いの最中だったりすると困るでしょう」

店主は笑い、奥へと案内してくれる。

さして広い店ではないが、玄関から奥へ入るまでの通路の壁には何点もの肖像画がかかっている。金色に塗られた木彫りの額入りだ。額縁の中の絵は、どれも犬である。念入りにブラッシングされた頭部の毛が、照り輝くように描かれている。背景は飼い主の家なのだろうか。年代物の重厚な椅子があり、絵の中の犬はその上からこちらを凝視している。どれも由緒ある美術品らしい。それぞれの絵の下に、作家の名前を記した小さなプレートが貼り付けてある。

店内には深い森のような香りが漂っている。部屋の隅に香油が置いてあるのだ。枠に装飾の施された横長の鏡が、壁に立て掛けてある。靴店の鏡のように、足元しか映らない。しかし犬が前を通ると、全身が映るようになっている。その上には、窓ほどもあるような鏡がかかっている。これは飼い主用だ。上と下で、それぞれが身繕いを確認できるようになっているのである。

鏡の前を通り過ぎると、深紅のビロードのカーテンがかかった奥の間があった。生地を積み上げた棚が見えている。倉庫らしかった。

「そうねえ、やはり来年もダッフルじゃないかしら」

雑誌を繰りながら、その女性は考え込むように言う。七十はとうに超えているだろうその女性は、まだ春も浅いのにもう全身をコットンでまとめている。パンツ、シャツ、Vネックのセーターにショールすべてが、白一色である。

「ダッフルならもう持っているじゃない」

連れの女性が応じる。その女性もやはり白を基調とした服装である。二人は背恰好も年回りもよく似ていて、姉妹かもしれない。揃って肩から背中に流したまっすぐの金髪は、染めたものなのだろう。金色というより黄色に近い色で、よほど手入れが行き届いているらしく艶やかである。

二人は雑誌のページに見入り、来季の流行の傾向や色を調べているらしい。

「いいのよ、何枚あっても。洗い替えもいるし。来年の流行色で、またダッフルをお願いするわ」

そう言いながら、見ていたページに付箋を貼っている。相手をしている店員は頃合いを見計らうように、二人の前に分厚い生地見本帳を広げた。台の上で布選びに忙しい二人の足元には、毛足の長い耳の垂れた犬が寝そべっている。慣れた顔で悠然としている。

常連なのだろう。

店主はその二人に軽く会釈しながら背後を通り過ぎ、壁に埋め込まれたショウケースを私に見せる。大ぶりの天然石を使った指輪やイヤリングが、照明の光を受けて輝いている。細工は金。犬はどこに指輪をはめるのだろう。

「いえ、さすがにそれはお母様用です」

得意気に店主は言い、同じ天然石をあしらった首輪をビロードの台に出して見せた。彼がデザインしているのだという。

後ろでは、犬が台上に引き上げられている。老女二人が口々に愛犬を褒め、背中を撫でて大人しくするようになだめている。店員はその隙に、二人が選んだ生地を持ってくる。布を首元にあてられた犬は、少し鼻先を上げ、〈似合うか〉というように飼い主たちを見てじっとしている。店員は手早く箱の中からボタンを選び出し、布に合わせている。犬も大変である。

仕立てるコートは、来年の冬用だ。その犬のコートに合わせて首輪を揃え、首輪に合うように自らの指輪も一つ、二つ注文している。

「春夏用のトートバッグはいかがでしょうか」

担当の店員が紅茶とクッキーを用意している間に、店主はさりげなく帆布製のバッグを手に、老女たちの前を歩きながら見せる。

「バッグといえば」

店主は巧みに新しい話題に誘い込み、二人に春の旅行予定を尋ねている。

「セーシェル島にも行き飽きたし、今年はマリアの別荘にでも行こうかと思っているのだけれど」

店主とも共通の知人の名をあげ、

「そう言えば、ビーチ用のマットも新調しなければならないわね」

犬を海に連れていくときに浜に敷くマットのことらしかった。

紅茶を飲み終える頃には、ダッフルコート、新しい首輪と対のリード、銀製ネームプレート、人間用の指輪、犬と飼い主と揃いのスカーフを色違いで三枚、ビーチ用マット、それに合わせたビーチパラソル、口臭防止の骨形ビスケットなどを購入し、

「ごいっしょにお使いになれますよ」

店主から勧められて、犬用に春のコロンも選んでいる。

「あら、持って帰るのが大変だわ」

「夕方までにお届けにあがります」

「そう、じゃあ、そのトートバッグにまとめて入れておいてくださいな」

店員は慇懃に礼を述べながら、高額な総計になる領収書を渡した。

「実家は時計店でした。親父の地味な作業を見て育ち、自分はもう少しクリエイティブな仕事をしたい、と思っていましてね」

手先の器用な店主は、宝飾品のデザイナーになった。古典を踏まえながらの斬新なデザインには人気があったが、ミラノには競合相手が大勢いる。何か独自の路線はないものか。あれこれ思案しているうち、父親の代から付き合いのあった骨董店の跡取り娘とファッション業界のパーティーで再会した。互いの近況報告をするうちに、それぞれの店の客のことが話題になった。

店には、ときどき厄介な客がやってくる。ふらりと一見で入ってくるなり、商品を見せてもらいたいと言い、店じゅうの品を出させる。一品ずついちいち感想を言うので、開店と同時に入ってきて午前中いっぱい居座り続けることになる。高額なものが多い宝飾店に店主一人だけだと、一人の客を入れたら鍵をかけてほかに客を入れないようにすることもある。冷やかしの客が来ると、その日の商売は上がったりである。

「ただの暇潰しだよねえ」

宝飾デザイナーが嘆くと、

「うちに来る常連にも、売り物の寝椅子に腰を下ろしたまま延々と世間話をして、そのうち本を読み始めたりする人もいるのよ」

喫茶店じゃあるまいし、と骨董店の女主人も顔をしかめて頷く。

似たような客がいるものだ、と苦笑いし合い、そういう客たちが本当に欲しいのは宝飾品や骨董品ではなくて話し相手なのだ、と確認し合った。宝飾デザイナーと骨董店の女店主は話を続けながら、はたと気づいた。困った客たちには犬連れが多いことに。パーティーでの雑談をきっかけに二人は打ち合わせを重ね、共同でこの犬専門店を開くに至ったのである。

暇を持て余している金持ちたちは、予想以上にたくさんいた。子供は独立し、孫の世話は面倒、でも独りはさみしい。そういう女性たちが次々と店を訪れた。

店主は長年の経験から、そうしたミラノ女性たちの一年の過ごし方を熟知している。

季節ごとのバカンス。

有名劇場の会員になって、演目をすべて観劇。

高級料理店でランチ。

私邸に料理人を呼んでのディナー。

新作毛皮の受注会。

暇潰しのためのさまざまな行事に出向くときは、流行を先取りした装いで行く。他人とかち合わないように、仕立てたものでなければ駄目。贔屓(ひいき)の仕立て店を持ち、今シーズンのうちに来シーズンの服の生地とデザインを決めて、仮縫いに行く。自分の身繕いをひととおり終えてしまうと、再び暇を持て余す。

ならば、愛犬に同じような支度をしてやるための店を作ればいい、と宝飾デザイナーは思いついた。犬は、独り身の女性にとって子供以上の存在かもしれない。多少の出費も厭わない。恋人や夫のように口答えしないところが、いっそう愛おしい。手をかけても、子供や孫のように裏切ることはない。犬との生活。一人暮らしなのに相棒がいる。それでも、やはり独りは独り。

「犬が可愛いがゆえの散財に見えて、本当は飼い主が自らのために買うのですよ。空しさを埋めるために」

店主は、指輪やネックレスのケースを見ながら言った。

店主の犬は、相変わらず大人しく寝椅子で肢体を伸ばしている。

大地と冬空と赤ワイン

昼に一本、夜に一本。来客次第で、夜は三本になったり六本になったりすることもある。ワインの話である。

複数の交通機関が交差する広場の前に住んでいるおかげで、帰宅途中にうちへ立ち寄る知人たちがいる。私がたいてい家にいるのを知っていて、電話も入れずに階下の玄関の呼び鈴を押す。取材の長旅から戻ったばかりのカメラマンがいるかと思えば、誕生日パーティーから子供を連れて帰る途中の母親もいる。地方からミラノへ特別講義を受けに来た大学生もいたりする。広場の近くに住み、居ながらにしてさまざまな顔ぶれと会うことができて得する気分である。

昼間は皆忙しく家まで上がってくる人は少ないが、夕方になると呼び鈴は頻繁に鳴る。そろそろ一日の終わりも見え、少し肩の力が抜ける時分なのかもしれない。

「ちょっといいかしら」

インターフォンの向こうで、友人ののんびりした声がする。急いでテーブルの上を片付け、冷蔵庫にワインが冷えているか確認して玄関を開ける。相手はうれしそうに、

「十七時の焼き上がり分を持ってきた」

近所のパン屋の紙包みを持ち上げて見せる。熱々のフォカッチャや一口大のピッツァが入っている。

訪ねてくるのは近所の人も多く、頻繁に顔を合わせているのでとりたてて話があるわけでもない。フォカッチャを皿に移し替え、白か赤かを訊き、半時間ほど四方山話(よもやまばなし)をする。そろそろ帰る、とその人が腰を上げようとしているところにまた呼び鈴が鳴り、しばらくぶりに彫刻家が訪れたりする。

「田舎に行った帰りだ」

そう言いながら、自家製のサラミソーセージを差し出す。そこまででワインはすでに一本、空いている。

来客が続くこともあれば、しばらく誰も来ない日もある。さまざまな人たちが着いたり発(た)ったりする様子はまるで駅のよう、と思う。

うちは六角形をしていて、各辺に窓がある。雨が降っても夜になっても雨戸は閉めな

い。各辺の窓からの眺めはそれぞれ異なり、劇場の舞台を見るようだからである。

　ミラノの冬は、日が落ちるのが早い。居間の窓は広場に向かって付いているので、電灯を点けると在宅しているのが広場から一目瞭然である。居留守は使えない。それで、今日も玄関の呼び鈴は鳴る。

　訪問時にワインを箱ごと差し入れてくれる人もあれば、市場に出回らない稀なワインを持ってくる人もいる。それでもやはり、ふいの来客のために備えておくワインはただごとではない本数に上る。近所の酒屋で買っていては埒が明かず、いっそのこと農家から買い付けようと思い立った。

　ミラノの近郊ですらブドウが穫れるように、イタリア半島には島嶼部も含めて各地にもれなくワイン産地がある。半島全体にどれほどワインの種類があるのか、誰にもわからないほどだ。

　九月にブドウを収穫して、ワインの醸造が始まる。十一月の初旬には、いよいよ新生ワインの解禁だ。醱酵が進み、果汁から酒に生まれ変わったばかりのワインが披露される。その味わいはサナギから殻を破って蝶が飛び立つ寸前、というところだろうか。内に未来を秘めている。これから時間を経て、どのように成長していくのだろう。周囲を圧倒するような華やかな蝶に化けるかもしれないし、模様も色も地味ながらも花から花へ渡る働き者の蝶に育つのかもしれない。どちらにも大切な役割があり、蝶に育つのが待ち遠しい。

土壌と太陽、雨や湧き水、風や虫たちの営みから生まれるワインは、大地から天空の神への捧げ物である。クリスマスの頃には初々しい味わいに調って、まさにイエス・キリストの誕生にふさわしい祝いの酒となる。

どこのワイン農家へ買い付けに行こうか思案していると、

「クリスマス用にさばいた豚で作ったハムが食べ頃になったので、来ないか」

友人から誘いを受けた。

友人は、ミラノから車で二時間弱のところにある、パルマ郊外の農村に住んでいる。数年前にその一帯で夏を過ごした際、連日あちこちで開かれる村祭りで知り合った。

イタリア半島のやや北に位置するその一帯は、古くからイタリアの胃袋を支えてきた。広大で豊潤な土壌は、水源にも恵まれている。産業が発達し人も集まる北イタリアや、欧州の大都市にも近い。自然と地の利に恵まれて、牧畜や農業が発達した。チーズや豚肉などの加工食品メーカーも集中し、さまざまな野菜や果物とともにイタリアの銘品図鑑を見るようなところである。

夏野菜の収穫が終わると、いっせいに村祭りが始まる。涼しくなる夜半を待って、広々とした会場に模擬店が開く。小さな露店が並ぶのではない。会場の一角を占めるほどの大きな仮設の調理場が出現する。三十メートルもあろうかという長いカウンターがている。

設えられて、その向こう側に厨房がある。料理の内容により区分けされた厨房では、数十人の男女が忙しそうに働いている。村の人たちで、収穫したばかりの野菜や産みたての卵、その日の朝に仕込んだチーズなど、手塩にかけた自前の食材で郷土料理を作っている。

もちろんワインのコーナーもある。ラベルのない深い緑色の瓶が何百本も並び、栓を抜かれるのを待っている。前年の秋に瓶詰めされて、夏祭りまで出番を待っていた地産ワインだ。

私が一帯で夏を過ごした年、友人は村祭りの厨房で料理長を務めていた。

祭りにやってくる人たちと厨房の中の人たちとは、顔見知りである。隣村からも大勢の人たちがやってくる。客と厨房のスタッフが近況報告に夢中になって料理する手がすっかり留守になり、たちまちカウンターの前には黒山の人だかりができている。ふだんは農作業に忙殺されて、ゆっくり世間話をする暇もない。そういう他愛ない雑談をするのも、祭りの楽しみのひとつなのだ。カウンター前が少々混み合おうが、いちいち難癖をつけるのは野暮である。皆、前の人の話に耳を傾けながら、自分の番が来るのをのんびりと待っている。

いよいよ順番待ちの人であふれそうになったとき、料理長が若者に鍋を任せてカウンターまで出てきた。皆の雑談に加わり相槌を打ちつつ、それとなく客たちを誘導し手際よく注文を奥へ伝え、行列をさばいていくのだった。ごくありふれた一人の初老の男が、警察官も顔負けの段取りで混乱を整理していく様子にしばらく見とれた。ようやく私の番になり、ふだんは警備の仕事でもしているのか、と感心して料理長に尋ねると、

「そのとおり」

胸を張るようにして答えた。

それが、彼と知り合ったきっかけだった。その頃彼は、本当にワイン工場の警備員をしていたのである。

以来、彼の招きを受けては、春の花見、夏祭りや秋のキノコ狩りなど、季節の節目ごとに村を訪れるようになった。自然を通して知る時間の流れは、慌ただしい都会では見過ごしてしまうことが多い。田舎に通ううちに、枯れた木や乾いた土を見ても、そのうちここにも春がやってくると感じるようになった。

いくつか季節が巡るうちに、地元の人たちが農作業の合間に行く食堂や一日の終わりにカードゲームをしに集まるバール、冬でも開いているダンスホールなどを紹介され、知り合いが少しずつ増えていった。

ハムの味見に誘われて早速、友人宅へ行く。

「日曜の昼近くに来るように」

彼が時間を指定したのは、冬の朝早くには濃霧が立ち込めることが多く、危ないからである。牛乳を流したような霧が広がり、ひどいときには前に伸ばした自分の手が見えないようなこともある。白濁した空気に包み込まれると、足が地面についているのかも不安になる。音がない。細かい水滴が頬に付く。空気はひんやりとしている。歩くにも車で行くにもそろそろと手探りで、雲の中を行くとしたらこんな感じなのかもしれない。もし畦道から畑に転がり落ちでもしたら、霧が晴れるまで誰にも見つけてもらえないだろう。

　濃霧の中の凍てつく大地を思い浮かべ、言われたように昼をめざして車を出す。日曜の昼前で、農道には車が一台も走っていない。道の両側には灰色の農地が広がり、端は見えない。枯れ草の一本すらない。遥か向こうで、白い空と黒々した大地がひとつになっている。春夏に祭りや花であふれる村と同じところとは思えない。ふと寂しくなり、車を路肩に停めてクラクションを鳴らしてみる。沈んだ色の土に吸い取られるように、音は消える。驚き飛び立つ鳥すらない。葉を落として立ち尽くす木々が、畦道をはさんで延々と続いている。枯れた枝の隙間から、乾いた農地が連なって見える。

　友人の家は村の少し手前にある。周囲に他の家はない。農地の真ん中に建つその家の周囲に塀はなく、栗やイチジク、スモモの木で囲まれている。表門の代わりに家へと続く道の両端には杭が打ち込まれてあり、杭と杭に太い丸太が渡してある。跨いでも下からぐっても簡単に越えられる高さだが、太い丸太には節に枝がついたままで、大木が身を張って家を守ろうとしているように見える。

大声で、中へ声をかける。犬が鎖を引きずりながら中庭から表へ走り出てきて、さかんに吠え立てる。丸太ん棒のかかった表門の正面には、割れた姿見が斜めに立て掛けてある。表門に立つ訪問者の姿が姿見に映り、中庭の奥にある家から見えるようになっているのだ。

犬をなだめながら、友人がゆっくりと出てきた。その後ろを、横にも縦にも大柄な男性が二人、肩を揺らすようにして歩いてくる。

「ジャンニとレオだ」

友人に紹介された二人は低い小声で挨拶し、笑って手を差し出した。片手では握り返せないほど大きく分厚い手で、サンドペーパーのようなざらりとした感触があった。岩か枯れた木の幹に触れたようだった。

「祭りのワインは、この二人が作っている。毎年旨くて、安心だ」

兄弟だという二人は、四十そこそこという年恰好である。岩のような手の先には山のような胸板があり、その上では濃い青色をした穏やかな目が笑っていた。

友人を伴って、早速、兄弟のブドウ畑へ行くことになった。

兄の運転する小型トラックで広大な平地をしばらくかかって突っ切ると、丘陵地帯へ入った。遠目にはなだらかだが実際の道は曲がりくねっていて、次第に傾斜を強めていく。トラックは、低速で懸命に上り坂を進む。丘陵地帯も耕作中のところはなく、見渡す限り裸の農地が広がっている。丘の背が連峰のように重なり、低いところにはまだ霧がうっすらと漂っている。

兄弟の家は、丘陵地帯の中腹にあった。二人の耕地は、その家から向こうに見える丘の頂までだという。霧が引いた丘の腹に、うららかな冬の日が差し込み始めている。

「遠くまでよくいらしてくださった。ハムは奥の蔵に吊るしてあります」

兄はそう言い、家に向かって短く指笛を吹いた。

家は、平凡な鉄筋コンクリート造りである。一帯に数多く残る、古い石造りの田舎家の風情はない。一階の部分は、トラックごと乗り入れられるような大きな倉庫になっていて、その上に居住スペースがあるようだった。二階への階段は、建物の外側に付いている。指笛に応えて階段を上りきったところの扉が開き、中から堂々とした体型の中年女性が顔を出した。

「お入りください」

色白で丸い頬は火照（ほて）ったように赤らんでいる。

弟は倉庫へワインを取りに行き、私たちは二階へ案内された。

靴の泥をぬぐい扉を開けると、薪の燃える匂いがした。真冬の冷え込みは相当に厳しいらしく、玄関は二重扉になっている。頑丈な厚い木の扉に続き、磨りガラスの入った戸を開けると目の前に暖炉があり、ソファーに低いテーブル、右奥には大きな食卓があるのが目に入った。食卓のすぐ後ろが台所になっている。ガスコンロはなく、薪ストーブの上に大きな鉄板が置いてあり、大小さまざまな鍋からさかんに湯気が立ち上っている。

乾いた風が吹き抜ける一帯では、大地ばかりではなく家も冷えきる。しかも階下は倉庫で空洞になっていて、夏は風通しがよいものの冬は容赦なしに冷気が忍び寄る。家を暖めるのは大変で、半日も火を絶やすと壁や土台ごと冷えきってしまう。火力が弱く高くつく電気ストーブは、ここでは使い物にならない。冬場に備えて山林や農道脇の木々の枯れ枝を払い、集めて、焚き付ける。暖炉に火を入れるのは、すべてが凍てつくような真冬の夜半か特別な日だけである。ふだんは台所のストーブに火を入れて、それで調理もするし暖もまとめて取る。

暖炉には勢いよく炎が燃え上がっている。今日の昼食は特別誂えらしい。

「豚の出来を試し、ワインの仕上がり具合を見よう」

倉庫からワインを箱ごと持ってきた弟は待ちきれない様子で、勢いよく一本目の栓を抜く。その脇では友人がサラミソーセージの薄皮を器用にむき、細長いハム用の包丁で

大胆に輪切りにしていく。一片の幅が一センチほどもあり、その厚さに驚くと、

「こうすれば同じだ」

　分厚い一片を短冊状に切り分けた。

　開けたての瓶からは、かすかな音と蒸気のようなものがほのかに立ち上る。弟は鼻を近づけ薄目になり、そのまま瓶を兄に渡して答えを待っている。

「よし」

　兄は頷いて、自分のグラスへ一口分だけ注いだ。てっきり白の発泡かと思ったが、それは明るい赤色をしている。注いだそばから真っ白の細かな泡が立ち上り、あっという間に消えていく。兄はワインを口に含むとリスが餌でも頬張るような口元になり、青い目を見開いて大きく頷いた。友人は極太に切ったサラミソーセージを載せたまな板を食卓の中央に置き、乾杯、とグラスを上げた。秋に仕込まれたサラミソーセージはまだ軟らかく、塩と香味料を揉み込んだ生の挽き肉を食べるようだ。弟が腿から器用に切り取った生ハムは口に入れたその瞬間は塩味が勝っているのに、噛むごとにほのかな甘みが広がり、やがてしっとりとした脂が味わいを締め括る。そこへ、発泡の赤ワインを飲む。口の中で先ほど消えたはずの泡が軽やかに立ち上り、生ハムやサラミソーセージの後味を際立たせる。

「もうそのくらいにしておいて」

友人は夢中になっている私を制して、煮え立つパスタ鍋の前で待機している兄の妻に湯を空けるように目配せした。皿に盛られて出てきたのは、擂り下ろしたパルメザンチーズとバターだけで和えた手打ちのタリアテッレである。

兄弟は、間髪を容れずワインの栓を抜いた。最初の発泡の赤に替わって、白。透き通るような金色で軽やかな喉越しは、歯応えのあるタリアテッレと絶妙の相性だ。

「飲み込んでしまうのが惜しいな」

友人が唸る。

待ち構えていたように、次のパスタ料理が出てくる。平たく一枚に伸ばしたパスタ生地でラグーソースとリコッタチーズを巻き上げ、二センチほどの幅に切り、皿に並べて上からベシャメルソースをかけてオーブンで焼いてある。

兄の妻は黙って料理を作っては給仕するばかりで、いっしょに席につこうとしないし雑談にも加わらない。いつもこうなのだろうか。夫も義弟も彼女にはおかまいなしで、料理を端から次々と平らげている。友人が気を遣ってときどき食卓へ誘うが、彼女は「私はいいのよ」と奥の流し台のそばに立ち、食卓の皿と瓶の進み具合を見ている。

鶏の手羽焼きがオーブンから出る頃には軽めの赤が空き、豚のロースの煮込みで渋い赤へ移った。

「これで、締めるか」

見るからに濃厚な、青カビの生えたチーズを型ごと弟が持ってきた。型の中は固まらずにクリーム状になっている。鼻孔をつく匂いが広がる。すかさず兄は、暖炉脇の棚の奥からジャム瓶を取り出した。〈2006年度イチジク〉と手書きのラベルが貼ってある。間断なく飲み食いしているのに、まだ入る。兄の妻は肉とジャガイモを食べ終えたばかりの皿を下げ、そのあとにチーズ用の小皿を並べている。

「その様子では、今からミラノまで帰るのは無理だろうな」

暖炉の前のソファーで居眠りしている私を見て、友人がからかった。

「今晩は、どうぞうちに泊まっていってください」

兄の妻がそのとき初めて、それまでの賄い係から主婦の顔に戻って親切に声をかけてくれた。

焼き菓子や果物、コーヒーと終えて、友人と兄弟は暖炉の前で胡桃（くるみ）を肴（さかな）にブドウの搾りかすで作った蒸留酒を飲んでいる。相当のアルコール度数だというのに、三人は水でも飲むように杯を重ねている。食卓の上には、発泡の赤、引き締まった白、軽やかな赤、渋い赤と四本の空き瓶が並んでいる。一人一本程度、か。しかしあらためて見直すと、瓶はどれも通常の二本分に当たる一・五リットル入りなのだった。

兄弟の農園はミラノから近いので、大量に買い置きはせずにときどき訪ねては数ケースずつ買うようにした。訪問は頻繁になり、訪ねるたびに心づくしの手料理を振る舞われた。季節の移り変わりは、皿の中でも鮮やかだった。ワインの代金以上のもてなしを堪能し、農村の厚意に酔いながら都会の家に戻った。

五、六年経っただろうか。

「この夏で、ジャンニとレオは農業を止めることになった」

午後、農村のバールでの雑談の合間に友人がぽつりと言った。カードゲームに興じていた村の男たちがその言葉を耳にして、困った顔をして言い交わした。

「うまいワインだったのに、惜しいなあ」

地平線まで丘が続く、雄大な風景を思い浮かべる。弟が栓を抜き、黙って兄に瓶を差し出す様子を思い出す。

バールを出て、家に向かって農道を歩きながら、

「話し相手がワインだけになってしまってね」

友人がため息混じりに言った。兄の妻のことだった。

農村の一年は忙しい。時間が飛ぶように過ぎるかに思われるが、夫が農作業に出て家事もひととおり終えると、ぽっかりと空き時間ができる。若い頃は子育てやジャム作り、空き地に花を植えたりして忙しく、気がつかなかった。毎日の時間の流れに慣れると、

突然、空と農地だけの周りの風景が止まって見えるようになった。時間ばかり流れて、自分は何も変わらない。木には花が咲くのに、子供が手を離れたら自分はどうなるのだろう。

ある冬、彼女は家の窓から風が通り抜けていく枯れた木々を見ているうちに、不安と焦りで居ても立ってもいられなくなった。

「挨拶がてら立ち寄ったら、空き瓶が転がる食卓に突っ伏していてね」

農作業の手伝い、料理、後片付け、掃除、洗濯。アイロンをかけても来年まで着て行く先のない洒落(しゃれ)たブラウス。洗い替えと交互に着ているトレーナーとジャージ姿のまま、彼女は台所にあっただけのワインを飲みきって、気を失っていた。

昨日今日に始まったことではなかった。階下はワイン倉庫である。

〈一本減ろうが、夫も義弟も気づかないだろう〉

一本が二本になり、一箱になるのはあっという間だった。一家の暮らしを表に裏に支えてきた彼女が、一家の計を成していたワインに溺(おぼ)れてしまった。妻であり母である一家の核だった彼女が崩れてしまうなど、夫も子供たちも義弟も想像もしなかった。

農業をやめよう。

住む場所も変えた。友人の家のそばに小さな小屋があった。住居ではなく農作業の道具や肥料を置くためのもので、長らく使用されずに荒れたまま放置されていた。破格の廉価で買い上げて、悄然としている妻に夫は小屋の手入れを任せた。若い頃から妻は、壁や家具に絵付けをしたり裁縫したりするのが趣味だった。

「好きなように内装をして、そこで得意の料理や菓子を作ればいい」

しばらくベッドからさえ出られなかった妻は、何週間かしてようやく小屋へ連れていってもらった。小さく見えたが中はわりと広く、荒れているけれど手を入れればきっと見違えるに違いない、と妻は思った。

〈まるで私みたい〉

夫も子供たちも何も言わずに待った。

枯れたように見える木にも、春の日が差すと新芽が出てくる。

小屋は次第に片付き、朽ちた風情を生かしながら丁寧に修繕がなされて、秋頃には居心地のよい小さな家に生まれ変わった。

「これからここで食堂を始めます」

妻は、夫と義弟に己の不始末を詫びたあと、昼食に友人たちを招待し決意を告げた。それを聞いて義弟はうかがいを立てるように兄のほうを見てから、解禁になったばかりのワインの栓を恐る恐る抜いた。

「ほどほどにしないと、蝶になって飛べないから」

妻は照れくさそうに笑い、受け取ったグラスに口は付けずに、乾杯、と目の前に掲げて、そのまま夫に手渡した。

「もう迷うなよ」

夫は窓の向こうに広がる霧を見たまま言った。

黒いビキニと純白の水着

その村を初めて訪れたのは、まだ春も遠い三月初旬の頃だった。

ミラノでは、一年の半分は暖房が欠かせない。窓の外はモノクロ写真そのもので、長年暮らしてもこの気候に慣れるということはない。なかなか訪れない春を待ち疲れ、ならばこちらから春に会いに行こう、と海へ出かけたのである。

陰鬱（いんうつ）な空をあとにして国境に近い海辺へ行ったのは、毎年恒例の自転車レースを観戦するためでもあった。

ミラノを出発した競技者たちは、三州にまたがるコースを走りに走り終着点のサンレモを目指す。コースは文字どおり山あり谷ありで、特に最終区間は曲がりくねる細い坂道を延々と上るかと思うと次には急カーブが続く下り坂が待つ、という難関である。越えても越えても次々と目の前に立ちはだかる急斜面は、まるで人生ゲームのようだ。路肩に並んで観戦する人たちは、どんな勾配（こうばい）にも怖（お）じけず立ち向かう競技者の姿に自分の諸事情を投影させて、手に汗握る。健闘を祈る。終着点まで無事にたどり着いて欲しい、と願うのである。

新緑の中を疾走する自転車レースを追ううちに、鉄道やバスではたどり着くのが難しい、見知らぬイタリアを訪ねる旅にもなっていることに気づく。

観戦後、レースのコースをゆっくり車でたどってみることにした。

その村は、レースの最終区間にあった。海を前にしながらナポリやジェノヴァのような港町の活況はなく、山を控えているものの天を突く連峰といった壮大な景色もない。曖昧（あいまい）で、個性に欠けるところだった。毎年の自転車レースのおかげで、村を通り抜ける山の道、海の道は隈無く舗装されている。ミラノよりよほど快適な道路事情で、その道の先に現代的な都会が突然現れたとしても少しも違和感はないだろう。ところが行けども行けども町どころかこれといった見所もなく、あるのは整備された道路だけである。

曲がっては上り、下っては曲がる。

岩肌の迫る路肩と雑木林、その隙間から時おり遠くに海面が光って見える。思い出したように家屋が点在する。絶壁の突端や雑木林の中に潜むように建つ一軒家には、いったいどういう人が住んでいるのだろう。店もない。教会もなければ、広場もない。自転車レースがないときは、音もないだろう。

道なりに走り続けていたつもりがどこかで曲がりそびれたらしく、突然、砂利道になった。勾配はいっそう急である。低速ギアに入れた車は、鼻先を迫り上げるようにしてタイヤをにじらせながら坂を上っていく。視界に入るのは空だけだ。気を抜くとそのまま車ごと後ろにひっくり返ってしまいそうで、思い切りアクセルを踏み込み一気に駆け上る。上りきったところに、草原が現れた。平地ではなく、斜面を背丈の低い柔らかそうな草が覆い、簡単な木の柵が草原を囲っている。草の繁みの向こうに馬が数頭見えて、牧場らしい。坂になっているので端から端までは見渡せないが、それでも結構な広さがあるようだった。

車を停め、入り口を探す。柵伝いに上り坂になっている草原を歩く。すでに初夏のような日差しで、少し歩いただけで汗ばむ。斜面を上りきったところに、鉄筋のちょっとした構えの建物があった。それは住宅ではなく、もちろん厩舎でもなかった。壁はコンクリートの打ちっ放しで一見モダンな造りに見えたが、近づいてみると単に塗装が剝げ落ちてそのまま放置されているだけなのだった。人気はなく、周囲の草が風にそよぐ音が聞こえるばかりである。

柵の戸を見つけて、膝の高さの草を踏み分けるようにして建物に向かって歩いていくと、草蔭で何かが動く音がした。兎だろうか。蛇かもしれない。遠くの馬たちは呑気に草を食み、物音に動じる様子はない。音のしたほうへ近寄ろうか迷っていると、そこに突然、人が立ち上がった。後ろ姿しか見えない。女性で、肩まで届く髪は明るい栗色で、細かく波打っている。肩に贅肉はなかったが、背中の様子から、その女性がもうそれほど若くはないとわかった。そしてその人は、ブラジャー姿だった。私はわざと乱暴に足元の草を踏み払い音を立て、軽く咳払いした。その女性が立ち上がり、黒いブラジャーを外そうとしていたからである。

「あら、気がつきませんでした」

何か楽器が鳴ったような声でその人は振り返りざまに言い、照れ隠しのようにウインクした。

大学生の年恰好ではなかったが、中年でもなかった。色白の肌に濃い上がり眉で、目が大きく、山奥の草原にはずいぶんと場違いな印象的な顔立ちだった。立ち上がったそこにはデッキチェアがあり、本が置いてあるのが見えた。日光浴をしていたらしい。

不意の立ち入りを詫びて、ここはどこか、とその人に尋ねた。草の中から現れた下着姿の女性に戸惑い、咄嗟に何を言っていいのかわからなかったのである。

間の抜けた問いに女性は少し笑い、

「芸術学校です」

ブラウスを着てから、私についてきて、と手招きした。

目の前のコンクリート壁の建物に入り、一室へ案内された。

「夏の間だけ、林間学校を開いています」

挨拶をした学長は、顔色の冴えない六十近い男だった。

海から山を越えて、トリノのほうへと続く道がある。昔は単線の鉄道が通っていたらしいが、高速道路が整備され人や物資の流れが変わり、過疎化が進んで廃線となった。それでも僅かに残った山間の集落を縫い繋ぐような旧街道は残り、そのひなびた雰囲気を好んで気候のよい季節には旅する人もいる、と学長は言った。

「北の各地へオリーブオイルや塩を運んだ、商いの道でもありました」

一本しかない山越えの道は、今にも山賊が現れそうな気配である。

こんな寂しいところで学校を、と驚くと、

「山里を知らない人は多いのです。自然の中でテレビやコンピューター、携帯電話もない夏を過ごすと、子供は見違えるように元気になります」

それで、絵画や彫刻、音楽といった創造力を刺激するような夏期だけの学校を思いついたのだ、と説明した。林間学校の説明を受けに来た親でもない私を相手に、山奥で子供たちと過ごす夏がどれほど格別か、学長は言葉を尽くして話し続けた。女性は横に座ったまま何も言わずに、微笑みながら学長の横顔を見ている。もう飽きるほど聞いているに違いないのに、まるで初めて聞くように何度も相槌を打ち、ときどき感心してため息をつき、一言も聞き漏らすまい、という顔で耳を傾けている。学長の熱弁は、なかなか終わらなかった。そのうち私は学長の話よりも、その女性の様子に気を取られた。陽気のいい春の日に、すぐそこに見える海には行かずに山奥の草むらで日光浴をしている。夏にならないと学校は開かない。校内には、学長のほかに誰もいない。音もない山奥に、二人だけ。

ピナは、チェンバロ奏者だった。もうすぐ四十歳。イタリアの音楽院を卒業するとすぐ外国に渡り長らく修業を積んだが、履歴に残ったのは、多数の個人授業と何人もの師匠と、その数と同じだけの失恋だった。

実家に戻った。

まだ四十歳にもなっていないというのに海辺の村では、旬を過ぎた女、という目で見られた。周囲には芸術を生業にする人はなく、異国暮らしのさまざまな経験を携えて戻ったピナの話し相手になれる人もいなかった。誰もが自分たちの日々の暮らしで手一杯で、音楽を楽しむなど分不相応の贅沢なのだった。そういう村なのである。真新しい道はあっても、そこは年に一度、自転車が通るだけ。どこにも続かない道。

自分自身と音楽を持て余すようになり、そのうちピナは楽器に触れなくなった。毎日、本を持って海辺へ行く。一年じゅう一帯の気候はよく、真冬でも陽光に満ちている。家の中に一人でいるより、海を前に一人でいるほうが気が紛れた。

学長と出会ったのは、海辺の仮設バールだった。

冬の間、学長は林間学校の資金繰りに忙しい。篤志家や村の役人たちとの打ち合わせに、海辺の店を使っていたのである。バールで顔を合わせることが続き、会釈するようになり、二、三言葉を交わす。こちらでコーヒーでもいっしょにどうぞ、明日もここで会えるだろうか、これから山の学校へいっしょに来ませんか。

四季が一巡し、昨夏からピナはピアノの講師として林間学校で教えるようになった。


校舎には教室が四、五室あり、図書室や食堂、そして宿泊施設もあった。

「林間学校が始まると、私はここで寝泊まりして暮らします」

ピナは言い、そっと学長を見た。

先ほど見た、黒い下着姿の背中を思い出す。


翌日、ピナと海辺で待ち合わせをする。

「せっかく知り合ったのだから」

とっておきの場所があるので案内したい、と彼女は言った。

波打ち際と並行して走る道を、車で行く。

水は透き通り、空を反射して明るく輝く青色は絵の具を溶かしたようだ。それほどの海なのに、砂浜はなく鋭角な岩ばかりである。夏が来ても、ここでは海水浴も日光浴も無理だろう。波が砕ける岩と道路の隙間からは、見たこともない棘だらけの背の高い植物が生えている。ただでさえ足場が悪いのにこれでは、海に近づくな、と追い払われているようである。

「着いたわ」

村から数キロメートルほどの海沿いのそこには、デッキチェアが七、八脚置けるほどの少し平らになった岩場があった。ピナは慣れた足取りで黒く大きな岩と岩の間を飛び渡り、海のほうへ降りていく。

道路からは見えなかったがちょっとした洞窟のようになったところがあり、その僅かな空間を利用してカウンターとテーブルが四、五卓、置いてあった。テーブルは海際に横一列に並べてあり、海を正面に見て座るように椅子が置いてある。

「ここで命拾いしたの」

ピナはこちらを見ないでさらりとそう言い、海に向かって伸びをしている。何があったのだろう。

看板も入り口の目印もないので、ここに来るのは常連ばかりだろう。昼前だというのに席はすべて埋まっている。

まだ三月だが気温は二十度を超え、汗ばむほどである。古いヤシの葉で作った日除けが各テーブルの上に付いていて、潮風に音を立て南国気分をかもし出す。店でくつろぐ客たちのほとんどが女性で、申し合わせたように皆、上半身はビキニの上だけだった。

ピナはコーヒーを注文するとすぐ、ちょっと失礼、と座ったままでサマーセーターを手早く脱いだ。もちろん、ビキニである。

夏が待ちきれないのね、と呆れて言うと、

「夏が来てからだと遅いのよ」

愉快そうに答えた。

足場が悪いので子連れの客はやってこない。流行の音楽も流れない。聞こえるのは、岩にぶつかる波の音だけである。岩場の向こうの海はいきなり深くしかも強い潮の流れがあり、遊泳禁止になっている。これといった余興はない。あるのは、ゆったりとした時間と太陽だけである。若者たちには物足りないだろう。常連の顔ぶれは、そこそこの年齢の女性たちである。ピナのように一人で来る女性もいれば、数人が連れ立って来ていたりする。午前遅くから夕刻まで開いていて、店主一人でやりくりしている。海が荒れると、店は閉まる。何度も時化で店が丸ごと流され、そのたびに一から造り直してきたのだという。

「何度造っても、また流される。自分のこれまでを見るようで切ないけれど、ここへ来るとほっとするわ」

ピナがそれ以上もう何も言わないので、こちらも黙って海を見ている。あまりに日差しが強く、サングラスをかけているのに本を開いても字が読めない。

日が昇ってくると、コーヒーや紅茶を片手に雑談をしていた女性たちは三々五々、それぞれの椅子をさらに海の近くへと動かす。店主に頼んで、デッキチェアをすぐ下の岩場へ出してもらう人もいる。どの人のビキニも、おろしたてのようである。色鮮やかな柄の人もあれば、無地でシンプルなデザインのものを着ける人もいる。足元や空席に置いている大ぶりのバッグは、ビーチ用のものなのだろう。ビキニの柄や色と揃いになっている。立ち上がった熟女の足首には、洒落たアンクレットが見える。脇に抱えたビーチタオルは濃いブルーで、デッキチェアにそのタオルを敷き彼女が横たわると、まだ日に灼(や)けていない白い肢体がくっきりと浮き上がって見えた。もちろん、サンダルもビキニも濃いブルーである。

自転車レースのほかこれといった出来事がない村、と決めつけていたが、自分の早合点を恥じる。行けども行けども何もない、昨日通った侘(わび)しい山道と目の前の光景とを比べて、驚く。

「表に見えないことって多いのよ」

ピナは、日の光を正面から浴びるように椅子を動かして、ぽつりと言った。

私たちは何もせず、そのままそこで過ごした。

昼になると背広姿の男たちが来て、カウンターに近い日蔭のテーブルで簡単な昼食をとり、コーヒーを飲み、新聞を読んで、また仕事場へ戻っていく。午後三時を過ぎると、女性たちが一人二人、数人連れ、とやってくる。午前中とは別の常連なのかと見ると、同じ顔ぶれだ。昼食時にいったん自宅に戻ってからの、再来店である。それぞれの定席につくと、昼前まであれだけ雑談に花を咲かせていたのに、もう何年も話していなかったかのようにまたおしゃべりを始める。コーヒーを飲み終えひとしきり話し終えると、女性たちは椅子を午後の太陽のほうへ向ける。ジャケットを取り、シャツのボタンを外し、あるいは店の奥の更衣室へ行って衣装替えをしてくる。思い思いのビキニに。ピナが目配せして、ビキニとは、バッグ、バッグとタオル、タオルとサンダル、と視線を移して笑う。午前中のビキニとは、色もデザインも異なる。日の差してくる方向を確認すると、女性たちはビキニを触り始めた。午前中に灼いた肌が、少し赤くなっている。午後用のビキニは、午前中のよりも小さく露出度が高い。日焼けする胸元がより下方へと広がるので、念入りにビキニのストラップや胸元のラインをずらしているのである。

「こうして春の浅いうちから、少しずつ灼いていくの。そうすると火傷(やけど)もしないし、皮もむけない。ビキニの跡をつけないで、まんべんなく灼ける。夏の数日で一度に灼くのは、時間とお金のない証拠よ」

そう言いながらピナはビキニのストラップを肩から外して、椅子の向きを変えた。

ピナと出会った頃、学長はこの店の常連だった。学長の家は何代にもわたってずっと村の住人で、そこそこの資産と知名度があった。銀行だったり学校や役場や警察だったりと、代によって職種は異なったが、ずっと村の顔役を務めてきた。

海が荒れると流される。そういう危うい場所で店が続けられたのは、あちこちに顔利く学長の口添えがあったからである。店主と学長は親の代からの付き合いで、高校の同級生でもあった。そういうよしみで、毎日、学長は海を見ながら昼食をとり、コーヒーを飲み、新聞を読みに店を訪れた。家に戻っても、不機嫌な妻からの不在を告げるメモがあるばかりだったからだ。トリノ出身の妻は田舎の暮らしに辟易していて一日の大半をたいてい村の外で過ごし、夜になるまで戻ってこない。村にというより、夫との毎日に飽きていたのかもしれない。

学長はすぐ、新参のピナに気づいた。注文するときのアクセントから同郷だとはわかったが、村の者にはない雰囲気に惹かれて、店に行くのが楽しみになった。

そして春が来て、学長は気づく。店に来るとほかの女性たちは早速ビキニ姿になって灼くのに、彼女はいつも洋服を着たまま一人で本を読んでいる。

「日光浴はしないのですか」

ある日コーヒーを差し出しながら、学長はそう訊いた。ピナは眉を上げ大きな目で学長をじっと見て、

「そんなことありません」

そう言ったかと思うと、その場でTシャツをたくし上げビキニひとつになってみせた。

「そのときの学長の顔を想像してみて」

楽器が鳴るような高らかな声で笑い、そしてピナは遠くを見るような目になって、再び太陽のほうを向いて座り直した。

道を間違え偶然に出会ったピナと海辺の店で過ごした数時間のことは、その後も深く印象に残っていた。天気のよい日には、今頃あの岩場でビキニになって日光浴をしているのだろうか、などと思い出した。

しばらくミラノから離れることを決めたとき、最初にあの岩場のことが思い浮かんだ。そして縁あって、その村の、海の近くではなく内陸に住むことになった。

家主は、教会だった。

その村は過疎化がひどく、残った僅かな住人の大半は老人だった。教会は半分崩れ落ちそうな傷みぶりで、修復工事もされないまま建っていた。その様子は、世の中から忘

れ去られた集落や住人たちとそっくりで、中世で時間が止まってしまったように見えた。

景色に色が戻るのは唯一、ミサの時間だけだった。歩ける老人が数人集まり、過疎の村とはいっても十数人はいる子供たちが親に連れられてやってくる。オルガンがないので、小学校で使うような鍵盤ハーモニカで聖歌の演奏が始まり、かすれた声と元気あふれる童子の歌声が続いた。教会とミサと鍵盤ハーモニカと子供たちの面倒をまとめて見ていたのは、修道会から派遣された三人の尼僧たちだった。三人とも南部イタリア出身で訛が強く、声も大きく明るくて、静かで暗い雰囲気の村と対照的だった。尼僧たちも多くの村人同様、老いていた。一番若い責任者のシスター・パオラですら、すでに七十歳を超えていた。教会が所有する一軒の家屋を利用して、住み込みで保育園を運営していた。私が借りたのは、その保育園の隣の家だった。

無宗教の異邦人なので気兼ねがなかったのか、尼僧たちは何くれとなく私の手助けをしてくれ、また、それと同じ分だけあれこれとこちらに頼みごともした。

〈汝の隣人を愛せよ〉

まもなく私たちは信仰を超えて、仲のよいご近所どうしとなった。

陽気がよくなりほとんど毎日のように出かけていく私を、ある日シスター・パオラが玄関口で呼び止めた。

「毎日、いったいどこへ行くの？」

例の岩場のバールでピナと昼食を約束していた私は、おおよその場所を言う。とたんにシスターは顔を曇らせたが、すぐに毅然として、

「ふしだらな場所へ行くと、魂が汚れます」

叱りつけるように言った。

咎められたのは心外で、のんきなバールの空気や身繕いに熱心な客たちのこと、おいしい昼食、静けさ、あふれる太陽の光、深い海、香り高いコーヒー、異国暮らしの長い音楽家との雑談など、シスターに話す。

音楽家と聞いてシスターは眉をつり上げるようにし、

「黒いビキニ、ね……」

低く唸るように言い、黙り込んだ。

岩場のバールでピナ本人に、出がけにシスターから小言を言われたことを話すと、彼女は肩をすくめた。

「外国から村に戻ってすぐの頃、教会でオルガンを弾いていたこともあるの」

しかし妻帯者の学長との逢い引きが皆の知るところとなって、公の場から彼女は追放されてしまった。村で生まれ育ったピナである。幼い頃には、シスター・パオラに手を引かれて教会へ通ったこともあったのではないか。

昼食から家に戻ると、待っていたかのように玄関の呼び鈴が鳴った。シスターが立っていた。

「明日の朝早く、時間はある？　ちょっと海岸通りまで送ってもらいたいのだけれど」

ピナにも連絡しておいて、とシスターは付け加えて保育園へ戻っていった。

翌朝、車にシスターを乗せて海へ向かう。日の出に近い時刻である。人も車もいない。

「岩場のバールの近くまで行ってちょうだい」

思いがけない行き先を言われて、シスターの顔を見た。前を向いて運転しなさい、とシスターは厳格な調子で言い、再び黙った。

海岸通りにはピナが先に着いていた。シスターを見ると、何も言わずに飛びつくようにして抱きついた。二人とも半泣き顔だ。しばらくしてシスターは、

「じゃあ、行くわよ」

小さな声で自分に言い聞かせるように呟いたかと思うと、岩場のバールへ向かって歩いていく。白い修道衣の裾（すそ）をさっと上にたくし上げて、岩場を危なげに下りていった。

そして私たちが制する間もなく、岩場から海に飛び込んだのである。あまりのことに私たちは心臓が止まりそうだった。

ピナはその場にひざまずいて、震えながらロザリオを唱え始めた。

いくら暖かい一帯とはいえ、晩春の海は冷たい。いったいどうして、と飛び込んだ先を見ていると、シスターはゆったりと腕を動かしながら波間に浮かんでいる。太ったシスターの周りに白い修道衣が広がり揺れて、白く大きなクラゲが濃紺の海に舞うようだ。寒がりもせずに泰然と海に身体を託しながら、シスターはぶつぶつと祈りを唱え続けている。

冷たい海でもしものことがあっては、と助けを呼びに行くために車に戻ろうとしていると、シスターが悠々と海から上がってきた。

「今年の初泳ぎよ」

下に尼用の水着を着てきた、とずぶ濡れの裾をわざとらしくめくり上げて見せて、いたずらっぽく笑った。再び海に向き直り、神妙な顔で十字を切ってから、

「我らの罪を許したまえ」

と呟き、泣いているピナの頭にそっと手を置いた。

ハイヒールでも、届かない

うちから五つ目の停留所で、路面電車を降りた。

停留所の近辺は商店で賑わい歩道からは人があふれるほどなのに、通りを一本隔てるだけであたりの雰囲気はがらりと変わる。道沿いに建つ建物はどれも荘厳で、古城を彷彿とさせる。界隈は人通りもなく、深閑としている。建物ごとに広い庭があり、樹齢を重ねた大木が枝を伸ばし歩道にまで影を落としている。

閑静な通りを十分ほど歩いたところに、その学校はあった。


「日本の方でしょうか」

数ヶ月前、その停留所の近くで路上の花屋と立ち話をしていると、横に立った中年女性から声をかけられた。灰色のスーツ姿の地味な印象の人である。

「日本の知人から手紙を受け取ったのですが、内容がわからないのです。すみませんが、訳してもらえませんでしょうか」

すぐ近所の学校関係者だというその中年女性についていった。

建物は際立った装飾もなく地味な外観だったが、壁面にはめ込まれたレリーフや紋様の入った鉄の窓枠からいかにも古い歴史のあるものとの印象を受けた。

門を入ると、こぢんまりした中庭があり、中庭を抱くように回廊があった。そこからさらに長い廊下が、奥へと続いている。女性のあとについて長い廊下を歩いていくと、部屋からは幼い子供たちの声が聞こえてきて、小学校なのだと知る。

花屋で話しかけてきた女性は、その学校の校長なのだった。

手紙の内容は、平凡な時候の挨拶だった。以前、日本から見学に来た教師が季節の折々に手紙を送ってくるのだ、と言いながら、校長は廊下の隅にある自動販売機でエスプレッソコーヒーを二人分買い、中庭に誘った。

木蔭の白い小卓でコーヒーを飲みながら、しばらく話をした。

偶然にも、校長と私は同い年だった。四方山話をしている最中に、私は少しナポリ訛になった。彼女がナポリのイントネーションで話すので、つられたのである。三十余年前の学生時代、私はしばらくナポリで暮らしたことがあった。

「まあ！」

校長はひどく驚いて、すぐうれしそうに両手で私の手を包み込んで握手をしながら、同郷のよしみでぜひ相談したいことがある、とあらたまった様子で言った。

　小学校にしばらく通ってきてもらえないだろうか、というのである。

　日本語の手紙が取り持つ縁で知り合った校長に頼まれ、小学生に日本について話をすることになった。一人の教師が急病になり、突然に空いた穴を埋めるためだった。リクリエーションの時間で代理の教師は他にも数名いるので、週に一度通えばよかった。

　通い始めて知ったが、お屋敷街の真ん中にあるその学校は良家の子女たちが通うので有名な規律の厳しいカトリック系の名門校だった。市外から遠距離通学してくる子たちも大勢いた。各学年に二クラスずつしかなく、一クラスが二十名余りのこぢんまりした学校である。校舎は十八世紀に建てられた元修道院で、学校周辺の格式ある建物と同じ空気が流れている。長い廊下には、三色の大理石がはめ込み細工のように敷き詰められている。廊下の隅にはいつも二、三人の若いシスターが静かに控えていて、こまめに床を磨いている。高い天井と壁は灰色がかった白色だが、電灯のスイッチの周りや窓枠のそば、掲示板の周辺など、人の手が触れやすい場所ですら僅かな汚れもない。

　女児たちは、縁にレースの付いた純白の綿のエプロンを着けている。どの子のエプロンも染み一つなく、ぴしりとアイロンがかかっている。男児たちは、青みがかった灰色の襟なしの綿シャツ姿である。児童は一様に華奢で、透き通るような白い肌に線の細い面立ちをしている。金髪の児童が多く、中には髪の毛を肩までまっすぐに伸ばしている男児もいる。ふだんの町中や公園では目にすることのないような、イタリアの子供たちがそこにいた。

受け持ったのは、三年生のクラスだった。十歳に満たない子供たちが相手、と高を括り気楽な気分で授業に臨んだ。ところが数名を除く大半の児童が、日本はもちろん、タイや中国各地をすでに訪問済みだと知った。アフリカもロシアも南米も同様で、地球を踏破する勢いである。子供たちはしかし、世界各地を訪れたことがあるのを鼻にかけたりしなかった。バカンスで〈上海〉に行くのも週末に〈ローマ〉の親戚を訪ねるのも、その子たちにしてみればたいした違いではなかったからである。

フジサンやシンカンセンの話を私が子供たちにするより、アフリカで見た野生動物のことや旧ユーゴスラビアの海で泳いだ話を子供たちから聞くほうが、よほど面白かった。授業の内容を変更して、四十分間にわたって子供たちといっしょに世界一周の旅を満喫した。すっかり話に熱中して皆で驚いたり笑ったりし、知らないうちに教室は騒然となった。

ちょっと失礼、と声がして、教室のドアが開いた。

校長である。

「授業中は静かに先生の話を聞くこと、でしょう？　いったい何です、この騒ぎは」

校長の一喝に、皆の前でゴリラの真似をしていた男児が冷水を浴びせられたようにしよげ返る。手を打って笑い転げていたほかの子供たちも、黙ってうつむいている。

私は校長に授業内容の変更と騒動を詫びて、最初の授業を終えた。


帰宅するため玄関へ向かうと、十数人の女性が廊下に置かれたベンチに、三、四人ずつに分かれて座っているのが見えた。どの人も一様に長いまっすぐの金髪で、おろしてのように見える洋服をまとい、きちんと揃えられた足元には磨き上げられた靴を履いている。まだ夏までには間のある時期なのに全員がもう素足で、こんがりと日焼けした足はかなり手入れがしてあるのだろう、廊下の暗がりでも輝いている。二十代、三十代の女性たちに交じって、初老の女性たちもちらほら見える。児童を迎えに来た、保護者たちだった。

ベンチの前を通りかかったとき、全員の視線を感じた。目を合わせようとする人はいないので、黙礼の機を逸する。若い母親や祖母たちは知らんふりを装いながら、こちらを凝視しているのだった。

玄関から出ようとすると、ベンチの端に座っていた一人が駆け寄ってきた。

「来週は、折り紙などなさるといいわ。これからは、どうかお静かにお願いいたしますね」

甘い花の香りが近づいたかと思うと、その若い母親は私にだけ聞こえるように耳元で丁寧に、しかし念を押すような調子で告げてベンチへ戻っていった。僅かながら南部のイントネーションがあった。ナポリよりも遥か南方にある、山間の地方のイントネーションのように聞こえた。

私はナポリでの学生時代に一度だけその山間の村を調査で訪ね、数日を過ごしたことがあった。〈そこから先へ行くのはキリストでさえ思い止まった〉と言われるような、荒寥(こうりょう)としたところだった。

岩肌が目立つ寂しい風景と独特のイントネーションは、あれからずっと記憶の底に残っていた。それですぐに、おや、と思ったのである。

一週間に一度の小学校訪問は、うちから路面電車でたった五つ目という近所だったにもかかわらず、毎度、小旅行に出かける気分でわくわくした。

停留所で降りて通りを渡ったとたん、あたりの景色が変わる。

校内に入ると、奥で繋がっている聖堂からほのかに香りが流れてくる。小学校だというのに静まり返っていて、長い廊下を渡ってくる匂いの道筋まで見えるようである。

行儀のよい子供たちとの時間はいつも瞬く間に過ぎ、気取った母親たちが待つベンチの前を通り、学校を出る。

子供や保護者、校長やシスターたちの立ち居振る舞いも、他では出会わないものだった。目にするものすべてが珍しく、秘密の園を探検するようだった。

何週間か経った頃、授業を終えて帰ろうとしていると、折り紙でも、と提案してくれた母親から、

「お茶でもごいっしょしませんこと？」

と、呼び止められた。夏休みも間近な、五月末の午後だった。

停留所とは反対のほうに向かって歩く。厳(おごそ)かな住宅街の角で彼女は曲がり、慣れた様子で門を開けて入った。通りすがりに、庭を掃除していた門番にそっと小銭を握らせ、建物の脇を通り抜けて中庭へ出た。五月とはいえ、日差しはもうすっかり夏である。先を歩いていた彼女はいつの間にか、顔半分を覆うほどの大きなサングラスをかけている。女優のように見えた。

「さあ、どうぞ」

木蔭の丸いテーブルにバッグを置いて、そう勧めた。

蔦(つた)が最上階まで生い茂る建物の裏には見上げるような欅(けやき)の木があり、その木蔭に鉄製のテーブルがいくつか並んでいる。建物の一階はガラス張りで、落ち着いた色のソファーや椅子が並び喫茶店のようになっている。建物内の住人や許可された人たち専用の談話室のようなものらしかった。私たちの他に若い女性が数人、乳母車や三輪車を脇に置いて、雑談をしている。

「ナポリにお住まいだったことがある、と校長からうかがいました」

座ってすぐ、学校では見せないような人懐っこい顔をして彼女は言った。そして、ようこそ北部へ、とおどけるように言いながら、校長が初めて会ったときにしたように両手で私の手を包み込んで親しげに挨拶をした。

「マルタです」

別人のようになった彼女はうれしそうに名乗り、郷里の名も口にした。以前に訪れたことがある山間の村のことを言うと、

「隣村で、夫の故郷です」

南部のイントネーションをわざと強調するように言い、くつろいだ顔になった。

学生時代に南部で食べたパスタが忘れられない、と言うと、マルタは目を輝かせて、次々と食材を上げてレシピを教えてくれた。

「歯ごたえのないリゾットやポレンタなんて、食べ物じゃないわ」

大笑いしてウインクした。

それから何度か欅の下でコーヒーを奢(おご)り、奢られて、私たちは学年末の頃にはすっかり仲よくなっていた。

マルタが夫と出会ったのはミラノだったと聞いて意外だった。てっきり幼馴染(おさなな じ)みで仕

事を探しにミラノに揃って出てきたのだろうと思っていたからである。

彼女の両親は若い頃に山間の村からアドリア海沿いの町へ出て、小さな食堂を営んでいた。父親の料理の腕はなかなかで、遠方からわざわざ訪れる常連もいた。資金がなかった両親は、賃料が安かったので辺鄙(へんぴ)な場所に店を出したのだが、それが逆に功を奏して、隠れ家のような店、と評判を呼んだ。上客がついた。夫婦だけで店をやりくりして、目の回るような忙しさだった。マルタと妹は小学校に上がるとすぐに、スイスの寄宿学校に入れられた。両親は、店にかかりきりだったからである。

スイスからイタリア南部の実家はあまりに遠く、クリスマスと復活祭、夏休みにしか親の元へは戻れなかった。せっかく戻っても、世間が休むときは店のかき入れ時なので親にはかまってもらえない。結局、どこにいてもいつも姉妹二人だけで過ごした。幼い姉妹には外国での寄宿舎生活は寂しく、家に帰りたいと何度も泣いて頼んだが、父親も母親も聞く耳を持たなかった。

「地元に将来はない、と両親は考えたからです」

高校を卒業すると、ミラノの大学に入った。南イタリアにも良い大学はあるのに、

「ボローニャ以南には下りてきてはならない」

と、父親から厳しく命じられたからだった。

大学に入ってからも、両親とは仕送りを受ける際に電話で近況を話す程度だった。夏

休みになり帰省し、店を手伝いたい、と姉妹が申し出ても、

「スイスの名門校を卒業し、ミラノの大学に通っているのだ。村の若い連中とは格が違う。給仕など、するものではない」

父親は、娘たちが店を手伝うのを嫌がった。

姉妹は実家で休暇の最初の数日を過ごしてしまうと、あとはもうすることも話すこともなく、遊ぶ相手もいなかった。

ある夏あまりに退屈で、マルタは予定を切り上げミラノの下宿へ戻った。八月のミラノは、がらんとした町中を涼風が吹き抜けリゾート地よりもずっと快適だった。近所の店が休業で、自転車で遠くのスーパーマーケットまで買い物に出かけた。そこで、現在の夫と出会ったのである。彼も休暇で南部にある実家へ帰ったものの、しばらく離れていた間に自分がすっかり異邦人になっているのに気がついた。居心地が悪く、早々にミラノに戻ってきていたところだった。

「お互い目が合っただけで、同郷だとわかりました」

一目惚れだった。

彼は法学部を卒業し、実習、国家試験を順調にこなして最短で弁護士になった。文学部だったマルタは彼より数年早く学業を終えたが、仕事には就かなかった。就職難だったからではない。

「弁護士との結婚を控えた娘が、あくせく安月給で働く必要はない」

父親が厳命したからである。

婚約者も、家庭を守ってくれればそれで十分、と賛同し、彼女の父親を大いに喜ばせた。五、六年にわたる婚約期間を経て、二人は結婚した。三人の子供が次々と生まれた。三人目が生まれると、夫は独立した。


「本当は、濃い茶色なの」

長く伸ばした金髪に触れながら、マルタは言った。

交際し始めたばかりの頃、金髪が好き、と彼が何気なく言ったのを聞き、その日のうちに髪の毛を脱色しプラチナゴールドに染めた。南部の女性には、金髪碧眼（へきがん）は少ない。

「男性は、金髪のロングヘアーが好きなのよ」

マルタの役割は、家庭を守り夫を立てることである。

毎朝、子供を学校へ送っていき、家を隅々まで磨き上げると、台所でヨットや高級自動車の専門雑誌を丹念に繰る。成功した男性たちの趣味や持ち物を研究するためだ。流行を確かめると、市外のアウトレット店までバスを乗り継いで行く。女が運転するなんて、と父親にも夫にも免許を取らせてもらえなかった。雑誌のとおりのファッションを廉価で丸ごと揃えて帰宅する。

金曜日は、美容院に行く。毎週金曜の夜は、夫婦水入らずで食事に出かける約束になっている。アウトレットで揃えた一式が、すぐに役に立つ。普段着で行けないような店が、夫の好みなのだ。

「いつどこでクライアントに見られているか、わからないからな」

マルタは一週間で伸びた生え際を金色に染めてもらいながら、国内外のゴシップ雑誌を熱心に見る。ニュースなど、どうでもいい。政治経済の話をする女なんて、と夫が顔をしかめるからだ。有名人が連れ歩く女性たちの顔や恰好のほうが、彼女にはよほど重要なのである。

長いストレートの金髪。

髪をかき上げる指先には、最新のネイルアートが施してある。

透き通るような白い肌。

いつも半開きにした、肉厚で大きな唇。

真っ赤なルージュ。

挑むような、でも猫が飼い主だけに見せるような拗ねた目つき。

少し上向きの小さな鼻。

大胆に開いた胸元には、深い谷間が見える。

首筋はラメで光っている。

丸く小さな膝頭がのぞくミニスカート。

贅肉のない足が伸びている。

そして、ハイヒール。

マルタは、

「この夏は、何センチなのかしら」

誌面を飾る話題の女性たちの足元を見ながらため息をつく。

髪型から口紅まですべて雑誌のとおりにしているが唯一、彼女には身長が足りない。

本人からそう言われてあらためて見てみると、たしかに彼女はいつもハイヒールである。パンツでもスカートでも、ワンピースでも、色とデザインをその日の服に合わせたハイヒールを履いている。

「今年は、十七センチヒールが流行っているのよ」

ある日、学校へ子供たちを迎えに来たマルタは、そろりそろりと前のめりに歩きながら、足を上げてヒールを見せてくれる。

廊下を見ると、居並ぶ母親たちは皆、つま先だけが床につくような高いヒールのものを履いている。

中庭に座ってお茶を楽しむには、肌寒い季節になった。小雨が降る午後、うちでコーヒーでもいかが、とマルタから電話があった。

最高裁判所と大聖堂と小学校を線で結んでできる三角形の内側のちょうど真ん中に、彼女の家はあった。賃貸だという。

呼び鈴を押すと、灰色のジャージに水着のようにぴったりしたタンクトップ姿で彼女は玄関に出てきた。

「ごめんなさい、まだ掃除が終わらないの」

中へ入るときに何気なくその足元を見ると、十センチほどのヒールの室内履きである。家でもハイヒールなのか、と驚くと、

「気を抜いたらおしまいよ。ハイヒールを脱ぐのは、ベッドに入るときだけ」

夫にはハイヒール以外の立ち姿を一度も見せたことがないのだ、と告白した。

掃除を手伝い、二人で台所のテーブルでコーヒーを飲む。ミラノのバールでは出てこない、南部ふうの濃厚な味である。

マルタは飲み終わったカップを手早く洗うと、見せてあげる、と私を奥へ招いた。

幅が四メートルはある壁一面が、収納スペースになっている。天井まである扉を開けると、右半分には整然と秋冬用の靴が並んでいて、残り半分には靴箱が積み重ねてあった。尖(とが)った靴先が揃ってこちらを向いている。靴棚の中に並んでいるのに、ハイヒールはなぜか不安定に見えた。靴どうしが、倒れないように寄り添い支え合っているようだ

った。

三人の子を私立の学校に通わせ、一等地に広い家を借り、事務所も借り、秘書を雇い、高級車に最新モードの服、毎週金曜の美容院と高級店での外食。

そして、無数のハイヒール。

「靴は、父親が買ってくれるの。『私から婿への礼だ』って」

南部のイントネーションを隠さずに、うれしそうに言う。

靴の数が自慢なのだろうか、それとも婿想いの父親が誇らしいのか。

子供たちを迎えに行く前にスポーツジムへ行く、というマルタといっしょに外に出た。コーヒーを飲みながら口にしたビスケット一枚分のカロリーをすぐに落としておかなければ、と真顔で言う。手にした大ぶりのスポーツバッグは底の部分にもう一気室あり、そこにランニングマシン用運動靴からシャワールーム用サンダル、ジム内の喫茶室へ行くときの靴、とジムでのあらゆる場面にふさわしいヒール付きの靴が入っているのだ、と彼女は言った。

「いつどこで夫のクライアントに見られているか、わからないから」

やがて代理教師の任務が終わると、マルタとも疎遠になった。とりたてて理由はなかった。次第にそれぞれの日常へ戻っていった、という感じだった。

数ヶ月経って、大聖堂前の人込みの中を前のめりになって歩いているマルタを見かけた。曇天なのに、いつか見た大きなサングラスを掛けていたが、右目に大きな絆創膏(ばんそうこう)が貼ってあるのがサングラス越しにもわかった。近くまで走り寄って、呼び止める。振り返った彼女は私と目が合うと、少し困ったような顔をした。

せっかくだから、と近くのバールへ誘った。

近くで見ると、額にも大きな絆創膏が貼ってある。私が尋ねる前に、マルタが口を開いた。

「仕事がうまくいかず、夫がイライラして。先週、些細(ささい)なことから喧嘩(けんか)になったの」

結婚して初めて互いに声を荒らげ、罵(のの)り合いになった。鬱憤(うっぷん)ばらしをするかのように、夫はあらゆることを引き合いに出して文句を言い始めた。

そのうち夫が、

「俺に上客がつかないのは、おまえが南部出身で野暮ったいせいだ」

妻に毒づいた。

私が野暮ったいですって？

毎週染める金髪に、手入れを欠かさない素足、有名人の連れの女たちと寸分違(たが)わないファッションの私の、いったいどこが垢(あか)抜けないというのか。

彼女は悔しさのあまり思わず室内履きを片方脱ぎ、

「じゃあ、あんたはどうなのよ」

夫の顔面めがけて投げつけた。夫は激昂した。罵詈雑言。マルタは背中に怒鳴り声を浴びて、そのまま家を飛び出すつもりで玄関へ向かおうとした。

ところが、ヒールのある室内履きが片方だけになった彼女は均衡を失ってよろけた。

「転倒して、玄関のドアに顔面を思いきりぶつけてしまったの」

話し終えて、つんと上向きになっている鼻からサングラスを持ち上げると、目尻の笑い皺がすっかり消えた人形のような左目と、ガーゼの貼られた右目が現れた。

「気を抜いたらおしまいなのよ、北の生活と男は」

学校の廊下で初めて会ったときのように、生粋のミラノっ子ふうに言った。小さい声を立てて笑ったのに、目尻は不自然にぴんと伸びたまま動かなかった。

聖なるハーブティー

「麦とイラクサですね」

銀縁の眼鏡を軽く指で持ち上げるようにして、目の前の医師は検査の結果を見ながら言った。

病院に来ている。

突然、朝方になるとひどく咳き込むようになった。

目覚まし時計のような正確さで、朝四時になるときまって咳が出始める。いったん始まると止まらず、話すこともままならない。そのうち息をするのも難しくなり、市販の薬は効かず、サンレモに近い呼吸器系の専門病院で診察を受けることにした。

ミラノから海のそばの村に引っ越して、まだ数ヶ月である。書店も劇場もない辺鄙なところだがいつも青空が広がり、舗装道路が少ないので車も少なく空気が甘くて別天地である。住み始めて最初のうちは、冬になってもいっぱいの太陽に戸惑った。

ようやく晴天続きの毎日に慣れた頃に突然、夜明けの咳に襲われた。

「アレルギー性の喘息で、かなり重症です」

病院の専門医は続けた。

大気汚染がひどい、厳寒のミラノに住んでいるときですら風邪ひとつひかなかったというのに、これほど空気のよいところでなぜ、と問うと、

「汚いところに慣れていたところを突然清浄な環境に変わり、身体が驚いているのでしょう」

医師は処方箋を書き、翌週その薬を持って再び来るように、と言った。

診察室は五、六十平米はあり、広々としている。天井の高さは、一般住宅の倍はありそうだ。私を診た医師のほかに二人の医師が、それぞれ患者の診察をしている。互いの間には間仕切りもない。患者の脱衣着衣の際に、医師が天井から吊ってあるカーテンを気休め程度に引くくらいである。三人の医師は低い声で問診をし、話の内容までは耳に届かない。それでも老人や幼子を連れた母親が相手だと声が高くなることもあり、否応なく他人のプライバシーが漏れ聞こえてくる。医師も患者たちも特に気にするふうでもなく、診察室にはのんびりとした空気が流れている。医師たちの席の向こうには、天井

まで切られた壁一面の大きな窓がある。窓枠はアルミサッシではなく昔ながらの鉄製で、格子がある。ガラス板は古い手焼きで、窓の外のヤシや海松がゆがんで見える。

受診を終え、廊下に出た。冬の午後の長い日が、暗い廊下に薄白く差し込んでいる。廊下の壁を背もたれにするようにして、合成皮革製の長椅子が二脚並んでいる。日に焼けて黄ばんでいて、座面はところどころ破けている。順番を待つ患者たちがまだ大勢いた。新聞を読んだり編み物をしたり、各人が思い思いの方法で時間を潰している。医師のいない遠い山奥の村からこの海沿いの病院まで、はるばるやってくる患者もいるようだ。病院に入るときには診察を受けることに気が取られていて、周りの様子にまで気が回らなかった。受診が済み玄関を出て、振り返ってゆっくり見渡す。病院の建物は、白い鷲が翼を広げ悠々と木の上に止まっているように見えた。近辺には集落もないひなびたところなのに、建物は不相応とも思えるほど頑丈で大きく、海と空を抱き込むようにして建っている。沖合からこの病院が見えたら、船乗りたちは長く厳しい航海からようやく陸に戻ってきた、と安堵することだろう。

処方箋を薬局の店員に見せると、

「これはやっかいな薬でしてね」

と、困った顔をした。生ワクチンで、冷蔵車で配達される。時間を決めて受け取り、すぐに適温で保管しなければならないのだという。次に薬が届くのは私が不在の日にあたり、代わりに受け取ってくれる人を探さなければならなくなった。引っ越してきたばかりで、気易(きやす)く頼みごとができる知人がまだいない。村の住居の大半が別荘として使われているため、夏以外は空き家がほとんどなのである。

いつも在宅している人は誰だろう。信頼して薬を任せることができる人など、すぐに見つかるだろうか。その日の夜、あれこれ考えているうちに眠ってしまった。

自分の咳で目が醒めた。

窓の外はまだ真っ暗である。咳き込んでいるうちに、汽笛が鳴った。始発の電車が家の下を走り抜けていく。

ふと思い立って、咳どめ薬を服用し、喉の奥に消毒用のスプレーを吹きかけ、マスクにサングラスで外に出る。冬の夜明け前、枯れた草や湿った地面の匂いが立ち上り、冷たい夜気に混じって鼻孔を刺す。それでもマフラーや手袋が要るほどではなく、むしろ身が引き締まって清々(すがすが)しい。マスクを外して深呼吸する。外気を胸の奥まで吸い込まないうちに、次々と咳がこみ上げてきた。車に乗りハンドルにしがみつくようにして、座席の上で咳をするごとに飛び上がりながら、最寄りの駅へ向かった。

冬の海が左手に眠っている。波はない。とろりとした海は、黒い油が入ったたらいを見るようである。白い三日月がまだ空に残っている。湾に沿って緩やかなカーブを走る。

海と道のあいだに線路が走っている。

道から見える駅は、いつもがらんとしている。敷地が狭いのか、線路の上に覆いかぶさるように駅舎は建っている。車で走る道からは、駅舎の向こう側の様子まではわからない。駅前には広場があり、その下にはきっと波が打ち寄せているに違いない。いつもここを通るときは絶景を想像して、一度くらいは立ち寄ってみたいと思っていた。

とうとう今朝、初めて駅前のロータリーへ入った。ロータリーは広々としている。夏は海水浴客でさぞ大賑わいなのだろう。車を停めて、まだ暗い中、ロータリーの向こう側にある壁のそばへ寄り、下を覗いて驚いた。真下には砂も岩も見えず、いきなり黒い海が広がっていたからである。

波が音もなく寄せては、静かに引いていく。入り江になった奥のほうに、月明かりのもと灰色の砂が僅かに見える。波に浸食されて、細い紐状の砂浜があるだけである。

駅舎には蛍光灯が点いている。駅名の表示板を青白い光が照らしている。無人のうえ、その電灯のせいでますますうら寂しい。駅だというのに、売店もコーヒースタンドもない。それどころか切符を売る窓口すらない。もともと周辺の保線のために必要な枕木や砂利、砂、銅線などを運び入れる貨物専用の駅として作られたらしい。乗客を乗せた電車が停まるのは、日に二回程度である。夏以外の季節にこの駅で乗り降りする客は、ごく僅かなのだった。

駅員がいるかどうか、大声で呼んでみる。人の気配はなく、あきらめて帰りかけたとき、

「始発電車は、十分ほど前に出たばかりですよ」

きびきびした女性の声が奥から聞こえた。

電車が通る時間だけ隣町の駅から出張してくる、と穏やかに話すその女性駅員は、明るい青色の制服に紺のコートを羽織り、制帽からは金髪が肩に流れ落ちていた。誰もいない早朝なのに、薄化粧をして清楚で品格があった。

もう五十に手が届くかという年恰好で、腰回りも腹部もずいぶんとゆったりしている。殺風景な駅に、やさしく温かみのある雰囲気をかもしている。

私は、ここへ来たのは電車に乗るためではなく頼みごとがあってのこと、と思い切って言ってみた。

生ワクチンを代わりに受け取ってもらえないだろうか。

藪から棒に見知らぬ外国人から思いもよらないことを頼まれて、女性駅員は戸惑った顔をした。

「そんな責任重大なことを私は……」

女性駅員が断りかけたとき、私は再び咳き込み始め、それ以上詳しく話を続けることができなくなってしまった。苦しくて、ハンカチで目頭を押さえながら発作が鎮まるのを待っていると、

「そんな、泣かないでくださいな。私でお役に立つようでしたらお引き受けしますから」

女性駅員は、私が困って泣き出した、と勘違いしたらしい。

駅舎の中に招き入れると、彼女は缶から茶葉をひとつまみ取り出しお茶を淹れてくれた。嗅いだことのない香りが漂い、最初はほろ苦いがやがて甘く、心に沁みる味だった。ハーブティーを飲んで落ち着くと咳は止んだ。女性駅員はあらためて生ワクチンの受け取りを快諾し、互いの連絡先を交換してその朝は別れた。紙片には、丸みのある字でMARIAとあり、その下に自宅の電話番号が記してあった。

咳が縁で、マリアとしばしば会うようになった。生ワクチンの受け取りを頼んだのは一度だけだったが、あの朝、駅から見た海を忘れることができず、わざわざ早起きしては始発の出たあとの駅へマリアを訪ねていくようになった。そのうち、彼女を含めて四、五名の駅員が交替でこの駅を守っているのを知った。女性はマリアだけである。

夜勤明けで疲れていても、始発時間が来ると同僚たちは新聞や焼きたてのパンなどの手土産を携えて、わざわざ駅へ立ち寄る。マリアに会いたくてやって来るのである。彼女と話すとき同僚たちは、心底くつろいだ様子だ。しかしどれだけ親しくても、誰もけっして馴れ馴れしく振る舞ったりしない。男性駅員たちの礼儀正しい様子から、彼女がどれほど慕われ敬意を払われているのかがよくわかった。

マリアは、地元の出ではなかった。出身地を教えてくれたが、聞いたことのない地名だった。

「北イタリアの低地にあり、川が毎年氾濫(はんらん)する場所なの」

彼女は故郷のことを話し、寂しそうな顔をした。

あまり豊かではない家に生まれ、幼い頃から「公務員をめざせ」と言われて育った。地元にはこれといった働き先がなく、公務員になれば一生安泰、と思われていたからである。就職先が鉄道会社と決まると、両親も親戚も大喜びし、安堵した。地元でしばらく働いたあとに転勤してきた先が隣町の駅で、そしてこの海辺の駅でも勤務することになったのである。

始発を見送りここでの業務を片付けてしまうと、配属先の大きな駅に戻るまで小一時間ほど空き時間ができる。空き時間になるとマリアは、駅前の坂を下ったところに建つ一軒家へ行く。その家は、平屋で小さいがしっかりした造りである。家の裏には小さな庭がある。彼女はその庭で、野菜や果物、花を育てている。

「家主は、スイスの北部に住む独身男性なの。すっかり老いて、もうここに来る体力も気力もなくなってしまった。車で送ってくれるような友達もいないのよ」

マリアが海辺の駅を担当するのとちょうど同じ頃に、そのスイス人も家を買った。同時期に駅とその下の家にやってきた二人は、同じ学校に転入した級友のような気持ちになった。スイス人が海辺の家に来るのは、夏の間だけだった。やがて彼女は合鍵を渡され、留守宅の管理を任されるようになった。庭で咲く花を摘んでは、駅舎のあちこちに生けた。季節外れには電車がほとんど停まらないような駅なのに、プラットホームの柱や駅舎の窓枠にはいつも季節の花が飾られるようになった。駅は花暦の彩りに飾られて、薄化粧をしているように見えた。

マリアはお茶を振る舞うとき、受け皿に小さなタルトを添えて出す。

「庭で採れるレモンやイチジクでジャムを作り、ケーキを焼いて、夜勤明けや昼過ぎの交替時に皆に出すの」

そう説明する彼女は、大勢の家族のことを想う母親のようだった。

季節が巡り花粉が飛ぶ時期は過ぎたのに、私の症状は相変わらずだった。

毎月分の生ワクチンを受け取っては週に一度、あの古めかしい病院へ通った。薄暗い廊下の古びた長椅子に座り、順番を待つ。長い廊下には、順番待ちの患者たちが大勢いた。季節が変わるとアレルギーの原因も変わり、患者の顔ぶれも変わった。病院に通ううちに季節は一巡し、私は廊下の行列の中で最古参になった。

主治医は、なぜよくならないのだろう、と独り言のように呟き、

「重い症状なので、しばらく辛抱が必要です」

所見なのか言い訳なのか判然としないことを毎週繰り返した。

最初に見上げたときあれほど頼りがいがあるように感じた病院の佇まいも、一年も通ううちにすっかり厳かさを失ったように見えた。ただ嵩高いばかりで、中身が古びて役に立たなくなってしまった百科事典のようだ、と年季の入った大仰な建物を見ながら思った。

「それだけ通って、まだ治らないなんて」

ある朝マリアは心配して病院での診立てを尋ね、例の生ワクチンが何の効能も示していないのを知り、自分のことのように憤慨した。

数日後マリアから電話があった。休暇が取れたのでいっしょに出かけよう、と誘われた。

「内陸の山間の村に、どんな病気も治す治療師がいるの」

そこへ連れていってあげる、と言う。

始発の時刻に私たちは駅で待ち合わせをして、車で内陸の山奥へと向かった。

あたりはまだ暗い。道幅も広く舗装されているが、しばらく行くうちにつづら折りの上り坂になった。道幅は車一台分である。右左とカーブを切りながら、上ってはすぐに下る、を繰り返す険しい道である。山小屋らしきものすら見えない。立ち枯れした木が目立つ。色のない景色が延々と続く。日が昇り始めたのに、冷え冷えとしている。ひたすら道なりに走る。

いい加減うんざりしてきたとき、前方に石の橋が見えた。マリアは速度を落とし、車幅ぎりぎりの橋をそろりと渡る。下を覗くと、水のない川があった。乾いた大小の岩が転がっている。少しだけ窓を開けると冷たい外気が流れ込み、首筋がぞくりとする。カビかミズゴケか、湿った密（ひそ）やかな植物の匂いが混じっている。

「着いたわよ」

橋を渡ってから数百メートルほどのところに、その建物はあった。周囲の木々が葉を落としているのでかろうじて建物の全体が見えるが、春が来て枝葉が伸びると緑で見えなくなってしまうだろう。枯れた蔓（つる）に足を取られないように、注意して歩く。

行き止まりの小道の奥にその家はあった。集会所ふうの建物の扉を開けると、消毒液の臭（にお）いが出迎え、

「こんにちは」

と、低い女性の声が続いた。

玄関には窓がなく、白熱灯がぼんやりと点いている。しばらく換気をしていないのだ

ろう、淀んだ生温かい空気に混じって干し草に似たすえた臭いや金属の焦げたような臭いがする。

挨拶をした受付係らしい女性とマリアは顔馴染みらしく、お久しぶり、などと言いながら小声で何か話し込んでいる。

「混んでいるので、しばらくお待ちいただくことになりますが」

受付の女性は廊下の奥へと私を案内した。

奥のドアを開けて通された部屋には、大勢の男女が上半身裸で長椅子や折り畳みの椅子などに座っている。いきなり大浴場の脱衣場に放り込まれたようで、いったい自分がどこにいるのか一瞬わからなくなり、呆然とした。そこが診療室なのだった。

部屋の中央にいる男が治療師らしい。あちこちに診療用のベッドが置いてあり、数台の吸入器も見える。治療師は三人の患者を横一列に並べて座らせ、拡大鏡を片手に鼻孔の奥や喉、目をしきりに覗き込んでいる。治療師というより、手相見といったほうがずっとぴったりする様子である。

鼻や目の診察なのに、患者はなぜ諸肌を脱いでいるのだろう。

「薬が飛びますから」

案内した女性が、疑わしい目つきをしていた私に説明した。

部屋の壁には、いろいろな薬草の絵が貼ってある。それぞれの効能が小さな字で書き込まれている。人体の解剖図も見える。診療ベッドに横たわり、吸入器で薬を吸入している患者もいる。どの患者も薄く目を閉じ、陶然とも見える顔つきでじっと横たわっている。大勢の患者たちのあいだを見回る助手たちは揃いの白い作業着を着て、かいがいしく動き回っている。治療の補助というより、旅館の厨房の手伝いのように見える。治療師はときどき助手を呼び寄せ、小さく千切った脱脂綿を細いピンセットでつまんでは、目の前の患者の喉の奥や鼻孔の奥に差し込んでいる。

ヌーディストビーチに迷い込んだ、着衣のままの部外者の気分だった。新たに診療室に通された患者たちは、皆、早々に上衣を脱ぎ上半身裸で順番を待っている。

強過ぎる暖房と汚れた空気、澱(おり)のように沈む臭い、治療師の怪しげな視線、頭上からの青白い電灯などに囲まれて、私は気分が悪くなってきた。待ち構えていたかのように、咳が出始める。

治療師は、間断なく咳き込む私をちらりと見て、

「すぐに診てあげるから、こちらへ来なさい」

低いが、有無を言わせない調子で命じた。

治療師の前に座ると、机の上にあるさまざまな薬瓶が目に入った。茶色や透明のガラス瓶には液体が入っていて、そこにさまざまな薬草が漬け込んである。殴り書きのよう

な字で書いたラベルが、瓶に貼ってある。

治療師は何も訊かずにいきなりペンシルライトの光を当てて私の瞳を覗き込み、虫眼鏡で鼻の奥も診てから、いくつかの瓶を選んだ。小指の先ほどの脱脂綿を指で丸めて瓶の中の液体に浸したと思うと、だしぬけに私の鼻の奥にそれを塗り込んだ。

あまりに突然で、私は声も出ない。診立ても告げなければ、瓶の中身の説明もない。治療師がピンセットを持ったとたんに、背後にはいつの間にか体格のよい中年の女性助手が立っていて、私の頭を両手で押さえ込んだ。

恐ろしくなり、助けを求めて目の端でマリアを探す。彼女は、患者に混じって椅子に座っている。こちらを見て、〈だいじょうぶ〉とでもいうように繰り返し頷いている。

鼻孔に強引に押し込まれた脱脂綿の匂いは、強烈だった。来る途中の山道で目にしたさまざまな植物が束になって体内に入ってきたようで、息も継げない。治療師が塗り終わるのを待たずに、私はピンセットを持つ手を払いのけ頭を押さえていた助手の手を振り払って、立ち上がった。治療師は、何も言わない。嫌がる患者に慣れているのだろう。

「しばらくのあいだ、毎日通ってもらわないと効きませんよ」

背後から、助手がたしなめるように言った。上半身裸のほかの患者たちが、無言で〈そうだ〉と頷いた。どの人も、得体の知れない液体を塗られると辛そうにするのに、すぐに陶然とした目つきになって、治療師から言葉をかけてもらうのを待っている。

今ここにすぐ、白い鷲が飛んできてくれないだろうか。その背に私を乗せて、怪しげな診療室から救い出してもらいたかった。二度とご免、と部屋の外へ飛び出ると、受付の女性が仁王立ちで待っていた。

「お茶だけいただいて帰るわ」

マリアが取り成すように言い、受付の女性は渋面のまま奥の棚から大きな茶封筒を二つ持ってきて私に手渡した。干し草のような、カビかコケのような臭いがした。

今回の診療代を尋ねると、

「二ユーロ（約二百円）。香草はサービスです」

受付の女性は、つっけんどんに答えた。

あとから支払いに来た患者は、二ユーロのチケットが五十枚綴りになったものを購入している。

「これであと五十回は、先生に診てもらえる」

チケットを大事そうにバッグに入れて、うれしそうに帰っていった。

受付の女性と話し込んでいるマリアを急かして車に飛び乗ると、一刻も早く遠ざかるように私は頼んだ。

帰路の車の中で、あの朝、駅舎の中でマリアが淹れてくれたハーブティーの味がよみがえる。温かく、気持ちが落ち着いて、まるでマリアのような印象のお茶だった。

「これを飲むと皆、元気になるのよ。不思議なお茶でしょう?」

彼女は、ハーブティーの特効を信じて疑わない。駅を守る同僚たちの健康のためお茶をきらさないように、マリアはときどき山奥まで車を飛ばす。うっそうとした木々の奥にあるあの家まで。

袋入りの香草は、最初は無料でもらっていたのがやがて二ユーロになり、五十枚綴りのチケットを使い切ると、次からは一袋四ユーロになるらしい。

「それでも安いものよ、皆の健康を考えると」

人を疑うことを知らない聖母のような眼差しでマリアは言い、微笑むのである。

白い鷲が救ってくれたのか、霊験(れいげん)あらたかなハーブティーの威力だったのか。私の咳は、そのあと嘘のように治ったのだった。

掃除機と暮らす

　ミラノの冬には珍しく雲ひとつなく晴れ渡り、清々しい朝である。窓の外にはドゥオーモの尖塔（せんとう）の聖母マリア像が輝き、その向こうには雪に抱かれたアルプスの連峰まで望める。前夜は一晩じゅう爆竹やクラクション、それを縫うように教会の鐘が鳴り響き、賑やかだった。

　大晦日（おおみそか）から一夜明けて、町はまだ眠っている。開け放った窓から、年初の引き締まった爽（さわ）やかな空気が流れ込む。いつもなら排気ガスを凝縮したような外気が、今朝は澄んでしっとりと甘い。

　いつにもまして気分よく新年を迎えることができたのには、わけがあった。年末、専門家に掃除をしてもらったのである。おかげで、家は隅々まで磨き上げられている。

　犬を連れていく公園で、知り合った女性がいる。毎朝の散歩で顔を合わせるうちに会釈を交わすようになり、そのうち立ち話もするようになった。公園でだけの知己であり、それ以上の交流はなかった。

年の瀬も押しつまった寒い朝、雨も降り出したので早々に引き上げようとしていると、背後に人の気配がした。知り合ったその女性とは帰宅する方向が違い、いったん公園を出ると道ですれ違うこともないのだが、その朝に限って女性は私のあとを追うように歩いてくる。

「コーヒーでもいかがですか」

公園を出たところで、女性はおずおずと声をかけてきた。どうしようか少し迷ったが、寒い朝である。犬を連れて、二人で最寄りのバールに立ち寄ることになった。

公園での立ち話の続きのように、最初のうちはごく当たり障りのないことを話していたが、すぐにコーヒーを飲み干してしまい、間を持て余してカップの底に残った砂糖をスプーンで掬(すく)うようになると、会話は途切れがちになった。

「店を閉じてしまいまして」

気まずく空いた間を埋めるように、女性が思い切ったような口調で言った。妹がいて、姉妹で店を持ち手芸品やファッション雑貨を売っている、と以前に聞いたような気がした。

早朝の公園には、〈公認会計士〉もいれば〈弁護士〉や〈建築家〉もいるし、〈記者〉

や〈映画監督〉に〈モデル〉まで揃っている。どの職業ももちろん自称であり、それが本当かどうかはわからない。事実であっても嘘であっても、どちらでも構わない。犬を連れて歩く僅かな時間に交わす他愛ない話は、寝言の続きのようなものかと思う。

だから、姉妹の店がどこにあり何を扱っているのか、よくは知らない。

「売り上げが落ちて、家賃を払えなくなってしまって」

コーヒーに誘った理由はこれなのか、と面倒な気分になった。在庫品を買ってくれないか、と泣きつかれるのかもしれない。コーヒーをもう一杯注文し、話の続きを聞くことにした。

「もともと利鞘(りざや)の大きい商売ではなかったし。それで、このたび新しい仕事を始めましたの」

それから彼女が話したことは、雲を摑むような内容だった。

経営がいよいよ思わしくなくなって、新聞や雑誌の求人広告を丹念に見ていたところ、〈資金も設備も専門知識も不要。明るい性格と熱心さがあれば、すぐに開業できる〉という文言が目についた。

さっそく連絡してみると、商品の使い方を実演するのが仕事、と説明された。

「外国製の掃除機の取り扱い方の実演をお願いすることになります」

求人先へ行くと、面接した若い男はそう言い、代理店事務所の片隅に置いてある掃除機を指差した。事務所の中で掃除機を使ってみせてもらい、彼女は虜（とりこ）になってしまった。

果たして虜になったのは掃除機にだったのか、その若い男にだったのか。

「僕が、使い方を教えますから」

彼女はその場で、実演業務に就きたいと申し込んだ。

数日して事務手続きに行くと、件（くだん）の男が、

「実演するには、我が社独自の売り文句を覚えてもらわなければ」

と言う。業務に入る前にまず、講習会に参加するように言われた。講習会といっても、講師はその若い男なのである。講習は有料で、しかも高額だった。

代理店が扱う商品を訪問実演するのだから、売り文句を教えるのは代理店側の義務ではないか、と彼女は内心思った。しかし、魅力的な若い男からつきっきりで教えてもらえるのなら、と迷うことなく受講料を払ったのである。

これから彼女が何をするのかというと、約束を取り付けて訪問し掃除機の実演をしてみせる。商品の性能を納得させる。そしてなるだけ、購入してもらう。

「訪問先へは掃除機一式を持っていくのだけれど、これが結構、大掛かりで」

つまり彼女は高額な受講料を払わされたばかりではなく、実演用に掃除機そのものも一台買わされて、新しい仕事を始めたらしい。

外国製の掃除機は外見だけではなく性能もすばらしい、と彼女は繰り返した。夢を見

るような目つきをしている。何かに取(と)り憑(つ)かれて我を失い、足を踏み入れると二度と出られない樹海に迷い込んだ、という様子だった。

「それでお願いがあるのですが、実演にうかがってもよろしいかしら」

コーヒー代を払う段になって、彼女はレジの前でさりげなく尋ねた。

「実演だけできればよく、掃除機を売るつもりはありませんから」

と、急いで付け加えた。


約束の日、彼女は掃除機を入れた専用の鞄(かばん)の他に、筒状の大きなケースを肩から下げてやってきた。晴れ晴れとした様子である。これからゴルフにでも行くようにも見えた。すぐに実演を始める、と言うので居間へ通すと、

「床もさることながら、ソファーが見違えるようにきれいになるのをまず見ていただきたいわ」

張り切った調子で言う。

「ソファーを丸ごと洗うのは難しい。どの家庭でも、せいぜいカバーを取り替える程度でしょう」

早朝の公園で立ち話をする彼女とは声音も顔つきも話し方も違って、別人のようである。

目に見えないゴミやダニで汚れている、放置しておくと健康に害が及ぶ、と熱心に説明を続けながら、筒状のケースから丸めた布を取り出した。それは、実演用に小さく仕立てたカーペットだった。手早く組み立てられた掃除機は嵩高く、いかにも重そうである。彼女は軽く息を吸い込むようにしてから、掃除機のスイッチを入れた。地の底から湧き上がるような轟音(ごうおん)がしたかと思うと、カーペットはそのまま掃除機に張り付き持ち上げられた。彼女は満足げである。

「今のは、ほんの小手調べです」

カーペットをくわえて唸り続けている掃除機を引いて、彼女はいよいよソファーへ近づいた。座面から背もたれ、肘掛けと念入りに掃除機をかけていく。それが終わると、筒状のケースから今度は黒いビニールシートを出して床に広げ、掃除機の集塵袋(しゅうじんぶくろ)をそこへ空けた。コップ半分ほどもあっただろうか、薄茶色の細かい粉のようなゴミを前にして、彼女は誇らしげな顔をしている。

「せっかく来たのだから」

彼女は、本棚に下駄箱(げたばこ)、ベッドのマットレス、寝具一式、クローゼットの中の衣類、と片端から掃除機をかけていく。場所に合わせてさまざまなノズルに付け替えては、小一時間のうちに家じゅうの埃(ほこり)を吸い取って回った。

家じゅうでどれほどのゴミが集まるか興味津々(しんしん)だったのに、

「一度見れば、もう十分でしょう」

さっさと彼女は黒いビニールシートを丸めて仕舞い、掃除機を鞄に片付け始めた。用意したコーヒーも包んだワインも固辞し、彼女は玄関へと急いだ。

玄関扉に手をかけてふと、

「訪問先を三宅ほど、ご紹介してもらえないかしら」

真剣な目で乞うように言った。

黒いビニールシートの上に見た、薄茶色の粉状のゴミが目に焼き付いている。果たしてソファーから吸い取ったものなのか、あらかじめ掃除機に仕込んであったものだったのか。今となっては、確かめようもない。

一人で重い掃除機を抱えて他家を回り、黙々と埃を吸い取る。店を失ってしまった今、掃除機をかける家があるおかげで彼女の毎日がある。集塵袋を開けたとき、彼女はゴミを愛おしそうに見ていた。彼女にとって、もはや掃除機は大切な相棒なのだ。手際のよい実演と熱意にほだされて、つい高額な掃除機の購入を決めてしまう人もいるかもしれない。

「いつでもまた来ますから」

彼女はにこやかにそう言い、帰っていった。

私は、あえて辺鄙なところに住む三人の知人たちを選び、彼女に連絡先を渡した。これなら訪問できないだろう、と思ったからである。

念のためにその三人に連絡を入れると、どの人も異口同音に、

「外国製の掃除機の訪問販売でしょ」

と、すでにその商品と販売方法を知っていたばかりでなく、

「どうせなら大晦日のパーティーのあとに来てくれると、助かるのだけれど」

と、言ったりする。掃除機を買うつもりはないが、実演はぜひ頼みたいという強者ばかりなのだった。いずれにせよ三人の家は、島や雪の深い山奥、途中で舗装された道が終わってしまう岬の突端といったところにある。重い掃除機を持ってくるのは無理だろう、と各人が少し残念がった。


年が明けてしばらくすると、スペランツァから電話があった。暮れに掃除機のことで連絡をした三人のうちの一人である。

「あなた、大変なものを紹介してくれたわね」

開口一番、スペランツァはそう言った。

例の掃除機のことだ、と話すうちにわかって、何か不都合があったのだろうか、と肝を冷やす。

年の暮れにうちで実演をしたあと、彼女は早速スペランツァに電話を入れたらしい。

「うちがサルデーニャ島の最南端だと知ると、ますます張り切って、『これからフェリーで行きます』と言ったのよ」

ミラノから掃除機の実演のために、まさか海を渡ってやってくるわけがない。スペランツァは真に受けなかった。

ところが数日経って、

「今、島に着きました」

電話の向こうに、うれしそうな彼女の声が聞こえた。

冬のサルデーニャ島まで、掃除機を携えてミラノからわざわざ来るなんて。


スペランツァとは、ある夏を島で過ごしたときに知り合った。

彼女の家は海へ行く途中にあり、海水浴から戻るとき立ち寄ると歓待して奥へ入れてくれた。いつ訪れても部屋はもちろん、食器棚から窓まで、たった今磨き上げられたばかりのように一点の曇りもなかった。ソファーは白い布張りなのに、染みひとつない。

新品か、と訊くと、

「三十年前に結婚したときからずっと同じものよ」

あたりまえ、という顔で答えた。

　スペランツァは専業主婦である。十八歳で結婚して以来、一度も勤めに出たことがない。女は家にいて、夫と子供のためにその身を捧げる。母も祖母も曽祖母も、叔母や従姉妹も、周囲の女たちは皆そのようにして暮らしてきた。疑いも不満もなかった。

　夫は自営業である。やはり同じ島の出で、スペランツァのよく行く海岸に来ていて知り合った。二人ともまだ高校生だった頃の話だ。

　切れ者の彼は地元で工務店を開き、やがて建築資材も扱うそこそこの会社へと成長させた。商売は軌道に乗って、二人は結婚した。子供が生まれると、夫はサルデーニャ島だけではなくイタリア半島でも商売をしたい、と言い出した。いったん営業に出かけると、何日も帰宅しないような数年が続いた。事業は倍々に成長を遂げて、一家は豊かな暮らしぶりになった。

「掃除は家政婦に任せて、もっと楽すればいいのに」

　周囲は、家事に余念がないスペランツァに勧めた。夫の事業が拡大するにつれ家は増築を繰り返し、相当な広さになっていたからである。ふだんは子供二人と自分だけしかいないのに、庭は一回りするのに十数分かかるほど広大で、家は三階建てになり、寝室も浴室もいつ来るのか知れない客のために増室してあった。

　未使用の部屋も、スペランツァは毎日、手抜きせずに掃除をした。子供たちを学校に送り出すと、掃除の時間である。台所から始めて、子供部屋と寝室。這いずり回ってベッドの下を拭き、次は居間。固く絞った布でソファーを一拭きしてから、座面と背もたれを叩いて埃を払い形を整える。書棚から順々に本を抜き、埃をぬぐう。五つある浴室のタイルを目地まできれいに水洗いしたあとアルコールで洗浄し、乾拭きする。芳香剤を吹き付ける。古い歯ブラシと爪楊枝、綿棒で、蛇口周りから窓枠の隅まで磨き上げる。

毎日、手順も方法も判で押したように変わらない。

子供を習いごとに連れていったり、買い物に出かけたりする日もある。女友達が午後、訪れることもある。

「それで作業を中断すると、掃除し終えるのが夜の十時になることもあるわ」

以前、スペランツァは言っていた。それは困ったふうではなく、むしろ自慢げだったのを覚えている。

そういう家に、ミラノの掃除機実演者はやってきたのだった。

実演者はうちでもそうしたように、まず純白のソファーに掃除機をかけた。黒いビニールシートに掃除機の集塵袋の中身を空けると、こんもりとゴミの山ができた。

〈毎日、必死で掃除をしているのに〉

スペランツァは自尊心を傷つけられて、めまいを覚えた。

スペランツァの家に限らず、たいていのイタリアの家は手入れが行き届いて美しい。掃除はもちろんのこと、どの棚を開けても隅々まで整理整頓されている。幼い子供のいる家でも、居間に玩具や衣類が散らかっているのは稀だ。家に呼ばれると、主が順々に部屋を回って全室見せてくれる。自宅のありようが、自慢なのである。

家により趣味は異なるものの、各部屋に置いてあるものはどこの家でも似たりよったりだ。

例えば居間。ソファーと一人掛けの椅子が数脚あり、円座になって歓談できるように置いてある。ランプシェードの美しいスタンドが、夜になると間接照明で落ち着いた雰囲気をかもし出す。来客があるときには、居間に食卓を調える。見栄えのよいテーブルを窓の近くに置く。家具は年代物が多い。親や祖父母から譲り受けたものだったりする。テーブルの趣味から、そこの家風が垣間見られる。

居間の本棚の一角には、美術展の図録が並んでいる。故郷の写真を収めた豪華本もある。ダンテやピランデッロなど、文句のつけようのない古典文学全集が並ぶ。レコードが本棚を占領している家も多い。ジャズやクラシックのタイトルが目立つ。箱入りの名指揮者全集も、本棚を飾る定番だ。

ガラス戸のついた食器棚には、一点物の骨董の紅茶茶碗がいくつか入っている。そして、銀製の小物。文鎮から手鏡、埃払い用のブラシや食卓用の呼び鈴に小ぶりの写真立てと、脈絡なく銀製品が集め置かれてある。家によっては、家政婦が銀製品を磨く日を決めているほどで、黒ずんだものなど一つもない。

居間の大きな棚には、両手の付いたスープ碗まで揃う膨大な数の食器一式が入っていて、盛大な祝宴での出番を待っている。

中国の宮廷風景が描かれた、大きな壺を飾る家も多い。

「曽祖母が東洋の骨董蒐集家だったもので」

自慢するものの、確かな出所は誰も知らない。

窓には、刺繍を施した白い綿のカーテンが掛かっている。そこの家の妻が嫁入りしたときに持参したものだ。女の子が生まれると、母親や祖母が寝具やカーテン、テーブルクロスなど、娘のイニシャルを手刺繍したものを嫁入り道具として少しずつ支度する慣いがある。

無数の定番の物は、置き場所を変えられることがない。

スペランツァの家もご多分に漏れず、こうした定番の小物や内装でまとめられている。

あちこちにある手織りの絨毯が、目を引く。島に古くから伝わる織物で、生成りの綿糸のまま織り上げる。木彫りのように、地模様が浮き上がる独特の織物だ。しかしこの凹凸の織目には、埃が溜まりやすい。生成り色はすぐに汚れる。

使い勝手の悪いこの絨毯は、スペランツァの姑が毎年、自分で織って贈ってくれる。〈息子は、仕事で家にほとんどいない。留守のあいだに、嫁は家事の手を抜いてはいないか〉

姑はスペランツァを疑い、始終目を光らせている。同じ敷地内に住んでいて、広い庭を突っ切っては予告もなく息子の家へやってくる。一応呼び鈴を押すものの、スペランツァが返事をする前に勝手にもう居間まで入ってきている。室内を見回し、自分が贈った生成りの絨毯の様子を見る。純白のソファー同様、数々の絨毯には僅かな汚れもない。文句のつけようもなく、毎回、姑は黙って帰っていくのだった。

厳しい姑ですら舌を巻くほどスペランツァの掃除は完璧なはずだったのに、ミラノから来た掃除機の実演者に、手抜かりがある、とゴミを見せられてしまった。

「悔しいから、あの掃除機を買ったわ」

スペランツァは、電話の向こうで鼻息荒く報告した。掃除機は買ったが、掃除のためには使わないのだという。

長年の手順通りに隅々まで箒で掃き、洗剤で洗い、固く絞った雑巾で拭いて、乾拭きし、ワックスをかけて磨き上げる。すべての作業を終えて夕方近くになってから、おもむろにミラノから来た掃除機のスイッチを入れる。朝から夕方までかけて掃除をし終えたばかりのところを、掃除機をかけて再び回るのである。三階まで重い掃除機を持って上り、全室隈無くかける。

「最後に掃除機を開けて、集塵袋を空けてみるの」

髪の毛一本、出てこない。

〈どんなものよ〉

スペランツァは、溜飲(りゅういん)を下げる。

一日が終わっている。

あの純白の家の隅に置かれた、立派な掃除機を想像する。来る日も来る日も、スペランツァの相手になるのは家だけである。家といっても、そこで手芸をしたり料理を楽しんだりするわけではない。床を這い、埃を追いかけ、タイルに落ちた髪の毛を拾う。

新婚当時、夫は磨き上げられた家に帰ってくると、

「母さんと同じくらいに掃除がうまいな」

と、褒めて喜んでくれたものだった。

ところが夫は昨日も帰ってこなかったし、今日も明日も帰らないだろう。ときどき家に帰ってきても、ひどく疲れている様子でろくろく言葉も交わさない。玄関を入り、靴を履き替えもせずに生成りの絨毯を踏みつけて、雨で濡れた上着をソファーの上に脱ぎ

捨て、奥へ行ってしまう。

「夫が帰ってくると、掃除のやり直しなのよ」

夜、くたびれた夫が歩くあとから、床を拭いて回るスペランツァの様子を思い浮かべる。

夫は、拭き掃除が終わったばかりのところを踏むと、スペランツァから厳しく叱られる。もうあと戻りできない廊下が、夫の後ろには続いている。

家を磨けば磨くほど夫が家から遠ざかっていってしまうことに、スペランツァは気づいているのだろうか。ソファーや絨毯が白いほど、訪れる人の気持ちが白々とするのをわかっているのだろうか。そしてスペランツァの心が奮い立つ相手は、今やミラノから来た掃除機だけとなったことを自覚しているのだろうか。

売った人、買った人。二人の女性の気持ちを吸い上げて、掃除機は次の出番をじっと待っている。

塔と聖書が守る町

北イタリアと南フランスの境界に近い、山間の寒村に暮らしたことがある。山間といっても眼下に見渡す限り海が広がる贅沢なところで、緯度は北なのに潮流のおかげで一年じゅう暖かく、クリスマスの昼食を屋外で楽しめるほどだ。それほど自然の恩恵に満ちた場所なのに、これといった産業がない。山裾に海が迫り農地になるようなまとまった平地はなく、僅かにブドウやオリーブが山の斜面で細々と栽培されているだけである。当地へ観光に訪れるのは、せいぜい近隣からの家族連れである。大規模な観光施設を建てる土地がないからだ。

しかし高いビルも混み合う道路もないおかげで、空は広々としている。空と海と山を等分に味わえる場所とは、そう簡単に巡り合えるものではない。

古(いにしえ)からこの山麓(さんろく)にある海には、見知らぬさまざまな物や人が流れ着いた。

私が暮らした家は、その海から山を越え内陸へと続く道の途中にあった。海からの侵攻の道筋であり、同時に重要な商路でもあった。イタリア半島の歴史を良くも悪くも大きく揺るがした、海の玄関である。

一帯の見晴らしのよい山頂には、古い石造りの塔が残っている。海に向いて開いている窓があるだけの素朴な造りだが、堅牢で、浜から山へ攻め上ってくる敵を見逃すものか、という塔守の断固とした思いが伝わってくるような佇まいである。

異教徒のイタリア半島上陸など、歴史の中の出来事であり、自分の今の暮らしと結びつけて考えることもなかった。ところが住み始めてまもなく、村にイスラム教の人たちがいることを知った。村に確かにいるのに、ほかの住人たちと交わることがない。子供たちもいるが、学校に通わない。数家族が身を寄せ合うようにして、石でできた家の中でひっそりと暮らしている。

何世紀にもわたってこの地の海と山と空が見てきたことに、あれこれと思いを巡らせる。そういう自分もまた、異教徒なのである。

村には、さまざまな外国人が暮らしていた。欧州連合圏外の、アメリカやロシアといった遠い異国から移住してきた人もいた。それぞれが静かに暮らし、各人各様の事情を知るすべもなく、割れた陶器の破片を集めたような印象の村だった。

海から山へと抜ける道沿いにあるその村は、気がつかずに通り越してしまうほど目立たず小さかった。小さい村であればいっそう人間関係は濃くなると思っていたので、皆が他人のことを意に介さず、むしろ近隣との関わりを避けるようにして暮らしているのが奇妙だった。

「日本からいらしたの?」

村に一軒だけの食料品店で突然、声をかけられた。

振り向くと、背の高い短髪の女性が立っている。化粧っ気のない顔に口紅だけをはっきり引いて、度の強い銀縁の眼鏡を掛けている。白髪の多く交じった金髪で、眼鏡の奥で灰色がかった水色の瞳が笑っている。細身によく似合う、くるぶしまでの寒色のニットのワンピースに黒い短ブーツを合わせて、垢抜けた印象の女性だった。五十過ぎ、というところだろうか。抑揚から、すぐにドイツ人だと知れた。村で暮らし始めて数ヶ月になるが、一度も見かけたことのない顔である。

「リンダといいます。うちは、〈山側〉。今度お茶でもいっしょにいかがですか」

互いに外国人どうしだからだろうか、初対面にもかかわらず愛想よくドイツ女性は手を差し出した。握手どころか、人と顔を合わせることもない村に慣れてきたところだったので、突然、見知らぬ人の手に触れて意外だった。しかし握手をした手は、こちらを強く握り返さない。ひんやりとして、青く血管が透けて見える細い手だった。

人口わずか数百人の村だというのにそれまでリンダと出会うことがなかったのは、小さな村の集落がさらに二つに分かれて成り立っている地形のせいだろう。私の家は、〈海側〉の低いほうにあった。彼女と出会った店は山の村々を巡回する移動店舗とさして変わらない品揃えだったが、それでも週に二回、麓から生野菜や肉、日用品が届くので住民は便利に使っていた。海は目の前に見えていても、村から麓の町まで徒歩ではいかにも遠過ぎた。そして、公共バスは朝と夕方に数本あるだけである。〈海側〉と〈山側〉は、この店をはさんで下方か上方かという意味だった。店がちょうど、二つに分かれた集落の真ん中にあったからである。

〈山側〉にあるリンダの家は、村境に近いところに集落から少し離れるようにして建っていた。石を積み上げてできた家で、外壁に砥の粉の塗装はなく灰色をした石と隙間を埋める土がむき出しになっている。他の建物より二階分ほど高い。

「どうぞ足元に気をつけて」

小さな木の扉を開けて、リンダは笑顔で建物の玄関口に迎え出た。

不思議な家だった。

建物に入ると、目の前にはすぐに急な階段がある。高い石段で、精一杯足を上げないとならない。階段を上るというより、険しい登山の途中に岩壁に行き当たったという感じである。

長身のリンダは、

「お先に失礼」

長い足で軽々と上っていく。

やっと十数段を上りきると、五十センチ四方ほどの踊り場の前に扉がある。そこが、家の玄関なのだった。扉を開けると、最初の部屋があった。最初の、というのは、扉の前には一部屋あるだけで、次の部屋へ行くには再び急な階段を上らなければならないからである。

室内の階段は、硯石（すずりいし）のような黒くてしなやかな表面の石でできている。傾斜の厳しい段を上るたびに、目の前に石段が迫る。黒い石を、そっと触ってみる。ぽってりと温かみがあり、石には違いないのに柔らかい感触がした。

「内装工事のときに、私が造り直したの。横割れする石で、イタリアではここでしか採れないそうよ」

村もこの建物も石だらけで厳（いか）めしいので、手を加えても咎められない室内の階段と壁だけは、改築して変えたのだという。

誰も知らない寒村とはいえ、中世以前にさかのぼる建物もあるらしい。重要な遺跡としていったん指定されると、自分の家であっても国からの許可なしには外観などを好き勝手に変えてはならないのである。

さらに七、八段上ると、二つ目の部屋に出た。居間らしい。部屋をはさむようにして、浴室と寝室がある。奥には小さな物置もある。彼女は部屋ばかりでなく、食器棚や衣装箪笥（だんす）の扉まで開けて披露してくれた。家具は簡素なデザインながら年季の入った頑丈な木製で、念入りに手入れされているらしく黒みがかった茶色に光っている。掃除が行き届いている。どこを開けても物は少なく、整然としていた。

書棚の向こうには、洗い場とコンロが見えた。ここで食事も読書も歓談もするようだった。居間といっても、ソファーやテレビがあるわけではない。部屋の中央に、がっしりとした木製の四人掛けのテーブルがあるだけだ。天井を見上げると、鍋やフライパン、杓子（しゃくし）やフライ返しが吊るしてある。料理上手なのだろう。どれも磨き上げられている。頭上の調理器具は、紐を引くと下りてくるように工夫してある。

「赤い紐は鍋類で、青はかき混ぜる道具、緑は……」

機能ごとに紐が色分けしてあるのだった。

テーブルに座り、ワインを振る舞われた。

リンダは手早くエプロンを着けたかと思うと、冷蔵庫から大きな肉の塊を取り出し、赤い紐を引いてフライパンを取る。蛇口を捻（ひね）りながら、片手で水切り台に置いてあったキャベツを取り、勢いよく葉を外しながら洗っていく。左手で洗い場横の窓を開ける。ジュウとフライパンの上では肉の焼ける音がし、ザクザクとあっという間にキャベツは刻まれて、上からたっぷりと酢が振りかけられる。ツンと鼻をつく酢の匂いと肉から立ち上る脂混じりの煙で、それまで居間だった部屋はいっぺんに調理場へと変容した。

火を止める直前に、彼女は気前よく赤ワインを肉に振りかけ、

「お待たせしました」

フライパンのまま卓上へ出した。

イタリアの家庭なら、どうするだろう。

その日のテーブルクロスに映えるような大皿を選び、焼いた肉を等分に切り分けてから元の塊の形になるように盛りつけ、揃いの小鉢に肉汁を取り分け専用の銀の小匙(こさじ)を添え、彩りのよい野菜を別皿に用意するだろう。テーブルの中央には、小ぶりのブーケなども飾るかもしれない。

目の前で湯気を上げているステンレス製のフライパンは、いかにも機能的である。肉はさぞおいしく焼き上がり、熱々のまま皿に取り分けられるに違いなかったが、あまりに機能優先で素っ気なく寒々しい気持ちになった。

早速リンダはキャベツの即席酢漬けを皿いっぱいに取り、満足げに頬張っている。

テーブルの上にはクロスはなく、それぞれの皿の下に荷造りに使うような薄茶色の紙

が敷いてあるだけである。繊維のようなものが透けて見えた。

「仕事で使い残したものなの。日本の紙よ」

そう言うと、テーブルの引き出しから紙束を取り出して見せた。種類も色も厚みもさまざまな和紙が、同じ大きさに切り揃えられている。間近に見ようと顔を寄せると、ほのかに昔の印刷場のような匂いがした。

食事を終えると彼女はさっと皿の下の和紙を引き、皿とナイフ、フォークの汚れをぬぐい取ってゴミ箱へ捨てた。

「まだ仕事場をお見せしていなかったわね」

洗い物を片付けて両手に念入りに無添加のクリームを塗り終えると、階下へ移ろう、と彼女は提案した。

踊り場の前の部屋が、仕事場らしい。扉を開けると、観音開きの雨戸が少しの隙間を残して閉めてあり室内は薄暗い。

壁に向かって大きな作業台が置いてある。台上には何かが積み上げられて山になったものがあるが、暗がりで何なのかよくわからない。リンダが卓上の電灯を点けると、おびただしい本と紙が浮かび上がった。どの本も分厚い。表紙が破れて、背表紙から剝がれ落ちそうになっているものもある。手招きされて作業台へ近づくと、カビのような埃のような臭いがした。

「ルター聖書。すべて本物なのよ」

外は晴天なのに、日の差し込まない部屋。

余計なものが一切ない、研ぎすましたような家の中。

隅々まで掃除の行き届いた部屋。

寝そべるソファーやテレビのない居間。

騒音と雑念の生まれない場所。

変色した聖書の山を見ながら、かすかに福音香(ふくいんこう)の匂いを嗅いだように思う。

あらためて、仕事場を眺める。徹底して実利的な暮らしぶりはドイツという出身のせいかと思って見ていたが、この家に漂う厳粛な気配は、聖書から流れ出る信仰心によるものなのかもしれない。作業台を前に硬い木の椅子に座っているうちに、礼拝堂で祭壇に向かっているような錯覚を覚える。

「触ってみる?」

リンダが、触れると崩れ散ってしまいそうな古い聖書をそうっと差し出した。

思わず目を閉じて、指先で表紙を触ってみる。ざらりとした表紙は、角が割れて裂け乾いている。

厳粛なキリスト教の聖典を、自国のドイツ語に翻訳する。五百年前にヘブライ語や古代ギリシャ語を懸命に読み解いたドイツの宗教改革者の気持ちと苦労は、どれほどだっただろう。同じキリスト教であっても、互いを認めない深淵な戦いを思う。

イタリアの山の中の寒村でドイツ人女性と肉料理を思う存分に食べたあと、ルター聖書を前にして粛としている。

思いを巡らせながら作業台の上を見ていると、リンダがうれしそうに木箱から数枚の紙を出して渡した。透けるように薄い和紙だった。ごく細い植物繊維が見える、やや厚手のものもあった。

彼女は作業台に向かって背筋を伸ばして座り、ライト付きの水中眼鏡のようなものを掛けて、和紙を一枚、大切そうに手元に引き寄せた。薄茶色の和紙の角を、歯科医が使うような細いピックで器用に裂いている。裂いて取る大きさは、数ミリ四方である。小さな紙片をピンセットでそっと摘み、明かりにかざして念入りに見ている。陶製の器から、耳かき半分くらいの匙で透明のゲル状の中身を掬い上げている。

話しかけると、薄い和紙の片が飛んでしまうのではないかと心配で、少し離れて作業を見守る。

リンダは息を殺している。長くて細い指先で、見えるか見えないかの紙片に付いたかどうかもわからないほどのゲルを載せている。水糊らしい。

ここからが肝心、というふうに彼女は椅子に座り直した。

聖書のページの下方に開いた穴に、薄い紙片をそうっとかぶせるように置いた。ゲルが聖書のページにも伝わり滲みて、和紙と一体になるように見える。ページに触れるか触れないかという手加減で、載せた和紙と聖書のページの穴の周りの紙をピックで緩やかに引っ掻くようにして寄せ集めていく。手加減が強過ぎると聖書の穴は余計に広がるし、また弱過ぎると和紙は穴の上に置いた肘当てのようになってしまう。手際よく、しかし慎重に和紙を聖書に埋め込んでいくのだった。

イタリアで、ドイツ語の聖書の修復を和紙が手伝っているなんて。三国同盟の現代版だ、と呟くと、リンダは立ち上がって部屋の隅まで小走りで行き、大きく息を吸ってから笑った。

山の村では、夏も秋も、何も起こらない。毎日が同じことの繰り返しで、移ろうのは空と海と山の表情だけである。村人と道で会っても、相変わらず渋面のまま無言で通り過ぎるばかりだ。口を開くのすら惜しむようなこの気質は、いったい何が原因なのだろう。

礼拝堂のようなリンダの家が印象深く、村の教会に行ってみる。

教会の歴史は古いようだが、荒れたままで放置されて侘しい姿である。集落の〈海側〉と〈山側〉の真ん中に建っているが、広場はない。広場のない教会など、他では見たことがなかった。立ち止まれるような場所がないので、人々は教会を訪れて神様だけと話をすると、人間とは言葉を交わすことなく立ち去ってしまう。

集落の家と同じように厳つい岩でできた教会の外壁は、あちこちが崩れている。教会の中には、使い込んだ質素な木の机が数列並んでいる。村の住人の数以上の訪問者が来ることはないのだろう。内陣には僅かに花が生けてあるが、数本だけの花が侘しさをいっそう際立たせている。

教会を出て通りの斜向かいにある食料品店に寄ると、またリンダと会った。

村の教会よりお宅のほうがよほど静粛で神々しい、と私はややふざけて言った。すると店主は黙り、ちらりと目を上げた。リンダは愛想笑いをしながら少し困ったような顔で、

「本物は古びても美しいものよ」

店主の目を見ながら言った。

店を出て、キャベツとジャガイモを買ったリンダと並んで村の道を歩く。

「あなたも私もここでは異教徒なのだから」

人の目と耳には気をつけるように、と苦笑いしながら助言した。そう言われて、村でただ一軒の店は教会前にあって広場の代役をするのだ、と気づく。

「うちにあるのはそれでも、キリスト教の教典なのだからまだましかもね」

そう言いながら彼女が目配せをした。

見ると、数人のトルコ人たちが路地で立ち話をしている。全員男で、その笑わない目が印象的である。話す内容はわからない。男たちの頭上には、山の頂が見える。村を見下ろすその頂には、見張りの塔が崩れそうになりながらも毅然と建っている。

ミュンヘンで生まれたリンダは、大学で美術を専攻した。現代美術の道を目指していたが、学生時代にイタリアを旅行して古美術や遺跡の力に圧倒される。

「イタリアで目が醒めた」

旅を終えると、自分の創作活動は古い芸術品を修復すること、と確信した。

厳しく堅固なキリスト教世界に新風を吹き込み、国語としての新しいドイツ語を信仰とともに広めたルターに、現代のアーティストとしての自分の姿を重ねてみたのかもしれない。

彼女は修復の腕を磨くために卒業後イタリアに留学し、そのあと二度とドイツには戻らなかった。

わざわざそんな辺鄙な山奥を選ばなくても、と村に定住することを決めたリンダのことを親や知人たちは心配した。彼女の修復の腕はよく、母国ドイツはもちろん、イタリアでもフィレンツェやローマなど、都会の専門機関から引く手あまただったからである。

「この村に来たのは偶然だったの。留学中、夏休みを取り損ねて秋も終わる頃に近くを旅しているとき、電車で通り過ぎたのよ」

若いリンダは、車窓からの風景に心を奪われた。線路は海岸線の際を走っている。視界を遮るものはなく、延々と空と海と砂浜が見えるばかりである。何もない。海と空の広さに驚いた。

予定になかったが、次の駅で下車した。駅員一人の小さな駅だった。

「海が見渡せるような宿を探しているのだけれど」

彼女が尋ねると駅員はしばらく考えてから、この寒村の名を告げた。友人が部屋を貸している。季節外れだから空いているだろう、と駅員は薦めた。紹介された山の村までタクシーで行った。海から山へと続く道中、どのカーブからも山頂に建つ塔が目に入った。崩れかけて原形をとどめていない。天気のよい日だった。塔は、青い空から山に突き刺さるかのように建っていた。

その塔を見ているうちに、

〈おまえの居場所はここだ〉

天が村に向かって指を差しているようにリンダは感じたのである。

「その日からずっと、この村に暮らしているの」

話しながら歩いているうちに、彼女の家へ着いた。

いいものを見せてあげる、と誘われて屋内に入る。階段をよじ上り、仕事場に通された。前に来たときと同様、仕事場の部屋の雨戸は細いすき間を残して閉まっている。部屋に入るなり彼女は窓に近づいたかと思うと、勢いよく雨戸を開け放った。

するとどうだろう。

村の外れにありどの建物より高い彼女の家の窓からは、海まで延びるつづら折りの道が隈無く見え、その先に広がる海と等分の空が見渡せるのだった。

窓辺に立って腕を組み黙って外を眺めている長身のリンダは、頂に建つ塔のようだった。

作業台に置かれたルター聖書に遠くに見える海からの照り返しが届いて、黄ばんだページが金色に煌(きら)めいたように見えた。

ヴェネツィアで失くした帽子

早朝だというのに、ミラノ中央駅構内は右へ左へと行き交う旅行者で混み合っている。二十を超えるプラットホームがずらりと並び、半球状の高い屋根がその上を覆っている。屋根は建物の高さにすれば五、六階分、いやそれよりも高いかもしれない。無数の鳩(はと)やカラスが、屋根の下にむき出しになった鉄骨の梁(はり)から梁へと飛び回っている。時おり凍るような突風が吹き抜けていく。人々の話し声や物売りの声、先を急ぐポーターの手押し車、旅行客のキャリーケースを引きずる音が集まり、ゴウッという音の塊となって高い屋根へと上っていく。

七時台の特急は、月曜日のせいか、ほとんどが空席である。

これからヴェネツィアに行く。

季節を問わずヴェネツィア行きは混雑しているので、がら空きの車内を見て少し拍子抜けした。

むせ返るほど暖房の効いた車内に入ってすぐ、コートと帽子、マフラーに手袋を脱いだ。寒いミラノより、さらに数度は冷え込むヴェネツィアに行くのである。手持ちの服からとりわけ暖かなものを選び、重装備の身支度をしてきた。

ちらほらと車内にいる乗客の内訳は、大学生くらいの若者数人と年配の外国人観光客、パソコンで熱心に書き物をしているビジネスマンふうの男性などである。

新しい特急ができてから、ミラノからヴェネツィアへは二時間半で行けるようになった。頻繁に通えるようになったというのに、ヴェネツィアへ行くにはそれなりの気構えが必要である。手軽な観光地ではない。ふらりと簡単に訪ねていってはならないような、敷居の高さがある。

ミラノ駅を出た電車は、真冬の暗い空の下を走っている。夜が明けていないのではなく、悪天候で空が低いのである。一時間ほど行ったところで、とうとう雪模様となった。疾走する特急の窓の外、雪が水平に飛んでいく。途中の町や畑は、次第に輪郭が白く曖昧になってきた。ヴェローナに着く頃には、家屋の瓦（かわら）はすっかり雪で覆われ、道を行く車のフロントガラスもワイパーの跡がくっきりと見えるだけで、残りは真綿をかぶせたようである。

朝の雪景色を熱心に眺めているのは私くらいで、車中の人たちは居眠りをしたり新聞を読んだりし、パソコンに向かっている男性は画面から顔を上げることもない。雪景色など、通い慣れた道中のありきたりのものなのだろう。

「ヴェネツィアは、さぞ寒いことでしょうね」

斜向かいに座っていたアメリカ人らしい女性が、一面真っ白の外の様子を見ながら心配そうな顔で言った。私は、ヴェネツィアの運河のへりにひたひたと水が打ち付ける様子を思い浮かべ、返事の代わりに首をすくめてみせた。

しかし雪化粧のヴェネツィアに遭遇する機会など、滅多にない幸運ではないか。早朝でも日が落ちてからでも、大雨が降ろうが真夏の日差しが照りつけていようが、ヴェネツィアにはそのときどきの風情があり、どの風景も現実でありながら、そのどれもがこの世のものとは思えないはかなさを漂わせている。

どうせ降るなら、ぜひもっと。

天を見上げて、密かに祈る。内側にボアが付いた防水ブーツを履いてきて、よかった。

ヴェネツィアの一つ手前のメストレ駅を過ぎると、そこから線路は海の上に延びている。電車はぐんと速度を落とし、そろそろと進む。電車までもが畏(おそ)れ入り、伏して、ヴェネツィアに近づいていくようである。つい今しがたまで斜めに降っていた雪は、みぞれに変わってしまった。

前方の水上に、ヴェネツィアの町並みがぼんやりと見え始めた。

駅を出る。とたんに、生臭い潮の匂いが鼻を突く。目の前にヴェネツィアが迫り出てくる。正面対岸に聖堂の丸天井が、左手前方には橋が見え、そして視線の下方には運河が流れている。海でもなく川でもないその運河には、灰色がかった緑色の水が地面ぎりぎりまで満ちて、静かな水音を立てている。みぞれの向こうに暗い色をした水が揺れ、もやで目前の視界は白くけぶり、どこまでが空でどこからが運河なのか定かではない。

突然現れたヴェネツィアに見とれていると、冷たい湿気が襟元や足元から容赦なく忍び込んできた。帽子を深くかぶり直しマフラーを幾重にも巻いて、運河に沿って歩き始める。今日は、公共交通機関がストなのだ。

初めてこの町を訪れたのは、十九歳の夏だった。

東京の大学で覚えたイタリア語を携え、自信満々にヴェネツィアの駅に降り立った。しかし駅を出るなり、イタリア語どころか言葉そのものが出てこなかった。ただごとではない気配に、すっかり呑まれてしまったのである。

駅前は大勢の観光客でごった返しているというのに、音がない。時おり耳まで届くのは、定期船のエンジン音だけである。

私にとってそもそもイタリアは異国なのに、ヴェネツィアは異国の中のさらに異郷で、キャリーケースを手にしたまま呆然とし泣きたい気分になった。強く感動しているのに、経験もなく語彙（ごい）も持たない若き日の私はうまく気持ちを表すことができなかった。本で知った僅かな知識だけでわかったつもりになっていた己の傲慢さを恥じた。

もう二度と訪れることはないだろう。そう思いながら、陶然と町を歩き回った。路地から路地へ。地図は少しも役に立たず、橋ごとに異なる欄干の形を目印にして歩いた。何度も迷い、そのたびに見知らぬヴェネツィアと遭遇した。圧倒的な美の濃縮を前にして、そのまま引き返しても後悔しないほどの充足感を味わったのを覚えている。

日本に戻ってからもしばしば、あれは夢だったのか、と思った。時が経つにつれてヴェネツィアは記憶の彼方（かなた）へと遠ざかり、思い出そうとすると、水の上に白く霞（かす）む古都の姿が浮かんでくるだけだった。

あれから三十年余り経ち、思い立ったら電車に飛び乗り日帰りもできるような近場に住んでいる。それでもやはり、ヴェネツィアは遠いままである。そして駅前に立つたびに、初めて訪れたときと同じように打ちのめされた気持ちになるのだった。

橋を渡って、待ち合わせの場所へ行く。会う相手は、町の周旋業者である。短期間ヴェネツィアに住んでみよう、と借家を探しに来た。ヴェネツィアに引っ越すといっても、永住するわけではない。幻の町を住人として味わってみたかった。待ち合わせ場所は、大きな教会前の広場だった。早めに到着したので、約束の時間まで周囲をぶらぶらと歩いてみることにした。

こぢんまりとしたスーパーや気取らない店構えの食堂、古びたバール、雑貨店や酒屋などがあり、遠くで幼い子供たちの声が聞こえている。観光客の姿のない、ごくふつうの町の様子だった。違うのは、そこがヴェネツィアだ、ということである。

暮らしやすそうな雰囲気に安堵し、目の前の教会に入って時間を潰すことにした。雨脚がいっそう強くなり全身が湿っていたが、食堂もバールもまだ開いていない。それで、教会に入り暖を取ろうと思ったのである。教会なら椅子もある。

その教会がどういう宗派でいつ頃の建立なのか、まったく知らなかった。広場を満たすように重々しく、高く、大きい。外壁は積み重ねた古い煉瓦(れんが)が見え、朽ちて落ちたままになっているところも多い。老人のような静かな佇まいの教会は、〈寒ければ入って休みなさい〉と親切に招いているように見えた。挨拶の代わりにぐるりと一周し、外観を見てから扉を押した。

香が漂っている。入ったすぐのところにガラスで囲まれた受付があり、中に金髪の中年女性が一人、座っていた。参拝料が必要らしい。窓口に近づき、帽子やマフラー、手袋を外し、挨拶した。教会の中にいるのは、その女性と私の二人だけである。

教会内にはさすがに雨漏りこそなかったが、寒さは屋外と変わらず、祈禱(きとう)用の硬い木の椅子で待てるような雰囲気ではなかった。邪心を見抜かれたようで、畏れ入りながら内部を見学した。祭壇や聖人の碑、いくつかに分かれてある祈禱所など隅々まで見終えて出ていきかけると、ガラス越しに受付の女性に呼び止められた。

「天井をよくご覧になりましたか」

黒々とした天井には、レリーフの施された板が隙間なくはめ込まれている。長い時を経て板は深い茶色に変色しているものの、薄暗い教会内の明暗を僅かに見せて、周囲の大理石や煉瓦の硬く冷たい印象をずいぶん和らげている。

「中世のヴェネツィアでよく使われた木材でして、時が経つにつれ樹脂が出て隙間を埋め、風雨から建物を守り、屋内の湿気も吸い上げているのです」

天井に敬意を払うような口調で、女性は静かに説明した。

教会はいくつかの棟で構成されていて、中央の建物は入り口から祭壇まで長々と延びた縦長の形をしている。天井を見上げながら、船底のよう、と私が呟いたのを女性は聞き逃さず、我が意を得たり、という顔で、

「当時の船と同じ木材です」

今度は自分も身を乗り出すようにして上を見上げ、指を差しながら板に開いている穴を示した。腐って開いたのではなく、伐採した材木に穴を開けひとまとめにして運河へ運んできた跡なのだという。

「高価な建材だったのでしょう。穴の開いた木片も粗末にせず、こうして装飾に使った

わけです」

突然、頭上で低い声がし驚いて振り向くと、いつの間にか司祭が立っていた。受付の女性も、ガラスの向こうで慌てて起立している。黒い修道衣をまとった老齢の司祭は、ごゆっくり、とだけ言い、祭壇の奥へと入っていった。

低いがよく通る司祭の声を聞き、穏やかながら心を射貫(いぬ)くような目を見て、私は厳かな気持ちになり教会をあとにした。

相変わらず激しい降りの中、足元だけを見ながら、路地を行き当たりばったりに歩いた。潰さなければならない時間はまだかなりあった。敷石が剝がれて穴が開いたままになっているところが方々にあり、五分も歩かないうちに雨と水溜まりで足首までびしょ濡れになった。防水靴など、何の役にも立たない。来た道を戻れるように、両側に迫る壁の裾に付く苔(こけ)の模様を見ながら歩く。天気のよい日でも、日は当たらないのだろう。深い緑色をしたミズゴケが、濡れた地面から建物に這い上がるようにして生えている。路地は蛇行しているかと思うと突然直角に折れ、あるいは建物の一階部分に開いた通り穴をくぐり抜けて、先へと続いていく。

そのうち数人が急ぎ足で後ろからやってきて、私を追い越していく。地元の人たちの通勤時間なのだった。どの人もごく速足(はやあし)で、魚屋が履くような頑丈で底の高いゴム長靴を履き、荷物は肩に背負い、防水帽をかぶり、両手を自由にして歩いていく。狭い路地では傘は邪魔になり、いっそ手ぶらのほうが楽なのである。

潮の交じった泥水のような臭いが次第に強くなってきたかと思うと、足元に運河が現れた。手前に〈BAR〉と赤いネオンサインの点いた小さな店が見え、迷わず飛び込んだ。

扉の建て付けが悪いのか、私が急いて乱暴に押したからなのか、ガラス扉は騒々しい音を立てて揺れながら開き、カウンターにいた青年がぎょっとした顔で、いらっしゃい、と言った。

中国人だった。イタリア語が片言に聞こえた。一人で店番をしているらしかった。早速コーヒーを頼み、雫（しずく）が滴り落ちるほどに濡れたコートを脱いで一息ついた。

店内に客はいない。狭い店で、カウンターとその前に人が一人通れるだけの空間があり、入り口から壁に寄せて木製のテーブルが四卓ほど縦に並んでいる。建て付けの悪い玄関扉の周りには、派手な赤と金色の造花が縁取りするようにセロハンテープで貼り付けてある。着席したそばの壁には、中国語で記された去年のカレンダーが貼られたままだ。その上には、中国のどこかの町なのだろう、田舎の風景に漢字で町の名前が記されたポスターが見える。

青年は、照れたような笑顔でコーヒーを出した。卓上には前の客がこぼした砂糖がそのままで、手にねっとりと付いた。恐る恐る口にしたコーヒーは、ほどよく熱くおいしかった。

青年はじっとこちらの様子をうかがっていたが、

「何人(なにじん)だ」

ぶっきらぼうなイタリア語で尋ねた。

雨脚は弱まりそうにない。紅茶を追加し、この辺にはバールが少ない、と青年に愚痴った。すると青年はそんなことはない、と首を振り、

「この地区だけでも五十軒くらいあり、そのうち三分の一が中国人の経営する店です」

誇らしげに言った。店内だけを見ると、ここはどこなのか、町どころか国さえわからない不思議な光景である。レタスが一個丸ごと入ったビニール袋が、カウンターの端に無造作に置かれている。ケチャップやマヨネーズの瓶が並び、ガラスケースにはハムやチーズの薄切りを盛った皿がある。軽食も出すらしい。

その青年は十九歳になったばかりで、バールを借り上げた中国人の店主に両親が呼ばれたのでともにヴェネツィアに来たのだ、と言った。中国大陸からわざわざ来たのか、と問うと、

「僕は四歳のときに中国の内陸からトスカーナに来て、学校は全部イタリアです」

もう中国には帰りたくない、と付け加えた。たどたどしいイタリア語に聞こえたのは、中国風の発音のせいらしかった。トスカーナ地方からヴェネツィアに来た中国人は、い

ったいどこを住まいに選んだのだろう。

「ヴェネツィアにはまだ、中華街がありません。日が暮れると人が消え、こんなにつまらない町はない。僕、トスカーナに帰りたい」

青年は切ない顔で呟いた。

私がしばらくここに暮らすので家を探しに来たと話すと、青年はわざわざカウンターの向こうから出てきて、考えを変えるよう、真剣な面持ちで忠告した。

青年の家族が最初に選んだ家は、駅の向こう側の元ユダヤ人地区だったという。昼でもほとんど人通りがなく、あまりにさみしくて二ヶ月もしないうちに逃げ出したのだ、と当時を思い出して暗い顔をした。

私はヴェネツィアの地図を広げて、現在の彼らの住処(すみか)を訊いた。彼が指を差したところは、アカデミア橋を渡った袂(たもと)のあたりだった。そこはヴェネツィアの一等地、と地元の人も憧(あこが)れる場所だった。

湿ったままのコートを再び羽織り、雨の中、ミズゴケと欄干だけを頼りにうつむきながら歩いてきた路地を引き返した。どんなにさみしい地区でも縁があればどこでもいいと思いながら、待ち合わせ場所へ急いだ。

大柄な周旋業者の女性に連れられて、私は広場をあとにした。てっきり待ち合わせ場所の近くにあると思っていたのに、物件はそこから離れた、周囲に何もない地区の路地の途中にあった。

「この路地を突き当たると建物の下方に細い抜け道があり、そこから数分で定期船の停留所ですから」

と強いヴェネツィア訛で説明し、

「私はこの近くで生まれたのですが、橋もなく、静かでいいところです」

なかなかこういう出物はない、と得意げに続けた。

これまでも海沿いの村や都市部で、家を探したことがある。物件の広告の文句には、各地各様の特色があった。

『海が見える』

というのはまだ明白にしても、

『パノラマ』

といえばそれは、

〈海のそばの村なのに、山側の景色しか見えないような家〉

の売り文句であるということや、

『誰からも邪魔されない、古の景色』

とあれば、

〈エレベーターのない古い建物の屋根裏部屋〉という意味だったりした。符丁のような秘密めいた説明に、そこで暮らす人々の誇らしげな気持ちや、欠点を隠す恥じらいを見るようだった。

先ほどヴェネツィアの周旋業者は、〈橋がない〉と言った。

この町では、先ほど渡ったばかりだと思った運河が、少し行くと再び現れる。越えども越えども、あとから橋と運河が追いかけてくるのである。食堂やバールへ飲料や食材を運ぶのも、郵便配達人も乳母車を押す母親も、杖(つえ)をつく高齢者も、重いスーツケースを抱えた観光客も、橋を上っては下り、下りては上り、を繰り返す。

ところがある地区では、店で買い物をし、銀行や郵便局、学校で用を済ませて家へ戻るまで、橋を渡らずに済むらしい。それで業者の女性は〈橋がない〉と、強調するように言ったのだった。

しかし案内された家はいくら貸家とはいえ、そこに住むとなるとうら寂しい気持ちになるようなシロモノだった。家自体は広々として窓も多く風通しはよさそうだったが、いかんせん置いてある家具がひどかった。壊れてはいないものの、ずいぶん傷んでいる。居間のサイドボードを目にしたとたんに、三十年ほど前ナポリの下町で見た、つましい家を思い出した。化粧ガラスは端が欠け、引き出しは斜めになり、いびつな隙間が見えている。ベッドは鉄製の骨組みにマットレスがあるだけで、実に素っ気ない。居間にある、円卓に座ってみた。傾いていて、手を載せるとがたついた。廃屋になった家から古道具を集めてそこへ置いた、という様子だった。

正面の窓の外には景色がない。路地をはさんで向かいの建物の壁が見えるだけである。首を出し上を見上げると、みぞれがこれでもかと顔を打った。

「ご覧のように、海抜一・四メートル以上は楽にありますからね」

周旋業者は、再び符丁のようなことを口にした。

それは、

〈ヴェネツィア名物の満潮のとき、一・四メートルの海抜であれば床上浸水から免れる〉

という意味らしかった。昨秋は満潮時の水位が高く、海抜が最も低いサン・マルコ広場では大人の胸元まで冠水していたのを思い出す。

この建物に入るとき、ドアの前に地面から三十センチほどあるステンレス製の板が立ててあるのを目にしていた。膝くらいの高さのその板を跨いで、家に入る。室内に浸水してくるのを防ぐ板なのである。

上からも下からも水攻めに遭うこの町に暮らすには、やはり相当の覚悟が必要なようだった。そのあと数軒を内見し、家の数だけ失望した。

空腹のまましばらく路地を歩き、出合い頭に見つけた食堂で遅い昼食をとることにした。店内は、調理場の熱気と雨に濡れて入ってきた客が発する蒸気とで窓ガラスが真っ白に曇っている。通い慣れた客ばかりらしい。隣卓どうしが話すので、がやがやと賑やかである。

「こんなみぞれ混じりの雨の中、よく帽子もかぶらずにいらっしゃいましたね」

給仕の女性が同情するように言い、注文を訊いた。

ヴェネツィア名物のタラのマンテカートと白ポレンタを頼みながら、そう言われて初めて帽子がないのに気付いた。どうりで寒かったはずである。いったいどこで忘れたのだろう。

熱々の料理と赤のハウスワインをグラスで二杯飲み、コートにマフラーで表に出た。靴も服も内側まですっかり濡れそぼって、冷たく重たい。みぞれは降り続いている。家は見つかっていない。迷い犬のような気持ちだった。頭からしんしんと午後の冷えが忍び寄ってくる。せめて失くした帽子だけでも見つけて、ミラノに戻りたかった。

記憶を辿り、教会の受付で敬意を払って帽子や手袋を外したことを思い出した。暗いレリーフの板張りの天井と、黒い修道衣の司祭の姿が目に浮かんだ。

内部の様子ははっきり覚えているのに、広場までの道はもう覚えていない。借家を何軒も見て回り、橋を渡り、路地を曲がってを繰り返し、今自分がどこにいるのかすら不明だった。道行く人に教会の名前を告げて、道順を尋ねる。地元の人を見分けるのは、簡単だった。革靴を履いているのは外国人観光客で、地元の人たちはゴム長靴なのである。

「この先に石の小橋があり、その次に鉄の橋、右に曲がって二つ橋を渡り、道なりに行くとね……」

メモを取りながら聞き、そのとおりに歩いて再び迷う。

足は重い。前を淡々と行く老夫婦がいる。橋に足をかけようとする二人の背後から思わず声をかけ、よくぞ元気でこの町にお住まいで、と感心すると、

「ここに住めない人は、死ぬか出ていくか、なのですよ」

老女は小声で言い、くすりと笑った。

やっとの思いでたどり着いた教会は、正面の扉がすでに閉まっていた。今朝ぐるりと一周したときに、〈司祭の家〉と表札がかかった扉があったのを思い出す。

思い切って呼び鈴を鳴らすと、間を置いて中から男性の声で返事があった。帽子を置き忘れたかもしれない、と用件を述べる。たかが帽子で、と、内心どうでもよくなってきている。

門前払いを覚悟していたら、朝会った司祭とは違うふくよかな修道士が出てきて、

「教会に置き忘れたものは、必ず出てきます」

温厚に言い、ついていらっしゃい、と合図した。

教会の正面には向かわず、司祭の住まいから扉を抜け、廊下を通り、再び扉をくぐり、窓のないトンネルのような廊下をしばらく歩いた。住まいから教会への抜け道らしい。とんでもない場所に連れていかれるのではないかと、途中気が気でなかったが、どこあろう、ここは教会の中で前を行くのは修道士なのである。

朝訪れた祈禱所に出た。その奥にある扉を開けると、殺風景な物置のようなところに出た。中央にある木製の細長い机の上に、私の帽子と片方だけの手袋が並べて置いてあった。

「あなたを待っていましたね」

修道士は笑い、

「これをご縁に、またのお立ち寄りをお待ちしていますよ」

帽子を渡しながら、十字を切った。

赤い小鳥の絵

しばしば美術展に出かけるけれど、自宅には一枚の絵もない。ポスターもなければ、写真を引き伸ばして額に入れるようなこともない。天井は高く、壁は広々としている。白壁なので、余計にがらんとして見える。

訪ねてくる人は異口同音に、

「何か飾ればいいのに」

殺風景な壁を見て、寒そうに首をすくめて言う。

写真を売買する仕事のせいなのか、それとも画家や蒐集家が訪ねてくることもあるからか。無意識の気兼ねで、壁を飾るのが面倒になっているのかもしれなかった。

家は広場を前にして建ち、窓からの視界を遮るものがない。窓はどれも大きく、広場と空をのびのびと切り取って見せてくれる。窓の向こうで、時とともにミラノが移ろう。寒い雨の夜明け前。灰色の昼下がり。雲の合間の夕焼け。そして、濃霧が立ち込める夜。

白い壁の間から、さまざまなミラノが室内に流れ込んでくるようである。

「こんばんは」

玄関を開けると、ハンチング帽にオーバーコートの襟を立てたルイジが立っていた。コートは茶色とグレーのツイードで、草色のウールの帽子がよく合っている。革の手袋は帽子と揃いの色で、いかにもミラノの冬といった装いである。

すぐに帽子と手袋を脱いで挨拶をし直し、

「ご招待ありがとう」

脇に抱えていた紙袋を差し出した。

居間に通して夕食に招待した他の客にルイジを紹介したあと、さっそく皆の前でその紙袋を開けてみる。額入りの絵だった。額は、材木屋に立て掛けてあるような鉋（かんな）もワックスもかけていないような白木で、表面がささくれ立っている。

「額も僕が作りました」

ルイジは少し得意げに言った。絵は板の上に直（じか）に描かれていて、灰色がかった水色を背景に立つ木に赤い鳥が止まっている構図である。冬の情景らしい。木は葉を落とし、黒い枝だけである。鳥は小さな目を天に向けて、くちばしを少し上げ何か言いたそうに見える。

ルイジは、降り続く氷雨と暗い空にうんざりし早く春が訪れるようにという気持ちを込めて絵を描いた、と説明した。赤い鳥は、自宅の前に飛んでくる小さな鳥がモデルなのだという。

彼は、運河近くの古い集合住宅の一階に住んでいる。建物の正面玄関を入ると共有の中庭があり、彼の家はその中庭を通り抜けたところにある。家の前には大小の植木鉢が隙間なく置かれていて、うっそうとした藪の中へ分け入っていくようである。

「その小鳥が赤いのは、胸元だけ。真っ赤な胸を丸く膨らませてさえずる様子を見ていると、日の丸を連想して」

絵の中の黒い枝の向こうに見えるのは、ミラノの冬の空なのだろう。晴れでもなければ、雨天でもない。くすんだ色が広がっていて、寒々しい。

うちに来るといつもルイジは、愛想のない壁を不思議がった。いっしょに美術展に行くようなことがあると、売店で大きなポスターを買って贈ろうとしてくれる。窓から見える風景で十分、と私はポスターを辞退し、わが家の壁は相変わらず白いままだった。それでとうとうルイジは自宅の窓から見える景色を絵に描いて、夕食の手土産として持ってきたのである。

その絵を窓と窓の間に掛けてみる。すると、そこに新しく小さな窓が開いたように見えた。赤い鳥が胸を膨らませて、木の枝の向こうの冬空を見上げている。絵の中の空と窓の外の空が繋がり、小鳥のさえずりと羽音とともにうちの中へ一足早い春が飛び込んでくるような気がした。

ルイジは、ミラノから車で二時間ほど北上したところにある山岳地帯の出身である。小柄で、度の強い眼鏡をかけている。未来のエネルギー源を探る研究者で、いつも難しい課題に取り組んでいるらしい。まだ四十にもならないというのに、ミラノの郊外にある研究所を任されている。イタリアの建築資材メーカーやエネルギー開発専門会社が共同で出資をして研究所を作り、彼はそこの代表を務めているのである。

最先端の分野なので、国内外に優秀な競合相手が大勢いる。新しい技術の研究や開発には多額の費用が必要で、国からの助成金だけでは到底、足りない。卓抜した研究結果を出せたとしてもそれを実際に運用する機会がなければ、絵に描いた餅も同然である。

ルイジの働く研究所は設立されてからまださほどの年数は経っていないものの、出資している企業が熱心で、研究の成果が出るとすぐに試験的に運用する。同じ分野の研究者たちにとって、その速攻性は垂涎の的だった。

大学の研究室に残った彼の同級生たちは、先輩の助手をしながらこつこつと研究を続けている。研究室からの給与は、交通費とコーヒー代で消えてしまう。経済的にも精神的にも支えてくれる親がいなければ、こうした若い研究者たちは研究どころか生活すらできない。それでも、大勢の中から選ばれて大学に残り研究を続けられるだけでも好運なことである。皆、黙々と大学に通いながら、半年でも一年でも遠い異国であっても、奨学金付きで研究ができる場所がないか公募を血眼で探している。

諸事情があってルイジは大学には残らなかったが、私設の研究所での毎日に満足している。

山からミラノに出てきて、ルイジは質素な大学時代を送った。

ごく普通の家庭で仕送りに困りはしなかったが、自立の適うまで薄給の学者の生活を支え続けるほどの資産はない。高校時代から飛び抜けて優秀だった息子が大学でも好成績を収め、それなりの職に就いてくれれば、と両親は考えてミラノに送り出した。

大学に入ったばかりの頃、ルイジは都会の生活に慣れるのに精一杯だった。受講後は一目散に下宿へ帰り、ひたすら勉強。ミラノ出身の同級生たちは、親元からの通学である。のんびりアペリティフを楽しんだり、映画やコンサートなどで充実した週末を満喫して、学生生活を過ごしていた。

「遊ぶ金は、自分で何とかしろ」

自営業の父親は厳しく、余分な仕送りはしてくれなかった。

そもそも大卒の就職先すらろくにないのが、昨今のイタリア事情である。大学生のバイト先など、夢のような話だった。それに彼は、バイトをする時間があるのならその分勉強がしたい、と思うような学生だった。研究書代に回すために食事は一日一回と決めて、文化を切り捨て楽しい週末とはおさらばし、大学へは交通費節約と体力増強を兼ねて自転車で通うことにした。

ところでミラノは、秋冬春と雨天が多い。山育ちの彼は平地のミラノで自転車に乗れることに有頂天になっていて、ついこの町の悪天候にまで頭が回っていなかった。朝は曇天でも、やがてしとしとと降り始める雨は夕方になっても止まない。一度きりの食事は、家で夕飯と決めている。昼食を自炊にすると大学から家へ戻らなければならず、一日が中断され時間が無駄になるからだ。授業を終えた夕暮れに、空(す)きっ腹で自転車のペダルを踏む。雨が雪に変わる冬には、押して歩く自転車の重さと空の胃袋の軽さで、めまいがすることもしばしばあった。

「自ら望んだ〈自転車〉なんだろう？　手に入れたのだから漕ぐしかないな」

つい電話で弱音を吐くと、父親からびしりと言い返された。

小柄なのに筋力トレーニングを重ねたような身体によく日焼けしたルイジは、青白いミラノっ子の多い研究室でひときわ目立つ存在となった。勉学一筋の前期を基盤にして、後期も彼は後続と大きな差をつけてトップを独走した。

数ある研究室の中でも彼が籍を置いたところは、才気あふれる学生が集まることで知られていた。主任教授は老練な理論家として国内外に有名で、ルイジの在学中に学部長にまで昇進した。知力だけでなく政治力もあったうえ、耳目を集める研究を手がけて華があったからだろう。名声高い教授の研究室である。常時、公的機関や民間企業などから、共同研究や調査、人材派遣の依頼などが多く寄せられる。研究室の仲間たちは、卒業時には優秀なルイジが教授の一番助手として指名されるに違いない、と思っていた。

「親には悪いと思ったが、僕はどうしても研究を続けたかった。教授の片腕になり、やがては自分があの研究室を継ぐのだ、と密かに確信していたのですけれどね」

彼は、大学卒業の頃を振り返って話す。

もらった絵の中の赤い鳥を見ているうちに本物の小鳥に会いたくなり、今日は私がルイジの家を訪ねてお茶を飲んでいる。

ルイジの卒業論文は、イタリアを含む先進諸国がめざすエネルギー開発とは逆行するような内容だった。

敗戦ですべてを失ったイタリアは、〈より前へ進め、さらに豊かに〉と、戦後の復興に全力を注いできた。しかし時が経つにつれ、その気構えは次第に変形していく。そして最近では、〈他者を出し抜き、もっと金持ちに〉という、利己的な拝金主義に満ちた風潮になっている。そういう世の中で望まれる新エネルギーは、より速く作れて、さらに消費を増やすようなものでなければならないらしい。

「僕が生まれ育った山は、何もないところです。でも厳しい冬が過ぎると雪を溶かす春が訪れて、生命のみなぎる夏のあとには実の熟す秋が来る。ところが何でもあるはずのミラノでは、身近にある時候の移り変わりを味わう時間もない」

自然界の元来の力を見直し、それで発展が停滞するようなことになっても厭わない。〈もっともっと〉と上ばかり見る生活から脱却してはどうか。

ルイジはそういうテーマを掲げて、新エネルギー開発研究を提案した。

主任教授は、彼の卒論発表に〈満点プラス賞讃〉という最高得点を付けた。最終の口頭試問に立ち会っていた審査の教授たちは全員起立して、盛大な拍手と讃辞を贈った。

首席で卒業。

「今までの苦労が景色といっしょに耳の後ろに吹き飛んでいくような、全速力の自転車で疾走するときと同じ気分でした」

時流に逆らうような研究内容だったのに、教授たちは純粋に評価してくれた。感謝をし、敬意を払い、晴れ晴れとした気持ちでルイジは研究者への道を決意した。それまで崇(あが)めるように見ていた研究室が、ごく身近に感じられた。

美しい環境を子孫に残そう。

武者震いして、通い慣れた研究室のドアを新たな気持ちでノックした。あらためて教授に指導を願い出るためだった。その日も教授は訪問客数人に囲まれて、打ち合わせに忙しそうだった。

〈今後、自分もこうした会議に参加するのだろうか〉

教授の横に自分の姿を想像し、少し誇らしい気分になる。

「何か用かね」

教授は、ドアの前に立ったままのルイジに声をかけた。硬く冷たい声だった。

約束を入れてあったはずなのに、と一瞬彼は戸惑った。出直します、と急いで言い退室しようとすると、

「用があるときは、こちらから連絡するから」

教授が事務的な口調で告げた。

しかし来期の研究室の体制を決める時が来ても、教授からは連絡がなかった。メールだけではなく携帯電話にもかけてみたが、教授はいつも「多忙」であり、あるいは「来客中」で「こちらから連絡する」と、返すばかりだった。

結局、自分よりもかなり後方の成績だった同級生が研究室に採用された。その学生は

ルイジと違って、現行のエネルギー事業の中核、つまり研究としては過去の栄光の残影を拾って縫い合わせるようなものをテーマにしていた。

「あいつなら、教授を超えるような新理論を早々に打ち立てることもないだろうからな」

教授は優秀なルイジに嫉妬し恐れ、老いた自分の保身をはかったのだ、と友人たちは不条理な人事について言い、有能過ぎる彼の不運を慰めた。

ルイジに残ったのは、乗っていく先のなくなった自転車と〈賞讃〉付きの卒業証書だけだった。


「それで、いったん実家へ戻りました」

父親は、地元で山から伐採した木を住建資材として売る商売をしてきた。深い山に入り、森と話をつけて、木を伐る。

森林と下草、落ち葉や岩、苔、湧き水に新芽、山猫と北風、そして小鳥。枝のあいだから見える空。

幼い頃から父親に連れられて山へ分け入っては、自然界のさまざまを見て育った。地球が断片になり自分の周りに舞い降りてくるように見え、幼いルイジはどのかけらも見逃すまい、と懸命に見入ったものだった。森羅万象からこの世の掟を体得したのである。

山の天候は、目まぐるしく変わる。少し気温が上がったかと思うと、まもなく霧が降りてくる。すると父親は幼い息子に帽子を深くかぶるように言い、木の幹に印を付けながら、山の声を聞くようにして行く道を決めた。ルイジは学問の樹海に迷い込んだかと不安になると父親といっしょに手探りするようにして歩いた山道を思い出す。

あの頃、手探りと思っていたのは、自分が幼かったからだろう。きっと父親は、天と地の気配を読みながら進むべき道筋を熟知していたに違いない。

将来を見失った気持ちになり実家へ戻ったのは、山で聞いた父親の足音を再び耳にしてみたかったからなのかもしれない。

帰ってきた息子を見て、

「誰にでも欠点はある」

父親は言い、

「おまえの欠点は、若過ぎる、ということだろうな。しばらく山にいればいい」

とだけ言って、他には何も尋ねなかった。

ルイジは、人間は分(ぶん)をわきまえた暮らしに戻るべき、という信念を忽(ゆるが)せにするつもりはない。

自転車で通学していた際、路面の敷石が割れて開いた穴に車輪を取られ何度も転倒しそうになった。市は、自転車や歩行者の不便を改善しようとしない。

かつて水路だったところは埋め立てられ、環状道路となっている。もっと多く、より速く運ぶためだ。車やバイク、トラックにバス、路面電車が絶え間なく往来する。大量の排気ガスの中を、ビニールカバーで覆った乳母車を押して若い母親が歩く。歩道は違法駐車の車に占領されて、赤ん坊と母親の通るスペースはない。

晴れた日の運河沿いには、カモ見物に幼稚園児たちがやってくる。ところが不法投棄の粗大ゴミで運河は詰まり溜め池のようになっている。立ち込める臭気とスモッグ。若い女の先生たちは、顔をしかめて園児たちの手を引き来た道を急いで戻る。

カラスさえ飛ばない。広場の鳩たちは羽が疎(まば)らな翼を引きずり、観光客から餌をもらおうと必死である。

ミラノにも、のどかな風景はあったはずなのに。

町行く誰もが〈もっともっと〉と叫びながら走り回っているように、ルイジには見えるのだった。

久しぶりに故郷の山を一人で歩き、空を見上げ、木に触れた。そういう数週間を過ごしたあと、ルイジはミラノの下宿に戻った。

「欠点は、裏返せば強みになるかもしれないでしょう？」

臆せず挑戦できるのは若さの特権、と彼は気合いを入れ直した。そして、新進の建築資材メーカーを片っ端から訪問し始めたのである。

どのメーカーを訪問するにも、自転車で行った。

「前時代的な発想は捨てて、新しい視点で研究を」

最初は腰を入れずに話を聞いていた担当者が次第にルイジの真摯な態度に打たれ、社長へ研究助成を直談判してくれたり、関連のありそうな他社へ口添えをしてくれたりもした。

ルイジは、ただの青臭い理想主義者ではない。繊細で温かみのある文学青年のような話しぶりの一方で冷静で正確な科学者として現状を解析する様子は、企業家たちの心を強く捉えた。

後発の中小メーカーである自分たちの将来は、ルイジのように若くて新しい視点を持つ研究者と組むことにあるのではないか。

訪問を受けたメーカーの経営者たちには、目の前の青年が磨けば輝く原石のように思えた。

「『一社では無理でも、集まれば何かできる』と、面談したメーカーの経営者たちが連携して、共同出資で研究所を設立してくれることになったのです」

ルイジは、初代所長に就任した。

出資したメーカーの中には、ルイジの父親が材木を納品している得意先もあった。木製の窓枠専門のメーカーである。小規模だが気骨ある社長は、

「お宅の息子さんのためなら」

と、床材のメーカーを紹介してくれた。すると床材のメーカーは照明と断熱材のメーカーを、と蔓を引き寄せるようにして研究所運営に参画するメーカーが集まった。研究所を支える中小のメーカーを並べてみると、床材から照明器具までが揃い、一見、工務店の事業一覧のようになった。

机上であれこれ理論ばかり練っていても始まらない。

ルイジは研究所の支援企業の一覧を見ながら、〈未来の家〉を作ってみよう、と研究所のスタッフに提案した。それは、国家事業に繋がるような壮大なプロジェクトを構築している大学の研究室とは、規模も方向も対極をなす方向へ行く内容だった。

「人が集まるところが家であり、その家が集まって村となり、村が集まると国になる。地球規模の話をする前に、まずは自分たちの身の回りを考えよう」

葉から木を見上げ、木から森へ入り、森の中から山と話す。父親の歩いたとおりに、自分も進もうとしていた。

話を聞きながら、あらためてルイジの家の中を見渡してみる。

寝室と浴室に仕切りの壁があるだけで、あとは広々とした一間になっている。台所から居間、書斎がひと目で見渡せる。大きな長方形の食卓は窓際に置かれている。中庭に面した壁は、全面が窓になっている。彼が丹精を込め世話をする植木鉢からは枝が伸び、窓にかかり、外の景色が枝の合間に切れ切れに見える。

ミラノの真ん中にいるとは思えない静けさである。集合住宅の一階という日当たりのあまりよくない場所なのだがその薄暗さは気にならず、むしろまるで深い森の中にいるようだ。

残りの壁には節目の美しい木製の棚があり、ぎっしりと本が並んでいる。その大半が美術全集や文学書で、仕事関係の本は見当たらない。ところどころにある隙間には、自作の絵や、旅行先で見つけたのだろう、南米や東洋の絵画や置物が飾ってある。

ぜひ見てもらいたい、と寝室にも案内してくれる。

ドアを開けると、深い茶色が目に飛び込んできた。天井も壁も、そして床も、うねるような木目の板で張り詰められているので部屋全体が茶色に見える。木の香りがほのかに漂い、大樹の幹の中に入ったかのようだ。

「僕が研究を続ける決意を告げたら、『まずは自分の足元を見ろ』と、父がこの部屋の内装を贈ってくれたのです」

彼はそうっと床を触り、壁の木を撫でた。

清々しい木の香りを深く吸い込むと、外界で耳にする雑音や煩雑な思いは一掃されるに違いない。

いっしょに歩いた山の声を、息子の決意への祝儀として贈った父親の気持ちを思う。

木に包まれたその部屋の窓からは、冬の空が見える。灰色の空の彼方に、うちの前の広場に生える大樹の枝先が見えている。

ルイジは、中庭に置いた植木に止まる小鳥を描いたのではなかったのだ。父親に見守られてひるまずに冬空の向こうへ飛んでいく、熱意に胸を膨らませた彼自身の姿なのである。

絵は、まだ見ぬ世界へ向かって開いた窓なのだ。

II

町が連れて来たもの

めくるページを探して

東京で一番好きな場所は、と友人ドナテッラに尋ねると、

「国立国会図書館」

間髪を容れずに答えた。

ナポリ出身の彼女とは、大学時代に現地で知り合って以来、三十年の付き合いになる。当時、彼女はナポリ東洋大学の学生で、日本文学を専攻する熱心な読書家だった。欧州には東洋趣味の人が多い。知人を介して紹介されたとき、ドナテッラもそういう人の一人なのか、と思ったのを覚えている。

イタリアから地球を見ると、インドを境界として東洋が始まるらしい。

私が大学生だった頃には、「自分を探しに行く」と、インドへ一人で長旅に出かけていく人が多かった。西洋の宗教観では計り知れない、未知の世界を見ておきたい。学業を終えると、就職なり結婚なりで自由が利かなくなる前に遠い異国へ行く。アフリカで

もロシアでも中国でもなく、それはインドでなければならないらしかった。

仲間のほとんどが大学卒業の祝いに旅に出るなか、ドナテッラはどこにも行かずに相変わらず本ばかり読んでいた。

六月に入るとほとんどの授業は終了し、学内は閑散としている。中庭の上にはすでに夏の空が広がり、大学前の古い石畳を走り抜けるスクーターの遠い音が聞こえ、時おりぬるい風が吹き抜けていく。午前中からそういう気怠い空気に包まれた構内の木蔭や教室へと続く階段、図書館のどこかに必ずドナテッラはいて、本を読みふけっているのだった。

ある日いつものように大樹の下で読書するドナテッラの傍らに私も座り、何をするわけでもなくぼんやりしていると、

「アッシ　アッシ　ト　カドカド　ノ　コエ」

出し抜けにドナテッラが本から顔を上げて言った。

ナポリにはミンミン蝉はいなくて、ジィーと耳鳴りのような鳴き声が重なり合って聞こえている。彼女はその名も知れない虫の声を聞いて、今、覚えたばかりの俳句を披露してみせたのだった。せっかくの句を私は知らず、曖昧に頷いた。

「そのうち日本に行き、ぜひ東北を歩いてみたいわ」

意見の交換をできず、ドナテッラはがっかりした様子だった。夢見るような顔でぽつ

りと言い、再び本に目を戻した。

虫の声から数年経ち、ドナテッラは難関を突破し奨学生としてアメリカへ渡り、そこでの課程を終えると次はフランスへ留学した。同級生たちが世界の辺地で自分を探し回ったのと同様に、彼女は世界の大学から大学へと渡って自分の研究テーマを探求した。

〈いよいよ日本に行くことになりました〉

彼女から手紙が届いたのは、ナポリで知り合ってから十年近く経った頃だった。

私はすでに社会人となっていて、東京で一人暮らしを始めていた。ナポリでの日々は、過去の思い出としてとうに記憶の彼方に飛び去ってしまっていた。あれからも変わることなく、ドナテッラは日本文学を勉強し続けているようだった。手紙とともに、大学時代が時空を超えて目の前に飛び出してきたような錯覚を覚えた。起きている間はずっと本を読むか大学の講義を聴くか勉強をしていた彼女の様子を思い出し、うちでよかったらいらっしゃい、と返信した。

次に送られてきた手紙には、彼女の父親からの書簡が同封されていた。万年筆の筆跡は堂々として、半年のあいだ娘が世話になる礼が簡素で、しかし丁寧なイタリア語で綴られてあった。

〈兄と弟にはさまれた一人娘で、甘やかしてしまい、ろくに家事もできません。我が道を行くタイプで頑固な娘ですが、よろしくお願いします〉

欄外には、母親からの謝意が一行だけ名前とともにそっと記されていた。

ナポリ時代、私たちはともにまだ学生で、会うのはたいてい大学だったが、時おり彼女の家に招待されて母親の手料理をごちそうになることもあった。彼女の家は、ナポリの高台の閑静な住宅街にあった。ドナテッラの父親は、医師だった。代々医業に携わってきた家で、食卓でも病院や親族や知人の同業たちのことがよく話題に上ったものである。

当時ドナテッラの兄は医学部生だったが、すでに父親の診療所の跡を継ぐと決めていたようだった。兄の決意に安堵したのだろう、弟はスポーツマッサージの専門学校へと進み、半遊半学といった調子でのびのびと楽しそうにしていた。兄弟とドナテッラは三人とも明るくおっとりとしていて、その悠々とした家風には一朝一夕のものではない奥行きが感じられた。

家は七階の建物の最上階にあり、壁を打ち抜き二軒分を繋げて広々と暮らしていた。いくつもある部屋やそれを取り囲む長い廊下の壁には、木彫りの額に入った大きな絵画が無数に掛かっていた。それでも足りず、居間の片隅や廊下の奥には茶色の紙で包まれたままの絵が何枚も立て掛けられてあり、披露される出番を待っていた。美術館か画廊のようだった。

初めてドナテッラの家を訪ねたとき、父親のコレクションに囲まれた広い居間にいると、四方八方から彼女の父親に見られているような気がして落ち着かなかった。

「散らかっているけれど」

彼女は照れながらも、自室へ通してくれた。

一見、手狭に感じたのは、部屋には床も含めて、勉強机からベッド横の小机、箪笥の横に付けた棚など、空いている場所に本が積み上げてありどこにも隙間が見えないからだった。

年頃の女性の部屋である。たいてい花柄で揃えた寝具やクッションや壁紙、ボーイフレンドの写真、ドアノブや椅子の背に掛かったセーターやバッグなどがあり、甘く華やかなものだ。ところがドナテッラの部屋で目につく色彩の鮮やかなものといえば、美術展の豪華な図録くらいである。本棚の奥のほうには、小学校や中学校時代の古い教科書が並んでいる。背表紙に幼い字で科目名が記されたノートまで取り置いてある。本棚の上段に色別でずらりと並ぶのは、イタリアや外国の古典文学全集だ。文系高校の出身者らしく、ラテン語と古代ギリシャ語の本も見える。本と棚の隙間には、書類の束が詰め込んである。

「勉強中の資料なの」

ドナテッラは、コピー用紙の束を引き出して見せた。そこかしこに赤や青で書き込みや線が引いてあり、さまざまな色の付箋が貼ってあった。

勉強机の上は一冊を広げられる余地だけを残し、本やノート、紙が柱のように積み上げられている。壁には、手書きのメモや新聞や雑誌の切り抜きがセロハンテープで貼り付けてある。文字が印刷された、ありとあらゆる紙にあふれた部屋だった。

絵と紙に囲まれての食事は、穏やかながらも家の絶対の長である父親の伸びた背筋と、食事中ですらメモ用紙を離さないドナテッラのペンの音ばかり覚えていて、料理や会話の詳細はほとんど記憶に残っていない。

夏休みを両親と過ごした後、ドナテッラは予定どおり来日した。

いくつものスーツケースを載せたカートを押しながら、にこにこと彼女は到着口から出てきた。すぐ後ろから、係員がもう一台のカートを押してついてくるのが見えた。そこにも段ボール箱や鞄がたくさん積まれている。背負っている登山用のリュックサックは、はち切れんばかりである。それでも足りず、腰にはポーチ、脇には読みかけの本、肩からは斜め掛けのバッグを下げている。キャリーも見える。そのすべてを連れて、ドナテッラは東京のわが家へやってきた。

たくさんの荷物を、私たちは長い時間をかけて順々に開けた。

母親からの手作りのラグーソースは瓶詰めで、冷凍がまだ解けていない。ソレントの叔母が持たせたレモンのリキュール酒とジャムは、蓋(ふた)が緩み中身が漏れ出て部屋じゅうよい香りが広がった。兄弟からは、ナポリタン・ポップが詰まったテープ数本とナポリの風景写真集。幾袋ものコーヒー。「これがないと眠れないから」と、愛用の枕。筒には一枚の絵が入っていた。もちろん、父親からの贈り物である。一家の住む界隈の風景が描かれている。娘へのはなむけに、画家に描かせたのかもしれなかった。早速、壁に貼ると、切り取られたナポリがそこに現れ、壁のすぐ向こうに彼女の両親がいるような気がした。

大量の荷物の大半はしかし、本とノートと資料の束だった。昔、訪れたあの彼女の部屋をそのままスーツケースに詰め込んで、東京まで運んできたように見えた。

本や資料は無造作にスーツケースに投げ込まれたように見えるが、本人には区別がついているのだろう。ドナテッラは本や印刷物をいくつかの山に仕分けし、一山ごと両手でやさしく胸に抱くようにして、

「やっと着いたわね、日本に」

と小さくため息をついた。そして、

「これは芭蕉で、こちらはポール・クローデル、あれは……」

一人ずつ友人でも紹介するように、本の山を説明した。

大学を出てから私たちはそれぞれの道を進み、違う国で暮らしてきた。互いの近況を

ほとんど知らず、私たちには共通の話題がなかった。それでも支障なく共同生活が続けられたのは、活字のおかげだったと思う。

ドナテッラは朝起きると、イタリアの漫画を片手にトイレに閉じこもり、長らく出てこないのだった。気を利かせてエスプレッソを火にかける。沸騰し、コーヒーが噴き上がり、すっかり冷めてしまった頃にようやくドナテッラは顔を出した。

ざら紙に活版印刷のその漫画本は、角がすり切れて丸くなり表紙は擦れている。ページが抜け落ちたのだろう、セロハンテープで何重にも補修がしてあり、見るからに年季が入っていた。

「どこに行くにも連れていくの。これがないと落ち着かない」

幼い子が慣れ親しんだ玩具やぬいぐるみを連れ歩くのと同様に、彼女は小学生の頃に買ったその漫画本を肌身離さず持ち歩いているのだった。

コーヒーだけの朝食を済ませると、すぐに勉強である。「おやすみ」と声をかけて漫画本を専用の布袋に大切にしまうと、彼女は机の上に広げた本やコピーの中へと消えた。

ドナテッラは文字どおり、四畳半分の本に埋もれて東京暮らしをしていた。本から抜け出してくるのは午前中一度の休憩だけで、昼食時まで、聞こえてくるのはぶつぶつと資料を読み上げる低い声とページを繰る音だけだった。

うちに図書館か大学の研究室が移動してきたようで、室内の雰囲気は少し埃臭く、しかし真摯で厳粛なものへと変わった。

　私を訪ねてくる人たちは玄関を入るとすぐに以前と異なる気配を察し、四畳半からはみ出て台所にも私の仕事場にも積み上げられた外国語の本の山を見て驚き、ドナテッラから流暢な日本語で挨拶を受けてさらに驚いた。季語まで交えて巧みに話すので、相手をする日本人たちは皆、その風流な日本語に畏れ入って、次第に無口になりただ聞き入るばかりだった。

　ドナテッラは、来る日も来る日も勉強した。外出しないどころか、四畳半からすら外に出てこない。心配になり、ある日、国立国会図書館へ連れていった。

「本が呼んでいますね」

　建物に近づくにつれて、ドナテッラは胸元を押さえて切ない顔をした。これから恋人にでも会いに行くかのように、頬を上気させている。図書館に行くというのに、本がたくさん入ったリュックサックを背負っている。わけを尋ねると、

「日本の友達に会わせてやりたいから」

　真面目な顔で答えるのだった。

　休館日の行き先として、神保町も案内した。オウ、ノウと深く感嘆し、彼女は古書店の並ぶ通りで立ち止まったまましばらく動かなかった。図書館と神保町を訪れた日を境に、ドナテッラと顔を合わせるのは朝と夜だけになった。

二ヶ月ほどして、日本にも慣れてきたある休館日に、

「今晩は、ナポリ料理をご馳走します」

彼女は張り切って宣言した。

日本に慣れたといっても、家と図書館と神保町を三角形に結んだ線上を回るだけで、買い物に立ち寄るのは書店か文房具店だけである。連れだって、近所のスーパーへ買い出しに行った。

彼女は歩いているあいだも、電信柱の番地表示から塀に貼られた広告ポスター、バスの行き先、マンション名など、目に入る文字を片端から読み上げては、読み方が合っているかを尋ねるのだった。私たちは町で目にする文字と文字とのあいだで短い会話を交わし、スーパーで必要な材料だけを買い、足早に帰宅した。スーパー店内には商品だけでなく、文字もあふれていたからである。

手伝ってくれるな、と私に言い、彼女は材料を調理台に揃えて料理を始めた。

父親からの手紙に、家事ができない、とあったのを思い出す。

ドナテッラは、直伝の味を作る、と母親が書いたレシピを見て張り切っている。ナスを薄く切る。ボウルに水を張り、匙で正確に計って塩を入れ、そこへナスを一枚ずつそうっと入れていく。ザクザク切った端からどんどん投げ入れていけばよいものを、ドナテッラは貴重な古書のページをめくるようにナスを扱っている。

小一時間かかってようやくナスを切り終えると、キッチンペーパーの上に一枚一枚並べて余分な水気を取る。並んだナスの片は、物差しを当てたように上下がぴたりと同一線上に並び、整然とした書棚の本の背表紙を見るようである。揚げる。大量に吸い上げた油を、ナスに吐かせる。ナスを一枚手にしては、キッチンペーパーを一枚切り取り、数分後には油が滲みたキッチンペーパーを抜き取っては、新しいのと取り替えている。

「捨てるなんて、惜しいわ。油のついていないところをメモに使えないかしら」

ナスの形に油染みがついたキッチンペーパーをじっと見ている。

午前中から始めた作業は昼食をはさんで午後も続けられ、夕方になってもまだ終わらなかった。

「もう一品は、パスタです」

ニンジンやタマネギをみじん切りにする。定規をあてようか迷っているので、私は呆れて叱りつけ、ドナテッラは目分量で切り始める。あまりに細かく刻むので、なかなか切り終わらない。やっとのことで野菜を炒め、挽き肉を炒め、トマトソースを加え、煮込み、別の鍋にベシャメルソースを作ったところで深夜零時を回った。パスタを茹でてソースと重ねてオーブンで焼けばできあがる、というその一品はラザーニャだった。

ラザーニャとパルミジャーナ。

パスタとナス、と材料は異なるが、ドナテッラの作った料理は薄い片にソースやチーズを重ねていくもので、できあがってみると二品とも本や資料の束とそっくりの外見だった。

日本での半年の留学生活を終えて、ドナテッラは帰国した。

研究者としてそのまま大学に残るのだろうと思っていたら、久しぶりに届いた彼女からの手紙は、〈RAI〉とレターヘッドが入ったものにしたためられてあった。

〈得た知識を実際の生活で使ってみたくなり、就職することに決めた〉

新しい生活を始める報告だというのにドナテッラの手紙の調子は沈んでいた。長年連れ添った本たちと離れて選んだ就職先は、活字の世界から遠いテレビ局だった。ナスを几帳面に薄切りにしていたドナテッラが、テレビカメラとマイクといっしょに町を走り回る姿は想像しにくかった。

国営放送局RAI（イタリア放送協会）に就職するのは、至難の業である。教養、気力、体力、語学力、厚顔無恥の強固さと繊細で豊かな感受性、第六感を兼ね備えていなければならず、それでも数千倍、時には数万倍の競争率という狭き門だった。彼女は難関を突破して、テレビニュースの文化部に採用が決まった。年齢制限ぎりぎりで、新人では一番年上だった。

本社はローマの郊外にある。ドナテッラのローマの下宿先からは遠く、いったん出社すると休憩時間も局内で過ごすしかなかった。

最初の数ヶ月のうちに、彼女は局内の売店で知り合った年下の男性と恋に落ちた。青年はコンピューターのプログラマーで、局に出入りしていた業者だった。売店には書籍のコーナーもある。それぞれ熱心に立ち読みしていたのがきっかけだった。

「彼の家でナスを揚げているうちに、最終バスが終わってしまって」

そして、結婚。

新人記者たちは配属先にかかわらず、最低一年間は全員が地方局勤めをしなければならないことになっている。当然ドナテッラにも、イタリア最北端の支局勤務の辞令が出た。北の山岳地帯に妻、ローマに夫。八百キロメートルの距離を往来する、週末ごとの通い婚生活が始まった。

ドナテッラの勤務地は、スイスやオーストリア、ドイツなどにごく近い。長らくの研究生活のおかげで、英語やフランス語はもちろん、スペイン語やドイツ語も堪能で、現場取材では草の根の声もわけなく拾い上げることができるのだった。

「臨場感にあふれて、しかも何冊もの本を読んでいるような文化の香り高いニュース」と、彼女が取材して書くニュース用の原稿はたちまち好評を博した。

新婚なのに遠距離で苦労も多いことだろう。北での一人暮らしを見舞うと、

「ローマまでを往来する電車の中で、何冊も読めるし」

ドナテッラは笑い、古典から新刊まで読んだ本の話を熱心にするのだった。

あと僅かでローマ本社勤務へ戻るという段になって、彼女は懐妊した。支局での研修を終えてこれから大車輪で働いてもらおうとシフトを組んでいた局の上層部には、

「家庭ごっこをしたいのなら、テレビ局には勤めるな」

などとあからさまに咎める者もあったが、ドナテッラは意に介さず、可能な限りの有休を取り、出産を待ちながら読書や調べごとに没頭した。

出産後、職場に戻り一年も経たないうちに第二子懐妊。再び一年近く休んで、勉強に読書。戻ってすぐ第三子を懐妊したときには、さすがに局長がやってきて、

「あと何人産むつもりなのか教えてくれないか」

真顔で尋ねた。

結局ドナテッラは、四人の子の母親となった。表立っては何も言われなかったが、彼女の勤務時間は夜の十一時からになった。皆が休暇を取る八月の真ん中やクリスマスには必ず出勤シフトが組まれている。変更申請は通らない。無言の退職勧告を受けているようなものだった。

「真夜中のニュース用の原稿を書いたあとは、早朝の原稿まで待機なの。本がたくさん

読めるのよ」

　彼女は平気だった。静かな夜中に一人で本や資料を読みふけり、原稿を書いて、局から戻ると子供たちの身支度を手伝い、朝食を食べさせ、夫と手分けして登校に付き添う。朝の喧噪が落ち着くと、末の子を乳母車に寝かせて、数冊の本を持ってベッドに入る。昼夜が逆転した生活をむしろ喜んでいるようだった。

「家族揃って食事をするので」と、彼女の両親に招待されて、久しぶりにナポリの家を訪れた。

　広々としていたはずの家が手狭に感じられるのは、この二十年余に家族の人数が増えたからである。相変わらず彼女の両親や兄弟は穏やかで、過ぎた年月分の厚みが加わっていっそう深みのある佇まいである。廊下や居間は以前のとおり額装された絵画であふれているが、ところどころ幼い子たちの描いた絵が交ざり室内の印象が柔らかである。

　遊びに夢中の子供たちは、汗をかいている。ソファーに寝転んで熱心に本を読むのは、ドナテッラの長女である。

「妹たちの面倒を見てちょうだい」

　ドナテッラに言われて長女はしぶしぶ本を置き、汗をかく弟や妹の着替えを手伝っている。小学生の子供たちは下着の上に半袖のTシャツ、その上に長袖のシャツ、そしてベスト、トレーナー、セーターを重ね着している。

「思い出すでしょう、ナスとパスタを」

ドナテッラは、私を見てウインクして笑った。両脇に四人の子供たちがわらわらと集まると、彼女は一人を背負い、一人を胸に抱き、両手で二人の子の肩を抱き寄せた。

その様子は、あの日東京に大荷物でやってきたときと少しも変わっていなかった。

四十年後の卒業証書

ミラノの目抜き通りにある家を訪ねる。夕食がてら新居を披露したい、と文芸評論家から招待されたからである。訪問先は、観光客の集まる繁華街からは少し離れた、地元の人たちが贔屓にする店が並ぶ地区にある。町の中央の華やかさとはまた違う、控えめながら地に足のついた様子の店が多く、長い年月に裏付けされた静かな自信が地区全体に漂っている。

文芸評論家のサーラが住む建物の玄関口にある呼び鈴は、一つのボードには収まりきれず二つのボードに分かれて相当の数がずらりと並んでいる。ざっと見て五十軒はあるだろう。表通りからの一角を占める、大きな建物である。

玄関口の上方にはバルコニーが突き出していて、壁から彫像が二体、上半身だけを乗り出すようにしてそのバルコニーを支えている。建物の壁面には凝った浮き彫りが施されて、堂々たる荘厳な佇まいだ。

玄関口の呼び鈴の脇には、居住者の名前が記されている。家主の入れ替わりがないような由緒ある古い建物では、呼び鈴の並ぶ銅板に名前が直に彫り込んであったりする。身元を伏せて、イニシャルや数字だけの表示も多い。

ところが目の前にある呼び鈴には、ボールペンやマジックで名前が書かれた紙が差し込んである。何枚ものラベルシールを貼り重ねた呼び鈴もある。イタリア名でない名字が多い。一軒の呼び鈴に、米粒のような字で四つも五つも名字が列記してあるものもあった。住人の入れ替わりが頻繁だったり、いろいろとわけのある家が多いように見える。威風堂々の外見と違って、この建物は混然とした内情を抱えているのかもしれない。

呼び鈴を押してずいぶん経ってから、返事があった。

「どなた?」

短く、大儀そうな低い声がした。

常に煙草(たばこ)を口の端にはさみ、くゆる煙に目をしばたたかせている彼女の様子が目に浮かぶ。知り合って二十年以上になるが、いつ会っても不機嫌で気怠そうにしている。

「お久しぶり。こんな恰好のままでごめんなさい」

細巻きの煙草を指にはさんで、サーラは出迎えた。

身体の線がわからないゆったりしたニットの部屋着で、髪にはカーラーを巻き付けたままである。夕食まで間があるので、身支度の途中なのだろう。服にはあちこち染みが付いている。裾には小さな穴も開いている。煙草の灰でも落としたのかもしれない。国内外に高名な評論家で気難しいことでも知られているが、ふだんはざっくばらんなごく普通の初老の女性である。

「いつもの連中が来るから」

手招きされて台所へ入った。

サーラは、長らく賃貸暮らしだった。以前の家は、高層ビルの最上階にあった。両隣を借り上げ隣との壁を取り払い、広々と暮らしていた。二十代前半で早々に嫁ぎ、新婚で借りた家だった。若いサーラが年齢に不相応なスタートを切れたのは、一回り年上の夫がすでに貿易業で成功していたからである。ほどなく娘が生まれ、フリーランスで書き始めた評論が認められ、政治活動にも関与していた夫の助けもあってサーラは論壇に知られるようになった。

しかし彼女が仕事で頂を極めていくのと逆行するように、夫の事業には次第に翳(かげ)りが見え始めた。やがて夫の会社は倒産。まだ小学生の子供をミラノに置いて、彼女は講演や取材で国内外へ出かけるようになった。ミラノにいても仕事は十分にあったが、暗い顔で手持ち無沙汰(ぶさた)にしている夫のそばにいるのが耐えられなくなったからである。

〈うちには主夫がいるのだから〉

サーラはそのうち〈妻〉も〈母親〉もやめた。

仕事を辞めた夫は、収入源とともに世の中への興味と接触を失ってしまった。そういう夫のそばにいると、上り坂の途中から後ろへ引きずり落とされるのではないか、と不安だった。それでも夫と別れなかったのは、何より家が広かったからである。旅から旅を繰り返しミラノに戻っても、家の端と端に別れて暮らせば問題はなかった。もともと三軒分の家である。時おり真ん中に集っては〈家族〉を演じ、夜になるとそれぞれの端へ戻る。

何年にもわたり、サーラの家族は一つ屋根の下で気持ちをばらばらにしたまま暮らした。家の端と端を繋ぐ役目を果たしたのは唯一、サーラの老いた母親だった。

「本当は、ここに母と住む予定だったのよ」

サーラは冷えた白ワインを注ぎながら、独り言のように言った。

台所は広く六人掛けの食卓が流し台の前にあり、年代物の食器棚と最新式の家電がうまく調和して洒落たホテルのような雰囲気である。

自分の不在の穴を埋め夫と子供の日常の面倒を見てくれた母親に、サーラは頭が上がらなかった。ちょうど適当な物件が見つかり、老母と同居するためにサーラが購入を決めたとたん母親は他界してしまった。

サーラがまだ学生だった頃に、両親は離婚した。父親は皆に好かれる豪快な男だったが浮気性が治まらず、何人目かの庶子が生まれたときにサーラの母親は夫のもとを去った。若くしてサーラが結婚したのは、父親から経済的な援助がなかったため大学進学を断念し将来が見えず途方に暮れていたこともある。年の離れた相手を選んだのは父親への捻れた想いのせいかもしれないし、あるいはあてつけだったのかもしれない。しかし選んだ相手は人好きする父親とは正反対の、地味で融通の利かない男だった。

「母は、『自分が内職でも何でもするから、大学へ進みなさい』と、私の結婚には反対だったのよ」

サーラの母親には、自分の離婚で学業を断念させた娘に対して負い目があったのかもしれない。嫁ぎ先は豊かで穏やかだったが、娘が自棄になって性急に道を選んだようで母親としては安心できなかったのではないか。

案の定、サーラの結婚生活は次第に破綻へと向っていった。老いた母親は何も言わずに娘を見守った。家から逃げるようにしてサーラが仕事に出かけていくと、空席になったサーラの役回りを老母は淡々と請け負った。

「母は料理と裁縫が得意だったけれど、何より私が助かったのは彼女がポーカーの名手だったことかしら」

冬、ミラノの夜は長い。サーラが長期で家を空けているとき、子供が寝静まってしまうとサーラの夫の愚痴が始まる。いったん耳を貸すと、それは底なしの闇のようで、すぐには明けることがなかった。愚痴が始まると、老母は待ってましたとばかりに友人たちに声をかけ、ポーカー大会を催した。

広い家と老母のおかげで、サーラの結婚生活は毒気をときどき抜きながら持続した。

家庭内離婚が空気のようになったとき、娘は相手を見つけて家から出ていった。そして夫は、任務終了、とでもいうかのように静かに病死した。

「繋がなければならない端が、なくなってしまったのね」

がらんとした三軒分の家で、老母がため息をついた。

これより小さくてもいい。世話になった母親との終の住処を手に入れることができれば、中身の詰まった毎日を味わえるかもしれない。

サーラは、空になった借家を離れることに決めた。

それなのに、老母も逝ってしまった。

呼び鈴が鳴り、再び鳴り、三々五々、夕食に呼ばれた客たちが集まった。全員が女性である。夫婦や恋人など連れ合いと同伴の食卓が普通のイタリアで、女ばかりの珍しい集まりである。どの人も六十前後の年恰好で、化粧っ気はないが印象の強い面立ちをしている。ミラノの女性といえば、身体の線を強調するジャケットにタイトなスカート、ハイヒールという気合いの入った恰好が定番だ。ところが今晩の客たちは、そういう決まりごとの枠外の装いである。首元を隠すように大きなスカーフを巻き、その裾が床に届いている白髪の女性がいる。室内に入っても、女優のように顔半分を覆うサングラスをかけたままの人もいる。頭を動かすたびに顎まで届く大きな金細工のイヤリングが揺れ、そこに電灯が反射して光が四方に飛び散っている。皆、それぞれの事情で独り者である。各業界で名の知れた専門家たちが勢揃いしている。新聞記者に編集者、書店経営者や精神科医、建築家といった顔ぶれである。

互いに付き合いは長いらしく、形式張った自己紹介なしに夕食は始まった。

六十を超えても現役で、サーラは忙しい。料理は手伝いの人にでも任せるのかと思っていたら、食卓には手作りの数々が並んでいる。旬の野菜の炊き合わせや茹でた豆のペースト、オーブンからはチーズを盛ったタルトが出てくる。

「なかなかいいでしょ、あの店」

精神科医が料理を見ながら、にやりと言う。

手作りには違いなかったが、近所にある高級総菜店で買い集めてきたものらしい。ほかの人たちも贔屓にしている店らしく、など、忌憚なく言い交わしている。

これだけの錚々たる顔合わせである。そのうち歯に衣着せぬ物言いで、政治改革や国際紛争、経済危機について丁々発止の論争が始まるのではないか、意見を求められるのではないか、と私はびくつきながら食べている。

ところが出てくるのは、飼い猫や孫の近況、ダイエットの成果や休暇の予定、という卑近な話ばかりである。各人が思い思いに話し、それに相槌を打つ人もいるが、たいていは他人の話には耳を貸さず自分の話に夢中になっている。これでは若者たちとの食卓のほうがずっと、見るべき美術展や気になる映画、斬新な料理店など、文化的な話題に満ちているのではないか。

せっかく名物文芸評論家の家に来ているのだ。この機会に、話題の若手作家についてサーラに意見を尋ねてみる。

それまでカーテン替えの話をしていたサーラは、ふと目に力を込めて細め射るようにこちらを見て、

「話してもいいけれど、三分間で終わるくらいの意見がいいの？　それとも三日間分？」

低い声で訊き返された。野暮なことを訊くな、と釘を刺されたのである。

食卓の人たちは笑って受け流し、「じゃあ三秒分でお願いするわ」などと、茶化したりしている。またの機会にしましょう、とサーラは目で私に告げてカーテンの話に戻ってしまった。

料理はあるだけが食卓に並んでいるので、サーラは中座して給仕しなくてもいい。座ったまま食べては飲み、皆は雑談し続けた。

日常の切れ端を集めて眺めるような食卓だった。名うての専門家たちである。今さら見てくれを気にし、堅苦しい論争を食卓まで引きずり張り合う必要などないのだった。経歴や肩書きをひけらかし互いに牽制（けんせい）し合うミラノで、学歴を持たずに実績を積み上げて今日の食卓につくサーラをあらためて見る。現在の名声と引き換えに、風穴の開いたまま置き去りにされた彼女の家族を思う。

小一時間ほどした頃、玄関口の呼び鈴が鳴った。

「他には誰も招待していないのだけれど」

訝（いぶか）しげな顔で、サーラはインターフォンに向かった。

入ってきたのは、すらりとした長身の女性だった。二十代半ばくらいだろうか。短髪で細いうなじが目立つ、小鳥のような印象の人である。

「ガイアです」

幼い子供がするように、おどけるように頭をぴょこんと下げて客人たちに挨拶した。サーラの娘だった。食事は済ませた、というガイアは、端の席に座りワインを手酌すると一息に飲み干した。大きな目は潤んだように輝き、鼻筋の通った美しい顔立ちである。ぴったりと身に張りつく上着も着ていなければ、ハイヒールも履いていない。黒のVネックのセーターを素肌に着て、ジーンズを合わせている。

顔見知りらしい客の一人が、ガイアの近況を尋ねた。

その瞬間、サーラは矢を放つような目で娘を見た。母親の視線を撥ね返すような目つきをして、ガイアは少し考えるように間を置いてから、

「来年、子供が生まれます」

出し抜けに言った。

「なんですって」

声を上げたのは、母親サーラである。

グラスを持ったまま勢いよく立ち上がったので、フォークが皿を鳴らし、赤ワインは食卓に飛び散り、テーブルクロスが引きずられてゆがんだ。

サーラは、こみ上げる感情を抑えきれない様子である。グラスを持つ手がぶるぶる震えている。顔が険しく引きつっていて、うれしくて震えているのではないことがわかった。それほど重大なことを、事前に母親である自分には知らせずに他人にあっけらかん

と娘が口にしたので、気分を害しているようだった。

「事情を三分で説明しましょうか？　それとも三日で？」

ガイアは母親におどけた様子で尋ねた。

娘が言葉を続ける前に、サーラは挑戦的な笑みを浮かべている娘に向かってワイングラスを思い切り投げつけた。酔いで手元が狂いグラスは娘まで届かず、卓上の大皿にぶつかって割れた。

「あんたっていう子は」

あとはもう言葉にならない。グラスが割れて、たがが外れたようだった。サーラは背後の食器棚を開けると、怒鳴りながら闇雲に食器を摑んでは居間の壁めがけて投げ始めた。大変な騒動となった。しかし、誰もサーラを止めない。

そっと隣席の人を窺い見ると、心配するな、と目で返し、少しも動じていないふうである。何より当事者のガイアは、席から立ちもしない。皿の破片を避けるように頭にマフラーを巻き両手で覆い、首をすくめて嵐が静まるのを待っている。身じろぎもせず、客たちの前で取り乱す母親を落ち着かせようともしない。無表情。唇に薄く冷笑すら浮かべている。

憤りを皿にぶつけるサーラが炎なら、娘のガイアは氷片だった。

ガイアは、幼い頃から祖母と二人で留守番ばかりして大きくなった。物心ついた頃にはもう、母親と父親の関係は終わっていた。広い家の中、がらんとした心で毎日を過ごした。

父親は事業に失敗したあと世の中との接触を厭い、家の片端で詩を書いては独りでぼんやりと過ごしていた。ガイアが学校から戻り宿題を済ませたのを確認すると、あとは夕食まで娘に話しかけたりすることはなかった。父親はいつも在宅していたのに、母親と同様いつも不在だった。

サーラは思い出したように旅先からガイアに電話をしてきたが、声だけ聞くとそれでもう用件は済んでしまう。友達の話や学校で習ったこと、アイスクリームの新しい味、公園で咲き始めた花、好きな男の子、ミニスカートにヒールで外出した日曜日……。少女なら誰でも、母親に聞いてもらいたいことがある。サーラは、娘にその機会を与えなかった。

ガイアは家と時間を持て余した。その隙間を祖母が必死に埋めようとしたが心の空洞は満たされることはなく、やがて高校を終え、成年になった。

そばにいなくても娘に不自由はさせていない。サーラには自信があった。英語に耳を慣れさせようとイギリス人のベビーシッターを付け、夏になると世界の景勝地の海や山を選んで長期休暇に送り出した。流行の洋服が買えるよう小遣いを与え、外泊は自由。

土日の朝食は、老舗(しにせ)の菓子店でとるのがあたりまえだった。崩壊した家庭に対して罪悪感はなく、むしろ逆境だからこそ娘は他所の子より早く自立している、と誇らしく感じていたくらいである。自分には叶わなかった大学卒業を、きっと娘は成し遂げてくれるに違いない。

しかし娘が他所の子たちより早熟だったのは、異性との交遊だけだった。大学へは進学せず、バカンス先で知り合った相手と同棲(どうせい)することを決めた。サーラがそれを知ったのは、出張から戻り、老母が用意した食卓についたときだった。

「相談しようと思っても、ママはいつもいなかったじゃない」

ガイアは家を出ていくことを事務的に告げると、サーラへの謝辞の代わりに冷たくそう言い放った。娘に与えてきた無尽の援助はしょせん膨大な浪費にすぎなかった、とサーラは気づいたのである。

皿が飛んだその夜を境に、しばらく私はサーラと会わなかった。感情の起伏が激しいという印象は以前からあったが実際にその深い根を目(ま)の当たりにして、これからどのように接すればよいのか戸惑ったからである。

世間には豊かな知性と業績で知られるサーラが、人知れず深い闇を抱えている。両親の離婚に端を発し、自らの進学断念に続く浅慮な結婚、業績への野心、家庭崩壊、娘との関係破綻、老母への罪悪感、孤独。

深く複雑に絡み合う翳があることを知ったあと、もう気安く呼び鈴は押せなかった。


「やっと娘がわかってくれたのよ」

数ヶ月後、サーラから電話があった。珍しく明るい声だった。

妊娠が安定期に入ったのを機にガイアが大学で児童心理学を勉強したい、と言ったという。講義時間から教授のこと、教材から試験の日程まで、サーラは詳しく通じている。あまり熱心に話すので、まるであなたが学生のよう、とからかった。すると、

「だって、あの子はお腹が大きくて通学は大変でしょう。私が代わりに聴講することにしたの」

さも当然のことのように答えた。

「遅まきながら、娘にも向学心が芽生えたのね。私がこれまでしてきたことは、やはり間違っていなかった」

彼女が書く評論のように、ほかの意見の介入を断じて認めない断固とした調子だった。

本当にあの娘は、大学へ行きたくてそう言ったのだろうか。

皿の破片を避けながら、大きな瞳で遠くを見ていたガイアを思い出す。

母親がどれほど大学に行きたかったのか、娘は知っている。高校を出たあと仕事に就

かずに同棲し妊娠した娘は、自分のこれからの暮らしに母親に入ってきてもらいたくなかったのではないのか。母親の心の中に吹き荒れる嵐を封じ込めるために、母親が渇望していたことを言ってみたのではないのか。

休みがちになる娘の代わりに、サーラは講義を受けに行き始めた。自分より若い教授の話を聴くうちに、彼女は時空を超えて二十代に戻っていた。

思い出を噛み締めて

いろいろなところへ旅をしてきたが、中でも印象深かったのはリサと過ごした数日間である。もう何年も前のことで、復活祭を間近に控えた浅い春の頃だった。

ちょうどその頃、私は持ち物を整理してミラノの家を畳み、木造の古式帆船に移り住み始めたばかりだった。海原を行く、というような勇ましい目的があったわけではない。たまたま知人からの申し出を受け、どういう運の巡り合わせか、浜に打ち捨てられたままになっていた古い船を買うことになったのである。

進水してから六十年近く経つ船で、全長十五メートル、幅四メートルを超える堂々とした帆船だった。羅針盤に至るまで部品すべてが船大工による木製で、精巧ながら温もりのあるやさしい風体の船だった。元々はイタリア北西部のリグリアの老いた船大工が、引退をきめたときに自分用に造ったものだという。ずっと客たちの注文に応じて船を造ってきて、最後の仕事として自分の思うとおりの船を造りたかったのだろう。代々引き継いだ技と知恵が、その船には結集されていた。

まだ浜に引き上げてある船に入らせてもらった。甲板に立つと、板を通して砂浜の感触が伝わってくるようだ。

長らく陸に打ち置かれたままで、あと少しでお払い箱寸前というほどに傷んでいた。潮風にさらされた船は、中に入るとほのかに重油と海の匂いがした。外を吹く風と静かに打ち寄せる波の音が遠くに聞こえ、大きな動物の体内に入ったようだった。

買い値は中古車一台分にもならない、その船に価値を見出せないとでもいうような額だった。手には入れたものの、すぐに使えるような状態ではない。虫がわいていないか、腐ったところはないか、など細かく調べて修繕する必要があった。作業を始めてみて、修繕には半年もあれば十分だろう、と軽く考えていたのが間違いだったと知る。手入れはその年じゅうには終わらず、結局、翌年の春までかかった。

最初のうちはミラノから海への小旅行を楽しむ気分で修理のために通っていたが、そのうち往復するのが面倒になってきた。

いっそのこと近くに引っ越そう。

船大工に決意を告げると、

「船で暮らせばいい」

あっさりと言われ、そのまま従うことにしたのである。

住むつもりであらためて船内を見てみると、限られた空間を最大限に利用できるようにさまざまな工夫がなされていた。船長の座る席の前の壁には大小取り交ぜ多数の計器が設置されていて、その壁の下方にある取っ手を引くと、からくり仕掛けの箪笥のように机の天板やいくつもの引き出しが出てきた。揺れで勝手に引き出しが開き、中身が飛び出してしまわないようになっているのだった。船室に入ると、自分までもが引き出しの中にしまい込まれたような気持ちになった。外がどんなに荒れていても船から放り出されることはないのだ、と安堵したものである。

船底の板の張り替えを終えると、船大工の作業場である船曳(ふなひ)き場から近くの港へ船を移動させることになった。エンジンは壊れて動かず帆は角が裂けて張れないままで、曳き船の助けを借りてゆるゆると海を行った。

春も間近な海で、懸命に牽引する曳き船の後ろ姿を見ながら、老いた船に籠(こも)るヤドカリになったような気分だった。

ミラノの家から持ち込んだ物の大半は結局、船がまだ船大工のところにあるうちに処分してしまった。潮と湿気のせいでレコードやプレイヤーは使い物にならなくなり、本は膨らみゆがんだからである。船の修理をする毎日には、数枚のTシャツとジーンズ、ウールのセーターとゴム底の靴、サングラスがあれば十分だった。それ以外の衣服は、着ていく機会がなくなった。陸で使っていた物を処分し身軽になると視界が広がった気がした。

船に住むようになって最初の数ヶ月は、週末になるとミラノから友人たちが珍しがって訪ねてきた。しかし秋が訪れ海が暗い色になると、来客はぴたりと途絶えた。季節外れの海は素っ気なく、都会から訪れる人を手持ち無沙汰な気持ちにさせたのだろう。海の上なのに深い山奥に籠るような、ひっそりとした毎日が続く。処分したのは、物だけではなかったのだ。知らないうちに馴れ合いになっていた不要な人間関係も始末したのだ、と気づいた。

昼間は潮で傷まないようにビニールで包んだトランジスタラジオを聴きながら黙々と修理をし、夜は船腹を静かに打つ波の音を耳に本を読んで過ごした。周囲には無数の船が碇泊している。大半の船主は都会に暮らし海には春から夏の週末にしか来ず、それ以外の時季に沖へ出ていく船はほとんどない。

夜になり埠頭の電灯が点くと、港に櫛の歯のように並ぶ無人の船がぼんやりと照らし出される。船影が黒い海面に映って揺れ、家屋を残して住人が逃げ出してしまった廃墟のようにも見えた。

その年初めてトラモンターナと呼ばれる強い北風が吹いた翌朝、表で私の名前を呼ぶ声が聞こえた。

こんな朝から、いったい誰だろう。

甲板へ出ていくと、リサが寒そうに首をすくめて岸に立っていた。足元に大型の登山用リュックサックを置き、くたびれた顔をしている。

リサは、一回り以上年上の女友達である。いつの夏だったたか、共通の知人の海の家で知り合った。歯並びに神経質なイタリア人には珍しく不揃いな前歯で、話すとすきっ歯から空気が漏れる。治療がうまくいかずに差し歯がずれたままらしいが、その口元のおかげで、愛嬌(あいきょう)があり気さくな印象なのだった。仕事でも交友関係でも接点のなかったのが、かえってよかったのかもしれない。以来、ときどき連絡を取り合っては、散歩に出かけたり食事をしたりしていた。大学に通う息子と娘がいると聞いていたが彼女と会うのはたいてい外で、家族についてはそれ以上詳しくは知らなかった。

いつもリサは上質の素材で仕立てた品のよい服をまとい、靴から髪型、爪の先に至るまで行き届いた身繕いをしていた。夫は、成功した実業家だという。悠然とした立ち居振る舞いや笑みの絶えない様子から、経済的にも精神的にも満ち足りた暮らしぶりがうかがい知れた。

「しばらく荷物ごと預かってくれないかしら？」

招き入れた船室で熱いカフェ・ラッテを飲み干した後、彼女は独り言を呟くように訊いた。

リサは、実に海に慣れていた。ローマの近郊、海の近くのオスティア生まれだからだろうか。軽装に着替えて甲板へ出ると、早速ぼろ布を手に部品の錆(さび)を落としたり、船体のあちこちにこびりついたフジツボをこそぎ取る手伝いをしてくれたりした。

少し肌寒い花曇りで、私たち以外に港には誰もいない。遠くで線路が震える音が聞こえ、作業の手を休めて二人で甲板に立ち海沿いに近づいてくる電車を眺めた。

「遠くに行くはずだったのに」

電車を目で追いながら、彼女はぽつりと言った。


半年ほど前、リサは夫の仕事関係の食事会に出かけた。定期的にミラノの財界人が顔を揃える、クラブのような集まりである。彼女は、隣席のマルティーノと意気投合した。同い年でローマの出身であることがわかり、昔話に盛り上がった。話し込むうちにローマ訛が飛び出し、周囲のすましたミラノ人たちが二人の様子に呆れるほどだった。几帳面で慎重な性格の夫とは、まるで逆だった。

最初は夫婦どうしの付き合いだったが、そのうちリサと彼は二人だけでも会うようになる。昼前の気楽なコーヒーから待ち合わせてのランチ、帰宅前のアペリティフのあと、密かに落ち合って週末を過ごすようになるまでそう時間はかからなかった。それぞれに家庭円満だし仲のよい同郷どうしという様子だったので、周囲は二人の関係に気づかなかった。

「夫との生活には、何も不服がなかった。でもきっとあまりに平穏過ぎて、退屈していたのかもね」

子供たちに手がかからなくなり、夫の仕事は安泰で、何の気がかりもなく毎日を送る。この先も変わらず、穏やかで静かな老後が待っているだろう。両手の中に収まる将来を感じて突然、「こんなはずではなかった」と、リサは焦った。終着点のごく手前に立っている自分を見たような気がしたからだ。

しかしマルティーノといると、自分は〈古びた妻〉でもなく〈ベテランの母親〉でもなかった。新鮮な愛人なのである。

「すべてを捨てて、君と新しい生活を始めたい」

ある日マルティーノから申し出を受け、自分の胸中を言い当てられた思いでリサは感激した。とはいえ、二人とも分別ある大人である。家族に事情を話しきれいに身辺整理をしてから優雅に出発をしたかった。

「でも、こういうことは理性で片付くものではないのね」

いったん思いを吐露してしまうと、あとは激情に流されるままとなった。リサとマルティーノは急遽、家を出ることに決めた。

会社から帰宅せず、そのまま中央駅で落ち合う約束だった。

リサは早々に着き、親に黙って冒険に出かけていく子供のような気分で彼を待った。

夕食どきになり、駅前を行き交う人や車の数は減って、やがて夜が深まり、プラットホームを前にがらんとした待合室は冷え込んだ。マルティーノは現れなかった。

〈そんなはずはない〉

未明まで待合室で鞄を抱いたまま呆然と座り、泣いた。

夫も子供たちも、今晩自分が帰宅しなかった理由を知らない。それでも、もうあの家には戻れなかった。

どこかへ行かなければ。

早朝の電車に乗り、季節外れの海にやってきたのだった。

それから二週間ほど、リサと私は港に碇泊したままの船上で暮らした。

やってきたのが突然だったように、引き上げていくのもいきなりだった。

「楽しい旅だった。ありがとう」

ほかにあれこれ言わずに、都会から来たときの服装に戻って、発った。

四六時中ごく限られた空間で顔を突き合わせて過ごすというのに、船というのは不思議な場所で、乗船者どうしはほとんど言葉を交わさない。余計な物や動きが船内の自由を妨げるように、無駄な言葉も船の空気を乱すからなのかもしれない。船内の空間を分け合って過ごしていると黙っていても相手の思うことがわかるようになり、姿が見えなくてもどこにいて何をしているのか気配で知れるようになる。

人気のない港で船に寝泊まりし、沖を見て波を聴く。潮風にあたる。月光を浴びる。リサは、さまざまな気持ちを抱える自分と静かに問答していたのかもしれない。

結局、リサはミラノに戻った。

船で二週間をともに過ごしたあと、久しぶりに知人宅で会ったリサから、一人暮らしを始めたと聞いた。ぜひ、と誘われて、彼女の新居を訪ねることにした。

市内にある大きな霊園に隣接した地区に、リサの家はあった。霊園といっても、不吉な雰囲気はない。広大な敷地に緑があふれ、さまざまな過去が魂とともに葬られている静かな場所である。霊園の入り口の門は落ち着き払った佇まいで、前を通る者たちを見ている。

霊園から少し行くと、香港の下町を連想させる地区がある。問屋が続き、雑貨店や東洋の食材を売る店、規則を無視して歩道いっぱいに小卓を並べる食堂が軒を並べている。

立ち食いする東洋系の人たちがいて、外国語が飛び交い、人は小走りで往来し、手押しの荷車や自転車が忙しく行き来している。

リサの家のある建物がひどく古いらしいのは、その階段から知れた。エレベーターはない。日の差さない階段を一段一段上っていく。段のへりはすり減り、湿気た臭いがする。

最上階で、リサは待っていた。

「ここが私の船よ」

誇らしげに中に招き入れた。

古びた外見とはがらりと変わって、室内は古い木の梁が見えるように改築が施され洒落た雰囲気である。間仕切りの壁はなく、打ち抜きになっている。一角に台所の付いた居間と寝室に洗面所だけ、というごく小さな家だった。

四人が精一杯、というテーブルに向かい合って座り、茶を飲んだ。しばらくぶりだが、互いにたいした話をしない。顔を合わせたとたん船上で過ごしたときのあうんの呼吸のようなものがよみがえり、言葉にすると本当の気持ちが通じないように思えたからである。

家は狭かったが、趣味のよい物に囲まれて居心地がよかった。小さいながらも暖炉まで設えてある。壁には造り付けの本棚や趣味で集めた陶器を飾るケースがあり、窓辺に吊るされた鉢から観葉植物が生き生きと枝葉を伸ばしている。物を排除して整然とし過ぎるあまり、自分の居場所までなくなったような家ではなかった。

「捨てるものを選ぶのが、上手になったでしょう?」

リサは自嘲気味に言い、寝室に案内してシングルサイズに半分の幅を加えたベッドを見せたりした。中途半端なベッドの幅にリサの気持ちを見るようで、リュックサックを足元に置いて悲しげだったあの朝のことを思い出す。


長年、夫の会社に役員として名を貸していた彼女には、そこそこの貯え(たくわ)があった。将来は家族のために使えばいい、と手をつけずに置いてあったからである。

「杭に繋いでいた綱を解(ほど)いて出航するのと同じ。それまで、預金口座は荒波にさらわれないための命綱のようなもの、と思っていたのよ。ところがいったん綱を解いてみると、自分を取り戻すための旅へのはなむけなのだとわかったの」

初めてマルティーノと週末を過ごしたあとすぐ、リサは口座を解約した。そして肝心のマルティーノにも、もちろん夫や子供たちにも内緒で家を探し、小さな家を見つけ、改築をし、吟味して物を選び、鍵をかけた。

「その時が訪れたら開ければいい、と思ったの」

しかしマルティーノとの〈その時〉は突然にやってきて、握りしめる間もなく通り過ぎていってしまった。

私たちがついているテーブルの後ろに、ガラス戸越しに小さなヴェランダが見える。深い緑色の鉄製のテーブルと二脚の椅子が置いてある。居間のソファーは二人掛けで、その背には膝掛けが色違いで二枚かかっている。サイドボードにコニャックや食後酒が並ぶ。ワインしか飲まないリサには、無用のはずのボトルである。

家のあちこちに、彼女の切ない思いがひっそりと漂っている。


秘密の家まで用意していたリサに、マルティーノはたじろいだのかもしれない。

約束に現れなかった彼はその後、財界人のクラブを脱会した。二人でよく落ち合ったバールにも、二度と姿を見せることはなかった。はかない過去との接点を断ち切った。

彼は自分の弱気から逃げたのだ。

「マルティーノのおかげで、人生の整理整頓ができたようなものよ」

リサは、さばけた口調で言った。

会社の経営者の妻、子供たちの母親、という肩書きを持つ中年女性から、リサはリサという一人の女性に戻ったのである。

家を出たあと、彼女は通信制の大学へ入学した。若くして結婚し、自分はいったい何に興味があるのかもわからないまま、気がついたらこの年になっていた。心理学を専攻したのは、自分を省みようと思ったからだった。通信制で授業も試験も行われたが、学期末には同じコースを受ける学生たちを一ヶ所に集めて口頭試問を実施することになっていた。試験会場はイタリア最南端の町だった。美しい海の向こうには北アフリカがあった。あの日マルティーノと待ち合わせて行くはずだった町だった。

「愛人との逃避行ではなくて、車中、私に同行したのはこれ」

分厚い心理学の教科書を見せて、リサは笑った。

全国から老若男女が試験会場に集まった。年恰好も住む場所も身上も異なるが心理学を勉強したいという気持ちは皆同じで、初めて顔を合わせるのに強い連帯感があった。勉強を始めた理由は各人各様だったが、どの人も見失ってしまった自分を取り戻したいと思っているのだった。試験を経て、リサは全国に知己を得た。

ときどき船にいる私を訪ねて、リサはやってきた。いつも一人で、

「荷物といっしょに預かってくれないかしら」

あの朝と同様に、すきっ歯を鳴らしながら笑って尋ねた。

私はその都度、また誰かに待ち合わせをすっぽかされたのだろうか、などと心配した。

家族を置いて家を出ていったリサを、子供たちは赦(ゆる)さなかったらしい。夫は、マルティーノとのことも耳にしていたに違いなかった。ミラノは狭い。人の足を引っ張ろうと機会をうかがうライバルは、あちこちにいる。面白おかしく噂されれば、公私で不都合

も出ただろう。しかし夫はリサに詰め寄ったりせず、責めることもなかった。いつものとおり、几帳面で静かな態度を崩さなかった。

「きっとそのうち戻ってくる」

リサが家から出ていくことを告げたとき、夫は淡々と言いリサを引き止めなかった。

第二の人生を満喫していたリサが家族のもとに戻ったらしいと聞き、耳を疑った。事業の後継者を決め、子供たちの進路も決まったある日、夫は病に倒れた。彼がリサに戻ってくるように頼んだわけではなかった。

しばらくぶりに家に戻ったリサは、自分の洋服箪笥を開けて驚いた。まるで彼女が変わらず暮らし続けていたかのように、きちんと衣更え(ころもがえ)がしてあったからである。

早朝にリサは元の家にやってきて夫のそばについて一日を過ごし、夜勤の看護人が来ると自分の家へ戻った。夫と暮らした家は広く客室もあったが、彼女はけっして泊まらなかった。

狭く冷たいミラノは、「遺産を取りはぐれないように良妻ぶっている」と陰口を叩いたが、何を言われようとリサは淡々と夫の寝室と自分の家との往来を繰り返した。

長い数ヶ月が過ぎていく。夫は、とうとう最期までリサと言葉を交わすことはなかった。寝室は最後に、二人にとっての船に戻ったのかもしれない。

言葉を介さずに夫は妻に詰め寄り、責め、自らも悔い、悲嘆して、赦し、別れを告げたのだろうか。

リサは深いため息をつき、すきっ歯が鳴る。

それが寝室で二人揃って聞いた最後の音となった。

ずいぶん経って会ったリサは、きれいに揃った前歯を見せて笑っていた。

「あの小さな家を処分して、インプラントにしたの」

家もすきっ歯もなくなった。

ずれを直して、あの隙間風のような音も遠い思い出になってしまった。

硬くて冷たい椅子

朝、犬を連れてアパートの階下へ下りていくと、玄関口で女性がうつむいて泣いていた。いったい誰が、と見ると、デルマだった。エクアドルからイタリアにやってきた、四十歳前の働き者である。私に気づくと、すみません、と小さな声で謝り笑ってみせようとしたがいっそう泣き顔になり、堰を切ったように声を上げて泣き出してしまった。早朝からただごとではない。デルマを連れて自宅へ戻る。ソファーに掛けるように勧め、コーヒーを淹れる。並んで二人で飲む。

デルマは週に二度やってきて、アパートの玄関口から屋上までの清掃をする。清掃会社からの派遣で、二年前からうちの建物に通うようになった。

デルマの前任者はイタリア人で、四角いところを丸く掃くような仕事ぶりに住人が怒ってクビにした。解雇されたのはその前任者だけでなく、半年以上勤まった者はこれまでいなかった。どの人も時間にルーズで、やる気がなく、決まった時間が過ぎれば掃除が済んでいようがいまいがさっさと引き上げていった。長年にわたる清掃作業員たちの怠惰が積み重なって、建物はどことなく煤けていた。

デルマは清掃会社が送り込んできた初めての女性で、初めての外国人だった。人の往来の少ない早朝、雪の日もストの日も定刻に来て黙々と掃除をする。住人たちが出すゴミの入った大きな回収容器を半地下から引き出してきて、表通りのゴミ集積所まで持っていく。重くて嵩張るのに、住人たちを気遣って、引きずる音を立てないように容器を運ぶ。朝、私が犬の散歩に出かけるときちょうどデルマが着き、一時間ほどの散歩から戻ると掃除の終わった玄関口に打ち水をするデルマと会う。きちんと手を止めて姿勢を正し、笑って挨拶する。それ以上のことは何も言わない。すぐに仕事に戻るのだった。

コーヒーを飲み終えデルマが少し落ち着いた様子になったので、どうしたの、と目で尋ねる。いつも挨拶を交わすだけであまり物を言わないので、母国語以外は話さないのかと思ったからである。

デルマは居ずまいをあらためてこちらを向き、

「ごちそうさまでした。仕事中に、申し訳ありませんでした」

こなれたイタリア語で礼を述べた。

もしよければ仕事のあとにお茶でも、と誘う。デルマは明るい顔で仕事に戻っていった。

二時間後に清掃を終えたデルマは、こざっぱりとした服に着替えて遠慮がちな様子で再びうちへやってきた。焼きたてのクロワッサンを勧めると、最初はひどく恐縮し固辞したが、何度かの勧めに折れてようやく口にした。

「毎朝、始発でこの先の広場まで来ます。今朝もそうでした」

デルマは、市電を終点で降りてさらに自転車に乗り、家まで帰るという。どのくらいの距離を自転車で走るのか想像もつかないが、彼女が口にした住所はミラノのかなり郊外で、直通の交通機関はない。町中へ来るには、不便極まりない場所だった。

毎朝デルマは作業着と弁当を持ち、決まった時刻に市電に乗る。始発なので乗客は少ない。乗客の顔ぶれも毎日ほぼ同じである。

今朝もいつものように、荷物を持って市電に乗った。いくつか停留所を過ぎたところで、若い男が乗ってきた。市電は三両編成で、車内はがら空きである。にもかかわらず、その男はデルマが座った席の横に立った。そこは、最後尾の車両だった。

「これだけ空席があるのになぜ、と何となく胸騒ぎがしました」

その男は座っているデルマをじろじろと見下ろしフンと鼻を鳴らし、何かぶつぶつ言った。独り言だろう、とデルマは気にかけなかった。

やがて男はわざとらしく声を張り上げて、

「汚えんだよ」

吐き捨てるように言った。何人かの乗客がその声に驚いて、後ろを振り返る。

男はそれに調子づいたように、

「臭えんだよ」

今度は低い声で、まとわりつくような口調で続けた。デルマは、ここで顔を上げては面倒なことに巻き込まれるかもしれない、と身を硬くしてうつむき眠ったふりをした。

すると男は突然、

「おまえのことを言ってるんだ。おい、起きて話を聞けよ」

と、デルマを怒鳴りつけた。

十数人いた乗客はその怒声に凍り付いたようになり、もう誰も振り返ったりはしない。

男はデルマの横に立ったまま、車内全体に聞こえるような大声で続ける。

「おまえなんかが、この席に座るんじゃねえよ。汚えだろうが。臭えだろうが。どういうつもりだよ」

デルマは恐ろしくて腰が抜けたようになり、立とうにも立てない。

男は、すっかり萎縮しているデルマを見下ろしながらさらに続ける。

「聞こえてるんだろ。おまえらに市電に乗る資格なんてないんだよ。上等な足があるんだから歩けよ」

　ちょうどそのとき停留所に着き、デルマは座った姿勢のまま二つに身体を折り曲げるようにして市電から降りた。背後から、わかりゃあいい、という男の罵声を浴びた。ほかの乗客は揃って氷のような目のままで、あらぬほうを向いている。

　デルマは停留所のベンチに座って、しばらく泣いた。ここで泣いたらあの男の思うつぼ、と思いながらも、泣いた。いつまでもめそめそしているわけにはいかない。仕事に遅れる。次の電車が来るまでに顔を整え、サングラスをかけ、気持ちを立て直して出勤した。

　ゴミ出しを終えると再びあの男の声と乗客たちの目を思い出し、思わず涙ぐんでいたところに私が下りていったというわけである。

「日本人でも、そういうことを言われますか」

　デルマは、帰り際に玄関口でおずおずと訊いた。そんなことはないのでしょうね、という顔をした。余計なことをすみません、と謝り、次の仕事場へと出かけていった。

　イタリアで、外国人、と呼ぶときは、欧州連合圏外から来た人たちのことを指す。欧州連合に入る国の人間には、国籍は違っても同じ船に乗る同胞、という認識がある。ところが圏外のアジア、アフリカ、ロシア、南北アメリカというほかの地域から来る人たちは、同胞ではない。イタリアに移住するには、複雑で面倒な申請手続きが必要になる。エクアドルも日本も、欧州連合圏外という区分けでは同類である。市電で席を立つように言われた経験は私にはまだないが、〈圏外人〉であることをひとときも忘れることはない。

数年前の晩秋、ミラノ市議会で特別条例制定の提案があった。

〈市電の車両を、欧州連合圏内人用と圏外人用に分ける〉

過激な民族主義で知られる政党からの提案だった。さすがに非難囂々で、審議にかけられるまでもなく却下されたものの、提案内容を新聞記事で知り、暗澹たる気分になった。

当時、市電の無賃乗車を取り締まるために、頻繁に車内で検札が行われていた。市電を利用するには、乗車券はあらかじめ町中にある売場で購入しておかなければならない。急いで飛び乗ってから、手持ちの乗車券を切らしていることに気づく場合も多い。車内で乗車券を購入できるようにすれば無賃乗車は減るに違いないのに、ミラノの市電は何の対策も講じていないのだった。

昼下がりに乗った市電で、抜き打ち検札が始まった。停留所に着くと、車両の前と後ろに分かれて二人ずつ、制服姿の乗務員が乗り込んできた。停留所にも、数人の検札係が昇降口の前に立ちはだかっている。無賃乗車の客を逃さないように、内と外ではさみ撃ちにするつもりらしい。

その日の車内はたいした混雑もなく、乗客は皆、座っていた。順々に全員を調べていくはずが、見ていると、一人の乗務員は欧州連合圏外の人だけに乗車券の提示を求めている。私の順番が来て、乗車券を差し出す。なぜ前席のイタリア人男性は調べないのか、納得がいかない。こちらに落ち度はないが、乗車券を見ないうちから乗務員に冷たい一瞥(いちべつ)を受け身のすくむ思いがする。市電に乗り込むと、各人で刻印機に乗車券を差し込むことになっている。乗車券に利用日時が印字されるのだが、乗務員はその印字内容を厳しい顔つきで凝視している。表裏を繰り返し見直す念の入れようには、あらぬ嫌疑をかけられているようで、うんざりすると同時に情けなく、そして憮然(ぶぜん)とした。

中に、乗車券を持っていない乗客が一人いた。濃い褐色の肌に短い髪は縮れて長身で、アフリカ人らしい。うまくイタリア語を話せず、乗務員に矢継ぎ早に詰問されて途方に暮れている。いよいよ乗車券を持っていないことがはっきりすると、乗務員は容赦なかった。その場で精算をすれば済むのではなく、高額の罰金が科されるのである。違反を警告し過ちに相当する罰金を徴収しさえすれば、それで乗務員の任務は終わるはずだった。ところがその乗務員はイタリア語の通じない相手に向かって、

「規則を守れないようなら、イタリアに来るな。私たちの税金で、おまえらの面倒など見てやれるものか。次に見つけたら国外追放だ」

車内じゅうに響き渡るように、高圧的な調子で言った。無賃乗車を咎めるのではなくその口調は罵倒であり、叱りつけているうちに激昂し自分の感情を抑えきれなくなったように聞こえた。乗務員の暗い心のうちを覗いたようで、いっそう気持ちが塞いだ。

この十数年、北アフリカやアジア、南米からの移住者が増え続けて、とうとうイタリアの人口の十人に一人が欧州連合圏外の外国人というまでになっている。政情や経済が不安定な国から見れば、イタリアは地上の楽園である。風光明媚で気候は穏やかであり、食べ物は豊富で暮らしやすい。いつの時代にも世界じゅうからイタリア半島をめがけて、多くの人が訪れた。しかし来訪者には皆、必ずしも友好的とは限らなかった。楽天地を巡っての内外の敵とのせめぎあいで、半島は苦い経験も積んできている。来る者拒まず、の政策では、あっという間に移住者であふれかえってしまう。

抜き打ち検札は建前で、不法入国者を網にかける狙いもあったのかもしれなかった。

かつて私の滞在許可証の期限切れは毎度、冬だった。

当時は、更新するためには所轄の警察署の移民局まで出向かなければならなかった。窓口はいつも混雑していて、一、二時間くらい待ったところで埒が明くような状況ではなかった。

窓口が開く前に着くよう、早朝の市電に乗る。ミラノの冬の朝は厳しい。みぞれでも降ろうものなら、厚手の靴下にブーツといった重装備でも足りず、長時間、外で並んでいると、脳まで凍ってしまうのではないか、と思うほど冷える。まだ薄暗い中、公営住宅が建ち並ぶ以外にはめぼしい建物がない地区を市電は進んでいく。町の中心から離れるにつれて霧は深くなり、やがて数メートル先しか見えないほどになった。市電を降り、灰色の路面を見ながら歩く。署に近づくと、霧の向こうにちらほらと人の影が見えた。もうずいぶん前から並んでいるらしかった。毛布を頭からかぶって座り込んでいる男もいるそばまで行くと、数人ではなく数十人が警察署の門の前に並んでいるのだと知った。もれば、ごく薄手の綿の上着を何枚も重ね着した若い男もいる。くるぶしまでの衣服をまとった女はベールを着けていて、顔が見えない。その胸元を見ると、タオルで何重にもくるんだ乳飲み子を抱いている。イタリアに暮らして長い、という印象の人はいない。何か目的があってイタリアにやってきたというより、着の身着のままでたどり着いたという様子である。どの顔にも疲れと不安が張り付いている。口を開く者はない。一様に警察署の門が開くのをじっと待っている。その列の最後尾について、待つ。つま先の感覚が次第になくなり、椅子の数脚くらい置いてあってもよさそうなものなのに、と悲しい。

しばらくすると、建物から若い警察官が出てきた。片手には魔法瓶を、もう片方には小さな紙コップを重ねて持っている。門から出てくると、うずくまっている老いた男や幼子を連れた母親、素足にサンダルで足踏みしながら立つ男たちに、一口ずつのエスプレッソコーヒーを注ぎ配り始めた。霧で濡れた寒気の中、魔法瓶から立ち上る湯気は真っ白で、驚くような濃い香りがたちまちあたりに漂う。若い男は無表情でコーヒーを受け取り、紙コップを両手で包み込むようにして持ち、覆うように顔を近づけてゆっくりと湯気ごと香りを吸い込んでいる。乳飲み子の母親は、上掛けのタオル越しに子供の頰へそっとコップの底を当ててやっている。じっと目をつむったままの子供は、この香りをどう感じているだろう。

「いかがですか」

若い警察官は、私にもコーヒーを勧めてくれる。礼を述べたものの、辞退した。

今朝、暖かい自宅で目を醒まし台所でゆっくりと飲んだコーヒーと、何という違いだろう。淹れたては熱過ぎて、わざと冷まして飲むようなこともある。一方この人たちにはコーヒーよりも、その温もりのほうが肝心なのだ。高い芳香にうっとりし口に含むと苦いコーヒーは、楽天地をめざして入国し辛酸をなめているこの人たちの生活そのもののように思われ、とてもいっしょに並んでコーヒーを飲める気分ではなかった。

滞在許可証は、取得はもちろん更新ですら手続きが煩雑で、毎回うんざりした。しかし私の場合たとえ更新を怠っても、手続きを最初からやり直せば再び滞在許可は下りるだろうし、いざとなれば帰る祖国もある。ところがここに並ぶ人たちの多くには、帰る先がない。警察署の門の向こうに、彼らの楽天地への入場券はあるだろうか。

警察官がコーヒーを配っている隙をついて、列に並んでいた男が開いたままになっていた門から中へ入ろうとした。それを見て、我も我もと、あとに続こうと群がった。すぐに建物から数人の警察官が走り出てきて、ひどく厳しい調子でたしなめた。ここから先は進入禁止、というように警察官たちは両手を大きく広げ、ブルドーザーが土を押しのけるように入り込もうとする人々を外へ押し戻した。正規の身分証明を持たないまま社会の底辺にいる人たちである。言葉も通じない。所持金もない。後見人もいない。互いに寄り添うようにして寒さをしのぎ門の前で待つ様子は、吹き溜まりに溜まった枯れ葉や枝のように見えた。ほんの僅かな運命のボタンのかけ違いで、あるいは自分もその中に迷い込むことがあるかもしれない。

「更新ですか」

警察官が出てきて、私に先に中に入るように言った。警察官について通用口をくぐろうとして、門の前に並ぶ数十人の目を感じ、たじろぐ。無言のままじっと動かず、射るような視線を向けている。先導した警察官は建物に入ると私の後ろに回って盾のように立ちはだかり、急いで鉄の扉を閉めた。閉まった扉の向こう側から、幾重にも重なったため息が聞こえてくるような気がした。

建物に入ると、先ほど外でコーヒーを配っていた若い警察官や夜勤明けで戻ってきたらしい警察官たちが、廊下を行き来している。

硬くて冷たいビニール樹脂製の灰色の椅子に座り、自分の順番を待つ。署内には、いくつかの古びたスチールの机に椅子があるだけである。煤けた壁に、すっかり変色した警察官募集のポスターが数枚貼ってある。押しピンが一つ外れていて、ポスターの中の男女の警察官の斜めになった笑顔が署内をいっそう侘しい雰囲気にしている。

先ほどまで外で並んでいた外国人たちが一人ずつ順番に建物の中に呼び入れられて、窓口で担当警察官からいろいろ質問されている。イタリア語ができる外国人は少なく、警察官は壁に向かって話すに等しい。担当の警察官は苛つき、次第に声を高めている。

この人たちの身分は、一様に難民扱いとなるのだろうか。

ゴムボートのような、強い風が吹けばたちまち転覆してしまう小舟に折り重なるようにして乗り込み、アフリカからイタリアへ逃れてくる。中には幼い子供や女性もいる。水も食料も積まずに何日間も漂流したあげく、運がよければ岸に打ち上げられイタリアへ上陸する。ひとまず教会や病院に保護される。地元住民の居場所さえ脅かされそうな数の難民が、次々と流れ着く。上陸して公安当局に身柄を拘束されると、再び祖国に送還されてしまう。イタリアに着くなり、陸路を逃亡する者もいる。長距離の貨物トラックの荷台に紛れ込んだはいいが冷凍コンテナだったため凍死して発見される者もあれば、徒歩で逃げに逃げ延びて都会の樹海に紛れ込んでいく者もある。

辛い運命から逃げ延びられるのは稀で、祖国をあとにするときもイタリアの闇の中に逃げ込むときも、必ず触手を伸ばしてくる悪の組織がある。祖国を出るために手配師に大金を積み、命をかけて海を渡る。せっかく生き延びても、到着先で捕まらないために闇社会を牛耳る組織に我が身を差し出す。不当な条件で酷使されたり、悪事の手下として使われたりする。そのまま使い捨てになる者も多い。

正式な記録には存在しない大勢の人たちが、この国にひっそりと暮らしている。正々堂々と自分の居場所を再び手に入れるために、一縷の望みを託して恩赦による滞在許可が出るのを待つのである。

順番待ちの整理番号を呼ばれて窓口に行くと、

「発行できますが、その前にちょっと」

奥まで来るように、と言われた。

「お渡しする前に、指紋を採らせていただかなければなりません」

私と目を合わせないようにして、言う。コートは脱いだほうがいい、とその警察官は勧めた。指紋だけなのにたいそうな。

「うちの署は、まだあれなので」

バツの悪そうな顔をして指差すほうを見ると、洗面所があった。

小さな洗面台には、液体石けんとトイレットペーパーが置いてある。洗面台もトイレットペーパーの切れ端も、石けんの入ったボトルも黒々と汚れている。リノリウムの床は、ペンキでも踏みつけたような黒い靴跡だらけである。

そばへ行って、事の次第を了解した。指紋を採るために、この署ではまだ顔料インクを使っているのである。黒い洗面所は、許可証を受け取りに来た人たちがインクで汚れた手を洗った跡なのだった。

どの指か、と訊くと、窓口の警察官はますます淡々と、

「まず、右手の五本全部を」

その五本では終わらず、

「左もお願いします」

それでおしまいかと思ったら、

「袖を肘の上くらいまでたくし上げてください。両方の手のひらと手首も取ります」

申し訳なさそうに早口で告げた。さすがに納得がいかず、十本の指だけで足りない理由を尋ねる。

「指だけ採取していた頃に、十本の指先を切り落として再入国しようとしたケースがあったので」

先ほどまでの遠慮がちな様子から警察官の顔と声に戻って、厳粛に答えた。

返す言葉もなく、言われるままに指、手のひら、そして手首にインクを付けて、次々と紙に指紋と手形を残した。繰り返し洗っても、指紋の奥まで滲み込んだインクは容易には落ちなかった。

奥の窓口では相変わらず係員とアフリカ人が通じないやりとりを繰り返していて、廊下を制服や私服の警察官たちが往来し、廊下の奥の部屋では取り調べが行われ、そうしてこの窓口では黒々と染まった両手を上に上げたまま洗面所へ急ぐ外国人たちがいた。

真っ黒の手に手袋をはめコートを受け取り、警察署を出た。

それからしばらくして移民法は改正され事情も変わり、郊外の警察署に並ぶことはなくなり、虚ろな目の人たちと時間をともに過ごすこともなくなった。


エクアドルで小学校の教師をしていたデルマは、イタリアに来て清掃作業をしている。誰もいない早朝、薄暗い地下から重いゴミ容器を引きずり出し階段の隅の汚れを掃き出すとき、何を思うのだろう。

自分の生まれた国と思い出をあとにして、異国のゴミを片付けて生きるのはデルマだけではない。それぞれに、簡単には祖国に帰れない事情がある。移住先で、もめごとを避け目立たないように気を配り、隙間に入り込むように底に這いつくばるようにして生きている。

早朝、乗客の少ない市電に乗り、いつも決まった席に座って郊外から町中へ働きに出てくるとき、ああ自分はイタリアに正当な居場所を得て暮らしている、とデルマは思うのだろうか。

市電に乗ることができる喜びも、警察署の前で何時間も立ち尽くし中へ呼ばれるのを心待ちにする思いも、彼女を罵倒した男は知らない。

小箱の中に込める気持ち

二十代の初め、ナポリで暮らしたことがあった。現地の大学に通ううちに同年代の友人が何人かできたが、中にとりわけ物静かで知的な女子学生がいた。私たちは偶然にも同じ通りに住んでいたので連れ立って大学に行き、帰りもいっしょでどちらかの家に立ち寄っては、話し込んだり勉強をしたりした。界隈でもよく知られた名家の一人娘で、文学部で哲学を専攻していた。卒業後は、親どうしの付き合いも長く家柄のよい、あの幼馴染みの男性と結婚するのだろうと思っていた。日曜の昼食に呼ばれたとき両家が食卓に揃っていて、彼女とその若者の親しげな様子がいかにも自然で微笑ましく、印象に残っていたからである。

留学期間を終え日本へ帰るまで残り僅かとなったある日の午後、私は彼女に誘われて近くの教会を訪れた。お香が焚かれた薄暗い教会の中で、祭壇に向かって並んで座った。信心深い彼女は、いつものように頭を垂れて黙禱(もくとう)している。

祈りを終えたのを見て、私が立ち上がろうとしたとき、

「今日であなたと会うのももうおしまいなの」

いつもと変わらぬ調子で、穏やかに言った。

いろいろと話ができて楽しかったわ、と友人はやさしく私の肩を抱くようにし、軽く頬を寄せて挨拶をするのである。友人のやや大仰な挨拶に呆れて、またナポリに来ることもあるから、と私は返した。すると彼女は黙って微笑み、一息ついてから、

「明朝早く、修道院に入ります」

と、告げた。

熱心な信者だと知ってはいたものの、まさか聖職者の道を選ぶとは思いもよらなかった。そして修道院の名前を聞いて、私はさらに驚いた。そこは、隠遁(いんとん)して一生を祈りに捧げることで知られる宗派に属していたからである。

目抜き通りに面した古い門構えの、彼女の家を思い浮かべる。

玄関を入ると古いガラスが入った窓が並ぶ長い廊下があり、廊下を渡ると次々と入れ子(こ)のように部屋が現れる。各部屋には代々受け継がれてきた、浮き彫りの施された重厚な家具や調度品が並んでいる。奥にある居間の窓からは、ナポリ湾とヴェスヴィオ火山が一望できる。居間からは広いテラスに出ることができ、季節ごとにさまざまな花で満ちている。メイドたちが、真っ白の前掛けをして部屋の隅で待機している。小卓の上に

ある銀製の写真立てには、盛装した祖父母や両親の笑顔が見える。

両親からあふれるような愛情を一身に受け何不自由なく育った彼女は、ひととおりの学業を終えると両親に礼を述べ、自らの決意を明らかにした。それは、家ばかりか世の中の一切と訣別（けつべつ）する決意だった。

「敬虔（けいけん）な信者である両親は、何も言わなかったのよ」

父親は、何よりの恵み、と娘を祝福して抱きしめたのだという。いつも静かに微笑むだけの母親は、どういう気持ちで娘を送り出すのだろう。

入る先は戒律が厳しく、両親ですら簡単には面会できないらしい。

ありあまる愛情や豊かさを置いていく。

着の身着のままで出発するのか、と尋ねたら、

「この鞄に入るものだけ、持っていけるの」

そう言い、脇に置いていた黒い革の鞄を持ち上げてみせた。飾り気がなく、宝石を入れる小箱のようにも見える。本一冊とスカーフを入れたら、それでもう一杯になるような小さな鞄だった。

友人が鞄を開くと、中に聖書とロザリオとリネンが見えた。リネンは白い無地の麻布製で、友人のイニシャルが刺繍してあった。今でこそ少なくなったがイタリアでは古くからの習わしで、女児を授かると母親はその子が嫁ぐ日のためにリネン類の準備を少し

ずつ始める。娘の幸せを願い、丹誠込めてイニシャルを刺繍するのである。鞄に入っていたのは、その一枚なのだった。

彼女は小さな鞄を愛おしそうに胸に引き寄せると、

「さようなら」

もう一度、誰にともなく言った。

小さな鞄に収まるだけの、自分にとって大切なもの。ナポリの教会で友人とそのようにして別れてから何十年も経ったが、あのときの黒い小さな革の鞄は今でも目に焼き付いている。

自分なら、何を鞄に入れるだろう。大切なものを入れた鞄一つで出発する日が、自分にも訪れるのだろうか。そもそも、そのように大切なものを見つけることができるだろうか。

今日は朝からみぞれ模様だった。

北の町に住む知人から娘の洗礼式に招かれ、厳かな教会で生まれて間もない女児の顔を見ながら賛美歌を聴くうちに、あのナポリの教会へと記憶が飛んだ。黒い小さな鞄を持った若かりし日の友人と、その清らかでかつ大きな決意を思い出したのだった。

洗礼式と祝宴を終え、塩の撒かれた雪の夜道を恐る恐る運転しながら帰路についた。

深夜零時に近い。凍てつく町に人影はない。修道女になった友人に加護を頼みながら、ようやく自宅前の地下駐車場へ着く。地下四階まであるこの駐車場には、総計三百近い車庫が並んでいる。シャッターが下りた車庫が延々と続く通路は打ちっ放しのコンクリートで、水道管や電気の配線がむき出しのままになっていて暗く寒々しい。各階の電灯は、車や人が通るときだけ自動点灯するようになっている。無人の駐車場に点く非常灯と足元の照明を頼りに、らせん状の通路を下りていく。ほかに出入りの車はなく、少々恐ろしい。地下二階に着いた。珍しく、うちの向かい側の車庫が開いている。中年の男とそれより若い男が立ち話をしているのが見えた。

こんな時間に地下の駐車場でなぜ。早く車を入れてしまおう。

解錠してシャッターを上げようと試みるが、うまくいかない。力任せに車庫の扉の取っ手を引いては押し、を繰り返す。

「もう少し丁寧に扱わないと壊れますよ」

中年男が、急いている私に警告した。後ろから若い男も出てきて、中年男の言うとおり、と頷いている。長身で笑顔が好青年ふうであり、まだ二十代に見えた。

深夜の地下で見知らぬ男二人を相手に口をきくのは気が進まず、ご心配なく、と私は礼を述べて、しかし忠告には従わずに再び扉を引いては押し、を続けた。

黙って見ていた若い男が近づき車庫の上部を見上げて、

「鍵の留め具が引っかかっているに違いない」

独り言のように言うと、長身を翻して地下の通路の奥へ走っていった。通路の突き当たり近くで若い男は立ち止まり、車庫を開けている。

毎日繰り返し車の出し入れをしていて、一度もこの中年男や若い男と行き合ったこともなければ見かけたこともない。それが、雪の深夜に三人揃って会する。私はその偶然を警戒し、一刻も早く車庫を開けようと焦るものの今夜に限ってどうしたことか開かない。

若い男は、ドライバーを携えて戻ってきた。よし、と男たち二人は短く声をかけあったかと思うと、

「ちょっとすみません」

脇にどくように私に言い、二人がかりで車庫の扉と壁のわずかな隙間にドライバーをねじ込んだ。

「梯子が要るな」

中年男が仕事にかかるようにきびきびとした調子で言うと、若い男は再び通路奥の先ほどの車庫まで走っていき脚立を抱えてくる。いちにのさん、とかけ声とともに二人が車庫の扉を押すと、擦れるような音を立てて開いた。すぐに中年男が車庫の中に入り、

「閉めてみよう」

そう言いながら、若い男の返事も待たずに内側からシャッターを下ろした。中年男を呑み込んだまま、私の車庫は再び閉まってしまった。

これは、何か手の込んだ罠（わな）なのではないか。

冷えきった地下でシャッターの下りた車庫の前に見知らぬ男と残されて、背筋が寒々としてくる。しばらくの間、通路を歩く者がなく車も通らなかったので、点灯していた照明が時間切れで消えてしまう。暗闇に沈んだ地下の通路を、私は不安に包まれながら小走りで往来し照明を点けて回った。

「やはり上の金具が引っかかっているな」

中年男が車庫の中から叫ぶと、若い男は再びごく僅かな隙間にドライバーを差し込み、器用な手つきであっという間にシャッターを開けた。

「あれ、あるか？」

出てきた中年男が若い男に尋ねると、もちろん、と若い男はまた奥の車庫へと飛んでいく。時間はどんどん過ぎ私はますます気が気でなくなり、業者に来てもらうので今日のところはこれで十分、と、作業を止めてもらうよう二人に乞うた。

「なに、簡単なことですから」

若い男は愛想よく言い、今しがた車庫から持ってきたヤスリでシャッターの上部を勢いよく研磨し始めたのである。もう止めようがなかった。

中年男は、脚立の下から腕を組んで見上げている。長身の若い男が脚立に乗り、手を伸ばしてやっと届く高さである。中背の中年男にも、もちろん私にも手が出せない。削った鉄粉が頭に降りかかるのも厭わずに、若い男は念入りにシャッターの留め具を削って修理してくれた。脚立を下げ、男二人は四、五回、シャッターの開け閉めを繰り返し確認した。すでに二時近かった。私は恐縮しきって礼を述べ、まずは車を入れてしまおうとすると、

「ちょっと待って」

中年男が制止し、ここへ戻ってきて、と手招きする。

「肝心の持ち主が、まだ試していませんよ」

開けてみて、とシャッターを指差した。

取っ手を回すと、力を込める必要もなく扉を指先で押しただけでシャッターは軽々と開いた。二人は並んで後ろに立ち、芝居がかった様子で拍手を送っている。

私はようやく車を入れ、車庫に置いてあったワインを赤白、二人に手渡した。地下の車庫内の温度は一年じゅう変わらず低く、ワインの保管に最適なのだ。

中年男は躊躇(ちゅうちょ)せずうれしそうに受け取ったが、若い男はひどく恐縮している。どうぞ、いらない、と押し問答したあと、ふと思いついたような顔をして、

「僕の車庫に折り畳みのテーブルがあるので、持ってきましょうか？」

真顔で尋ねた。ここで栓を抜いて一杯どうか、というのである。未明の冷えきった地下駐車場で、見知らぬ者どうしで酒盛りだなんて。縁があれば再会するでしょう、と車庫のご近所である二人に言い乾杯を辞退した。帰り際になって、まだ引き続き中年男の車庫に残って喋（しゃべ）っている二人が、

「私はニーノ」

「僕はサンドロ」

それぞれ私に手を差し伸べた。

ぼんやりと薄暗い電灯の下で見る二人の男たちはセピア色に彩られ、昔どこかで見たことがあるように思える不思議な光景だった。深夜の握手の下に、鉄製の箱が二つ並んで置かれているのが見えた。ニーノとサンドロそれぞれの工具を入れた道具箱である。その道具箱を見たとたんに私は思わず、あっ、と小さく声を上げ、若いサンドロも同時に、

「もしかして、あのときの？」

と叫んだ。

初対面だと互いに思っていたが、サンドロとは昔、ひょんなことで出会っていたのである。

ミラノに引っ越してきた二十数年前には、この地下駐車場はなかった。昔、この場所は建物に囲まれた袋小路状の広場になっていて、詰めて並べれば百台そこそこが駐車できた。当時は車の数も現在ほどではなく、大きな教会の裏にあって目立たなかったからかもしれない。その広場には、いつでも難なく車を停めることができた。近所の住民だけが知る、駐車の穴場だったのである。

やがて近くの運河沿いに次々と流行の飲食店やブティックが建ち並ぶようになり、地区外から訪れる人が増え、週末ともなると車どころかバイクすら停める余地もないようになってしまった。私たち地区住民は署名を集めて、市に駐車場建設を訴えた。嘆願書は繰り返し提出されたが、市議会は頻繁に政権交代しこの案件についての審議はなされず見送られ、時間ばかりが過ぎていった。そのうち広場は、無法地帯のように荒れ始めた。僅かな隙間を争って、刃傷沙汰(にんじょうざた)まで起きる始末だった。住民たちの中には、幸運にも自宅前の広場に駐車できると次に遠出をするまで自家用車はそこへ停めたままにして、ふだんの移動にはタクシーを利用する人も出てくるほどだった。

〈駐車場建設計画案が可決されました〉

皆の苛立ちが極限に達した頃、市役所から通知が届いた。すっかりあきらめていた地区の住民たちは、大喜びした。最初の嘆願書から、実に二十一年が経過していた。

私も、長年待ち続けてやっと車庫を手に入れた住民の一人だった。

地下四階の駐車場建設には、足掛け四年かかった。それでもイタリアでは、異例の速さだった。工事中の四年間、毎日私は窓から首を出して現場を覗き込んだ。遺跡が多いイタリアで、これほど大胆に地面を掘り起こす工事を間近に見られるのは稀だったからだ。地下四階の建物を造るには、その倍の深さを掘る必要があった。とてつもなく大きな音と振動を立てながら長い杭を打ち込む作業が数日続いたかと思うと、作業員が一人も来ない日が一週間続いたりした。

ある朝見ると、雨が降ったわけでもないのに、巨大な穴には三分の一くらいまで泥水が溜まっていた。階下で会った近所の人が、

「このあたりは、掘ったら出てくるのでね」

当然、という口調で溜まり水の正体を説明した。穴を掘っている広場のすぐ前には、運河が流れている。かれこれ五百年ほど昔に造られた、人工の川である。市外を流れる本物の河川と繋がっていて、昔は物資を運ぶための水路として活用されていた。今では夏場に小型の観光船が往来する程度で、あとは流れる先を失った水が淀んで腐り、悪臭を放っている。あるいは、干上がって粗大ゴミ捨て場となった川底が見えたりしている。数世紀の歳月を経て、一帯には広く運河からの水が滲み入っているという。雨が降ると、界隈の建物の地下は浸水する。〈深く掘ったので、その水が出てきた〉と、近所の人は説明したのである。

溜まった水が引くのを待っては掘る。しばらくするとまた水が滲み出てくる。工事はしゃっくりを繰り返すような状態で、最初の二年が経過した。

巨大な穴が開いたまま工事は進まず、私たち住民は不便を抱えながら暮らした。立ち入り禁止となった工事現場近くには作業車の出入りのために僅かな空間が残してあり、工事が休止になるときはそこへ自家用車を停めても大目に見てもらえた。数台分しかないその空間を狙って、住民も外からやってくる人たちも必死になった。そこを逃すと、近辺には時間制の有料駐車場しかなかったからである。

穴が湖と化したままどうしても水が引かず、工事が長らく止まった時期があった。ある日いつものように私は窓から現場を覗き込んでいて、例の場所へ空きが出たのを見つけた。急いで下りていき、そこへ車を停め直した。幸運を喜んで車から降りようとしたそのとき、広場に出入りする道に二重駐車していた小型車が、数メートル先からかなりの速度で後進してきた。あっと思う間もなく私の車の左前方に衝突し、ぶつかった反動なのか慌てたのか、その小型車はさらに速度を上げて次には前進し、路上に停まっていた何台かの車に次々と当たりながら走ってようやく止まった。

派手な音を聞きつけて、周囲の建物から人々が飛び出してきた。

「何ごとだ」

「だいじょうぶですか」

口々に叫びながらあたりを小走りに見て回り、けが人がないと知ると、今度は自分の車は無事だったろうか、と慌てて確かめている。

当てられた私は度肝を抜かれ、車中に座ったまま深呼吸し、ビデオを再生するような気分で事態を反芻してみる。

小型車がぶつかった車はどれも、凹んだり傷がついたりしている。

車両が損傷した程度で済んでよかった、と安堵していると、問題の小型車から作業服姿の痩せて小柄な男が出てきた。六十過ぎくらいだろうか。力任せにドアを閉め、引きつった形相だ。男は神経質に髪を両手でかき上げながら、大声でわめき始めた。車の中から様子をうかがっていた私と目が合うなり、恐ろしい目つきでこちらに向かってくる。

「おまえのせいだ。てっきりあそこから出ていくのかと思ったじゃないか」

建物から出てきた数人が男の様子がおかしいのに気づき、足を速めて近寄ってきてくれた。その中の一人がこの男の言いがかりを聞くや、

「ちょっと待って」

男の前に身体を割り込ませるようにして、声をかけた。

それまで息巻いていた小型車の男は、気をそがれて黙っている。

「『おまえのせいだ』なんて、自分がぶつけた相手に最初にかける言葉ではないでしょう。まず『おけがはありませんでしたか』と尋ねなさいよ」

声を高めることなく、厳しくたしなめたのである。

男は塩をかけられたナメクジのように縮こまり、ただ前髪をかき上げるばかりである。

驚いたのは、小型車の男ばかりではなかった。私は、車がぶつかった瞬間より数倍びっくりしていた。そこで初めて車から出て、その冷静な恩人に礼を述べた。

小型車の男を横目で見る。すっかりしょげている。男の作業服は、乾涸びた白い塗料にまみれている。塗装職人なのだろうか。駐車スペースを確保したあと、仕事場へ出かけるところだったのかもしれない。男の車は、バックドアが反り返るほど破損している。すぐに使えるような状態ではなかった。これでは、仕事にも行けないだろう。

冷静な恩人は、携帯電話で交通警察を呼び出した。

「大学の授業まで時間があるし、交通警官に事の次第を証言します」

とまで言う。すぐ戻ります、と言ったかと思うと青年は目の前の建物の中に戻り、しばらくして黒い鉄製の道具箱を携えて戻ってきた。

「警察の検証が終わったら、僕が応急処置をしてあげますよ」

私と、放心して座っている小型車の男に向かって言った。

突然の事故に当事者も周囲も驚くなか、大学生の冷静さは印象的だった。交通警察が来てひととおりの取り調べが終わると、大学生は道具箱からドライバーやヤスリ、金槌にネジなど引っ張り出し車の凹みや不具合に器用に手を入れて、走行に不自由のないように応急の修理を施してくれた。

黒い鉄製の道具箱は、まるで魔法の箱のように、そしてしょげ返った私たちの気持ちを治療する救急箱のように見えた。

私が差し入れのコーヒーを買って戻ると、青年は修理を終えて立ち去ってしまったあとだった。目の前の建物の住人らしい。そのうちきっと会うだろうと思っていたが、そのあと再び姿を見かけることはなかった。私は連絡先どころか、名前すら聞いていなかった。


そして今夜、凍てつく地下駐車場で、あの黒い鉄製の道具箱に再会したのである。

道具箱を見つめている私に、

「久しぶりに会ったのは、箱ではなくて僕のほうでしょう?」

サンドロは笑った。

ニーノとサンドロは大の車好きで、互いの道具箱を持ち寄っては愛車の修理や手入れをし合うのだという。今夜は話し込んでいるうちに深夜になってしまったのだ、と笑った。

「車庫は男の宝島です。宝島には、宝の箱もある」

ニーノは、得意満面で道具箱を開けて見せる。

細かい仕切りの中に、分類されたネジや釘が見える。その下にはさまざまな太さのドライバーがあり、どれも新品のように光っている。ニーノはひとつずつ工具を取り出しては愛おしそうに両手で持ち、見せてくれた。

黒い小さな箱のような鞄に聖書とロザリオ、刺繍入りのリネンを入れて、修道院で神のために祈る友人がいる。

一方、鉄の箱にネジやドライバーなど道具を一式揃えて、冷えきった暗い地下で困っている隣人のために修理を申し出る男たちがいる。

寒さと眠気のせいか、二人の男たちが大切なものを入れた小箱を抱えた修道士のように見えて思わず、神のご加護あれ、と今日教会で聞いてきたばかりの文句を挨拶代わりに二人に投げて別れた。

老優と哺乳瓶

ローマでピエトロと待ち合わせるときは、コルソ通りのバールと決まっている。スペイン広場からぶらりと歩き、ポポロ広場にほど近いところにある店で、フェデリコ・フェリーニ監督の名画『甘い生活』の舞台にもなった老舗だ。

ピエトロは、老いた俳優である。

通りは、季節を問わずいつも賑わっている。これほどさまざまな国の観光客が集まる場所は、ほかにはないだろう。

ローマの夏の太陽は、特別だ。歴史ある建物は日を受けて、オレンジ色やピーチ色、レモン色に輝いている。フルーツキャンディのような町並みを見ているだけで気持ちは華やぎ、それまでの平凡な日常に突然、鮮やかな色が着く。

古代と現代が混在する道は、堂々としている。古代にさかのぼる遺跡や中世の教会、近世の建物と古いものばかりが集まっているのに、界隈は新鮮な活力と嬉々(きき)とした気配に満ちている。広場の向こう側にはボルゲーゼ公園があり、ローマの歴史を見てきた木々の息吹がここまで流れ届くようだ。

ピエトロは、必ず約束の時間に遅れてやってくる。ローマやナポリでなかなか時間どおりに物事が進まない様子を、北部のイタリア人たちは呆れて〈南部時間〉と呼んだりする。

「そんなに走り回っても、終点は皆同じ」

遅刻を咎められても、ピエトロは少しも悪びれたふうではない。

今日も私が先に着き、店の外の席で通りを眺めながら待っている。

以前、ポポロ広場の近くに映画俳優協会の本部があった頃、店はイタリア映画界のサロンのようなものだった。夕刻、店を訪れると、俳優や監督、脚本家や詩人、画家など誰かしら業界人がいた。携帯電話などない時代だったが、バールに来てアペリティフの二、三杯でも交わすほうがよほど速く濃密な情報交換ができた。戦後の華やかさはないものの、店はもはやローマの歴史の一部になっている。遺跡と同様、この店を目当てにローマにやってくる観光客は多い。

砂浜を散歩するような様子で、ピエトロが向こうからやってくるのが見えた。

相変わらずの伊達男(だておとこ)ぶりである。ほとんど白に近いベージュ色の麻のスーツを着て、足元は茶色のメッシュの革靴である。中折れのパナマ帽に付いた黒いリボンが遠目にもアクセントになっていて、何とも洒落ている。上着の下には、やはり麻なのだろう、ごく薄地の白いシャツを合わせている。麻のスーツもシャツも適当によれていて、ちょうどいい具合に着馴れたふうになっている。真っ黒のサングラスに帽子を目深にかぶった姿でも、すぐにピエトロだと知れた。六十年余り役者をしてきて、着こなしから佇まいまでのすべてが舞台の演技を見るようだからである。

「待たせたね」

大きめの声で挨拶するピエトロに通りを歩いていた何人かが気付いて、映画スターを間近に見る歓喜と好奇の目を向けてくる。

彼が椅子に腰を下ろしポケットから煙草を出したところで、見計らったかのように店から給仕が出てきた。

「いつものを」

サングラスを少し上に上げて短くピエトロが告げると、年配の給仕は、かしこまりました、と返しながら、ライターをそっと彼の口元へと差し出した。一連の流れるような振る舞いは、映画のワンシーンそのものだった。垢抜けている、というのはこういう様子のことを言うのだろう。

「ところで、今日、呼び出したのは」

ピエトロは運ばれてきた発泡の白ワインを一口飲み、こちらを正面から見るように座り直してから切り出した。

座り直したのは、こちらも同様である。彼があらたまって話し始めるときは、たいていが難題をふっかけられると決まっているからだ。

「私も年を取り過ぎてしまった」

声を低めてしみじみと言われると、これからドラマチックな映画が始まるようで、思わず胸が高鳴る。ピエトロの作戦に引っかかってはならない。相手は、名優なのである。

「この数年、老人役しか来なくなった。ところが、老人が主役という作品など滅多にない。準主役ですら稀だ。たいていの作品で老人役は、最初か最後に僅かに出番があるだけでね」

俳優が老いるとこういう悩みもあるのか、と興味深い思いで頷く。

「若かった頃は少年から老人までをメイクと演技でこなし、主役も多かった。監督ばかりか、女優たちからも引っ張りだこ。家には、帰る気も暇もなかった」

ところが八十歳を超えた頃から、病知らずを褒めてくれる者はいても、仕事の依頼をする人は激減した。映画は長丁場である。マネージャーはピエトロの老体を気遣って、手っ取り早く収入になるコマーシャルの仕事を増やした。入れ歯の固定剤や磨き粉、大人用おむつに老眼鏡といったものの広告に出ているうちに、周囲にはすっかり高齢の印象が定着してしまった。

「ベストの角度で口を開き微笑みかけても、もう婆さんすら寄ってこなくなった」

私はさみしい、とピエトロは呟いて、サングラスを下げて通りのほうを向いて黙った。

絶妙の間合いである。サングラスの下で泣いているのではないか、と思わせる。かつてもてはやされた人が世間から忘れられていく、というのはどういう気持ちだろう。

ついほだされて、何かできることはないか、と思わず口にしてしまう。

ピエトロは、台詞と台詞の行間を演じるように一呼吸置いてからこちらに向き直り、

「私の絵を売ってくれないか」

おもむろにそう言った。


今ピエトロがどこに住んでいるのか、私は知らない。賭け事と女性に目がない彼は、若い頃にはあちこちに借りを作っていたらしい。携帯電話のない時代である。借金取りと女友達らを、仕事の依頼とまとめてすべてマネージャーがさばいていた。それでも撮影先や劇場からあとをつけられることも多く、定住先を持たずに知人宅やホテルを渡り歩いていたらしい。映画が終わると次の舞台へ。居場所を移るたびにしがらみは切り捨てて、ふと気がつくと、手元に残ったのは名優という名声と、老齢という現実だけだった。

家族はいない。何度か結婚もしたが、新しい芝居のたびに新たな相手役と恋に落ちた。

「どこまでが芝居でどこからが現実の世界なのか、そのうちわからなくなってしまってね」

全盛時代は過ぎ去り、金運も女運も消え、一人で齢(よわい)を重ねながら仕事の依頼を待つうちに何か確かなものが欲しくなった。

「それで、家を借りたんだ」

ローマから一番近い海沿いに、フレジェーネという町がある。長く伸びた海岸線に並行して、松林が続く。昔からローマの人たちの憩いの場所として知られる一帯は、高級別荘地でもある。一軒ごとの敷地が広く、うっそうと繁った庭の緑で屋敷が見えないほどである。政治家や芸能人、スポーツ選手など、名声と財を築いた人たちが別荘を持つ。

仕事がないと言いながらそんな高級別荘地に居を構えられるなんて、と感心すると、

「役者仲間の別荘があってね。若い彼は売れっ子で、フレジェーネはおろか、ローマにもイタリアにもほとんどいない。ロケからロケの生活だ。夏の間は家族とその家で過ごすが、残りはずっと空き家のまま。『傷むので住んでもらえないか』と頼まれてね」

少しうんざりしたような顔つきになって言う。仲間に頭を下げられて断れるわけがない。人助けのつもりでしぶしぶその大邸宅に住むことにした、とピエトロは言い訳をするように付け加えた。

絵を見るために、ピエトロに連れられてフレジェーネの家へ行く。

秋の深まった海沿いの町は、閑散としている。海岸線と並行して走る大通りには、高い街路樹が延々と連なっている。広々とした道を歩いていくうちに、このまま古代ローマへ入り込んでしまうのではないかと錯覚する。

ここだ、とピエトロが止まったところは、高さ三メートルはありそうな厳重な門構えの家の前だった。他人の邸宅に入るのは、いくらピエトロが留守宅を任されているとはいえ何となく後ろめたい。

主のいない家は、きちんと片付いていた。薄暗いのは、家の周囲に高い樹木が密集して深い影を作っているのと、たくさんある窓には鎧戸（よろいど）が下ろされているからだった。居間に通されたが、ピエトロは座るように勧めない。長椅子にも、読書用の一人掛けソファーやテーブル、食器棚にも、家具という家具に埃避けの白い布がかぶせてあった。

布に覆われて来夏を待つ家具や、埃っぽく、暗く、生活の匂いのないその家は、まるで老いたピエトロそのものだった。

厨房には勝手口があり、そこから地下へ下りられるようになっている。壁のスイッチを押すとうら寂しい蛍光灯が点いて、十数段を下りていく。

「ようこそ」

地下でピエトロは暮らしているのだった。

勢いよくシャッターを開けると、先ほどの玄関門に続く道が見えた。夏の間は、そこは車庫として使われているらしい。

「『二階の寝室を自由に使って』と言われたけれど階段の上り下りは面倒だし、何よりここは庭に近くて落ち着く」

弁解するようにピエトロは言い、座るように勧めた。PIETROと背に白抜きのされたアクターズチェアがある。

座り心地のよいソファーが部屋の隅にL字形に置いてあり、壁の棚には世界じゅうから集めてきたらしい像やら花瓶、大皿などが並んでいる。彼自身の顔のアップや映画のワンシーン、舞台の写真が大きく引き伸ばされて貼ってある。ソファー横の小卓には、若かった頃から最近までの彼の写真が銀の額縁に入れて置いてある。

本来は車庫である、ピエトロの〈居間〉から隣の部屋に行く。洗い場と物干し場があり、夏場は洗濯所らしい。

「ここが私のアトリエだ」

天井近くに横長の窓が二つあるだけで、穴蔵のような空間だった。部屋の床いっぱいに、絵の具やキャンバスが散らかっている。

木や湖、海、夕焼け、連峰、花。

絵の中の風景は、イタリアではないように見えた。夕日の色は強烈に赤く、花には異国の空気が漂っている。

「ギリシャだよ」

そう言えば、しばらくギリシャで暮らしていた時期がある、と以前に聞いたことがあった。

ピエトロがギリシャに渡ったのは、納税で不始末をして雲隠れしていた頃のことである。伝手で知り合ったギリシャ人の持ち船にアテネから乗った。海から海を渡っていれば、そのうち政府から特別恩赦が出るだろう。特別恩赦が発令されると、税の申告漏れがあってもいくばくかの罰金を払えば脱税の罪が免除される。時の政府は、首相からして多大な税の申告漏れを抱えていたので、特別恩赦は頻繁に発令されていた。少しのあいだだけ隠れれば済む。

それで、ヨットに乗ったのだった。

ギリシャには無数の島がある。ピエトロは島の数だけ恋をした。毎日が桃源郷だった。

そして、結婚。

彼が正式に結婚したのは、たったの四度である。その四度目がギリシャだった。相手は北欧のモデルだった。六十歳をとうに超えていたピエトロとは相当の年の差があったものの、二人は小島で出会って即、夢中になった。ギリシャの海の上での非現実的な毎日が功を奏したのか、二人の結婚生活は順調に続いた。

しばらくして、イタリアで特別恩赦が発令された。

「ちょっと支払いに行ってくる」

ピエトロはそう言い、ギリシャと妻をあとにした。

久しぶりにローマに戻ってみると、ギリシャでの暮らしが幻想だったように思った。特別恩赦に従って罰金を支払うと、ちょうどタイミングよく全国巡業の舞台の仕事が入った。老人ではなく熟年の役だった。しかも準主役である。引き受けて芝居をし、全国を回るうちに次の女性に夢中になった。そしてギリシャのことも四人目の妻も、遥か彼方の思い出になっていったのである。


「我ながら、ひどい男だと思う」

地下のアトリエの壁に立て掛けられた、何枚もの絵の中から一枚を選んで見せてくれる。絵の中には、真っ青な海を背景にして金色の髪をなびかせる、もうそれほど若くない女性がいる。背景の青と同じ色の瞳をこちらに向けて笑っている。島に置いてきた妻らしい。

「昨年、十数年ぶりに詫びを入れにギリシャまで行った。仲直り記念に描いたんだ」

肖像画の中で元妻は、ふくよかな胸元に小さな黒い塊をしっかりと抱いている。子犬のようだった。

あのとき島に一人で置き去りにされた北欧人の妻は、しばらくの間ピエトロの帰りを待った。いくら待っても戻ってこないので、ローマの映画村や映画俳優協会、もちろん彼のマネージャーにも連絡を取った。誰も行方を教えてくれなかった。

しばらくして、全国を回って舞台に立っている、と聞いた。

きっと次の恋に落ちたに違いない。

妻はピエトロの近況を知ると、自分もあっさりと新たにギリシャ人男性と暮らし始めたのだった。彼女がいっしょになった相手は、かつてピエトロにヨットを貸してくれた恩人である。ギリシャ内外で有名な建築家で、設計の腕ばかりでなく政治的な身の振り方にも長けた魅力ある男だ。

〈あの男は、私が困っているときはいつでも助けてくれる。税金に、女に。いい奴だ。

妻は、自分より確実な男といっしょになった〉

ピエトロは身勝手ながらも、妻の新しい将来に安堵した。

「あなたはいつも遅刻ばかりだからあのときも、また遅れているのだろう、とあまり気にしていなかったの」

からりとした性格の北欧人の元妻はギリシャでの今の暮らしに満足していて、今さら昔の話を蒸し返す気もないようだった。穏便に終わった離別と再会を記念して元妻の肖像画を描き、ピエトロはギリシャをあとにした。

「いっしょになろうが別れてしまおうが、長い人生では皆、大きなひとつの家族のようなものさ」

ピエトロは笑った。

しかしそう言う彼は今、人の去った秋の海沿いに独りで暮らしている。

彼の絵は、お世辞にもうまいとは言えないシロモノだった。旅して回った世界各地の風景が描かれてはいるものの、そこに人の姿はなく生活の匂いは感じられない。絵の中の光景は文字どおり絵空事であり、気持ちの高ぶる情景や心休まる雰囲気は伝わってこない。思い出のない景色ばかりなのである。他人の人生ばかり演じることを続けてきたピエトロには、疑似的な世界は描けても自分の本当の感情は表現できないのだろうか。けっして売れないだろうと思いながらも、元妻の肖像画と海の夕日の絵を預かることにして、その日は別れた。

二枚の絵はうちの居間の隅に置かれたままになり、やがて私は、ピエトロの絵を売る、という頼まれごとをすっかり忘れてしまった。

　年が明けてある寒い朝、ピエトロから電話があった。秋のフレジェーネ以来、初めての連絡だった。よく通る声を聞いたとたんに居間の隅に置いたままの絵のことを思い出して、電話口で慌てる。

　ひととおりの挨拶と雑談をし終えると、

「渡した絵は、まだ売れていないのだろうか」

　彼はおずおずと尋ねた。どのように言い繕おうかと口籠(くちごも)っていると、

「彼女の肖像画を返してもらいたいのだが」

　すまなそうに言った。

　絵を渡しがてら会うことになった。


　海の別荘の留守番をしながらしばらく創作に没頭していた、とピエトロは話した。

　海沿いの町は、通りの並木の葉が落ちてしまうとますますがらんとしてしまい、

「描きたいものがなくなった」

　切なくなってポポロ広場へと出かけていった。広場も通りも荘厳な建物も、ローマはやはりローマである。

　ピエトロはこれまでどおり老舗の店先の一卓を取り、座って通りを眺めながら、いつ

ものアペリティフを楽しみ煙草を吸った。寒くなっても、店の外にはその姿から〈キノコ〉と呼ばれる外用の暖房が置かれてあり、客たちはお茶やアペリティフが楽しめるようになっている。

「ご相席、よろしいでしょうか」

混み合う店先で、給仕から声をかけられた。

人に邪魔されたくないことを知っているはずだろう、とむっとしたが相席の相手を見て、出かかっていた給仕への小言を呑み込んだ。緑色の目と長く波打つ黒髪の女性が、会釈している。

「もちろん、どうぞ」

そして、ピエトロは新しい恋に落ちた。

新しい恋と元妻の肖像画と、いったいどう関係があるのだろう。

「犬の件で、どうしてもあの絵が必要なのでね」

私から絵を受け取りながら、昨秋からの諸々を話してくれた。

バールで相席した女性は、地方からの一人旅の最中だった。印象深い目元をした彼女は、若い頃には女優になることも夢見ていた、と自己紹介した。ピエトロは自分の出た映画のほとんどを観たと彼女から言われて、海沿いの家で冷えきっていた心に暖かな火が灯ったように思った。小さな火は夕食後に炎に変わり、近々ピエトロは恋人の住む地方の町でいっしょに暮らすことになったのだという。

「問題は、犬でね」

海の別荘で暮らすようになって、ピエトロは犬を飼い始めていた。ギリシャに住む元妻から、庭があって仕事がないのなら犬をもらってくれないか、と頼まれたのである。

肖像画の中で元妻が黒い塊を抱いていたのを思い出す。

絵を描いたときは胸元に抱ける大きさだったのでピエトロは犬をもらうことを快諾したのだが、ローマに空輸されてきた犬は、ライオンでも入れるような頑丈な柵のついた箱に入って届いた。体重八十キロ、体長一・二メートル。ふさふさとした漆黒の毛は、長く艶やかである。小熊か、と見紛うほどに成長していた。ニューファンドランド犬だった。これでは元妻が持て余したはずである。ピエトロは届いた犬を見て困惑した。ギリシャから来た犬はピエトロを覚えていたのか、箱から出ると彼の胸元に飛びついてうれしそうに頬を舐め回した。

〈名前はアモス。ギリシャ語で『神様からの贈り物』という意味です。アモスが寂しがったら、同封のものをやってください〉

手紙とともに添えられた小さな包みを開くと、哺乳瓶が入っていた。瓶の上に黒いマジックで、〈アモス〉と記してあった。

ピエトロとアモスの共同生活が始まった。

ニューファンドランド犬は、海の救助犬として品種改良されたものだ。アモスは潮の匂いや波の音にたちまち反応して、海へ向かって全力で走り出そうとする。ピエトロはそれを全力で引き止めようとする。引っ張られては引き戻す、を繰り返すうちに、ピエトロはリードで繋がるアモスとの縁をあらためて感じ、もう独りきりではないのだ、としみじみ感じた。

日が暮れるとアモスは天を見上げて、狼のような声で哭いた。人通りの消えた枯れ木の並木道に、悲しい遠吠えが響く。ピエトロはアモスを地下室に連れてきて、哺乳瓶を与えた。するとアモスは安心したように哺乳瓶にじゃれつき、ほっとした顔をしてピエトロを見上げるのだった。

この八十キロの黒い相棒のおかげで、晩秋の長い夜を何とかやり過ごせたのである。

新しい恋人はアモスを見ると、狭いうちではとても飼えないわ、と悲しそうに、しかしきっぱりと言い放った。

犬か、恋人か。

ピエトロは非情な二者択一を迫られて悩んだ。

並木道をアモスと散歩する。引っ越しの予定は迫っている。それまで楽しかった日課が苦痛になった。

「雄ですか」

ある朝、見知らぬ男から声をかけられた。毛並みも性格もすばらしい、とその男はアモスを撫でてさかんに褒めた。大きなアモスは珍しがられて、道で呼び止められることがよくあった。そういう犬好きの一人なのだろう。適当に相槌を打ち、ピエトロがその場を立ち去りかけようとすると、

「実はうちにもニューファンドランド犬の雄がいたのですが、先日事故で死んでしまって」

男が寂しそうに言った。もともと飼っていた雌が年頃になったので、番に雄を連れてきた矢先だったという。

「こんな立派で愛らしい雄が、うちの犬の連れになってくれるといいのですがねぇ」

それを聞いて、ピエトロは引き返した。

「不測の事態が起きて引っ越すことになりましてね。ところが転居先には事情があり、どうしてもこの犬を連れていけない」

ピエトロは俳優としての六十年間の修練の賜物を披露するつもりで、その男に説明した。枯れた木のように、淡々と演じて話すピエトロを男はじっと見て、

「もしよろしければ、うちで引き取らせてもらってもよろしいでしょうか」

おずおずと申し出た。

あっという間に縁組みはまとまった。

アモスのいなくなったあと、ピエトロには哺乳瓶が残った。もらわれていくとき、哺乳瓶を持たせてやろうとしたら、

「番になって幸せなのですから、もう哺乳瓶の心配はありませんよ」

新しい飼い主はそう言って笑った。

アモスはよい家庭を作るだろう。自分より立派な飼い主が見つかって、何よりだった。さて自分の新しい恋は、どのくらい続くだろう。しばらくしたら、また独りになるかもしれない。老いが進んでからの一人暮らしは、きっといっそう寂しいに違いない。

ピエトロは、哺乳瓶と絵を携えて引っ越す、と私に言った。

元妻の肖像画に未練があったわけではなく、その胸に抱かれた幼犬アモスの気持ちを連れていきたいのである。胸の間の黒い小さな柔らかな塊は、ピエトロが初めて描いた自分の気持ちだった。

「さみしくなったら、哺乳瓶もついていることだしね」

花のため息

　ミラノからボローニャ行きの電車に乗る。

　花曇りの暖かい日である。霞のかかった景色が、車窓の後ろに飛んでいく。このところ突然の冷え込みがあったかと思うと、翌日には上着なしでも汗ばむような陽気が訪れ、衣服選びが難しい。油断して体調を崩す人も多い。車内にも、うっとうしそうに洟をかんだり頻繁に咳き込んだりする人がいる。ついこのあいだまで裸で立ち尽くしていた木が、枝をうっすらと色づかせ丸みを帯びたやさしい様子に変わっている。

　あと数地区だ、と窓の外に目を凝らす。

　その建物は戦後に建てられたもので、これといった特徴もない。注意していないと、見過ごしてしまう。線路に並行して走る道沿いに建ち、その建物で住宅街が終わりそこから先は広い平地となっている。ところどころに低木の繁みがあり平屋や二階建ての建物も点在しているが、一帯は閑散として寂しい。市営の競技場があり、周囲は大学の敷地である。

フェルナンダの暮らす最上階が、次第に近づいてくる。そのヴェランダを見るのが楽しみなのだ。

フェルナンダとは、カメラマンである友人の紹介で知り合った。

アジア辺境への取材旅行から戻ったばかりのカメラマンを囲んでの、夕食の席だった。長期に及んだ海外滞在で、カメラマンはイタリア料理に飢えていた。

「牛の髄で炊き上げたリゾットに、カツレツ、付け合わせにオーブンで焼いたジャガイモが食べたい」

電話口で挨拶もそこそこに早速食べたいものを並べたてるので、それなら、と、彼の仲間が七、八人集まって食事をすることになった。

ニンニクや香辛料が利いたサラミソーセージを持ってくる人あり、しっとりと甘くてコクのある臀部（でんぶ）の肉からできた生ハムや、酪農家から手に入れたばかりという粗挽き（あらび）の生ソーセージなども揃う。どの食材もこの上なくイタリア的なものばかりだ。

型ごとパルメザンチーズを持ってきた人がいて、型を半分に横切りにして中をくり貫きそこへ出来立てのリゾットを入れようということになった。髄から取った出汁（だし）で作っただけあって、米はぬめりのある光を放ちいかにも味わい深そうである。火から下ろす直前に混ぜ合わせたサフランは、チーズの型の中で反響するように香りを倍増させ、食卓を圧倒している。

「このままで十分旨い」

目を細めながら、粗挽きのソーセージを生のまま引きちぎって口に放り込んでいる者もいる。

フェルナンダは輪には加わらず、濃厚な食卓に興奮する皆を遠巻きにして見ていた。三十歳になるかどうかという年恰好で、地味な色合いの服を着ている。ごくゆったりとした濃い茶色のパンツに薄茶のオーバーブラウスを合わせ、紳士物のような直線の目立つ仕立てのベストは深い緑色である。素っ気ない組み合わせのようで、よく見るとベストには共布の包(くる)みボタンが付き、パンツとブラウスは絹らしい。近寄らないとわからない、ごく小さな貝殻を繋いだネックレスをかけている。

「同席でもだいじょうぶ？　それとも別にテーブルを用意しようか？」

家主のカメラマンがフェルナンダに声をかけた。彼女は大きなテーブルの末席を指差しながら、

「あそこに座るからだいじょうぶ」

少し強(こわ)ばった笑顔で返事をした。

脂がぎらつくリゾットに揚げたての牛肉、芳醇(ほうじゅん)な生ハムの匂いが立ち上り、活力に

あふれた夕食が始まった。

長らくイタリア料理から遠ざかっていたカメラマンは、目を細めて頬張っている。カツレツだけでは物足りない大食漢たちは、自ら台所に立ち粗挽きのソーセージや揚げ残した牛肉をフライパンで炒め始めた。脂っぽい煙が食卓まで立ち込めてくると、フェルナンダは大急ぎでハンカチを口元にあて顔をしかめた。彼女は、菜食主義者なのだった。機関銃のように喋り、次々と肉を食べている友人たちを恐ろしい獣でも見るように、離れて静かに食べている。彼女は、竹細工の箱を広げている。凝った編み模様が施された蓋付きの籠(かご)である。

「特注なの」

こちらの視線に気がついて、少し得意げに言った。

ただの菜食主義ではない。乳製品も卵も魚も駄目。野菜と果物だけを食べるという厳格さである。特注の籠は、彼女が持ち歩く弁当箱なのだった。中を覗くと、まるで小鳥の餌箱である。火が通っているのかどうかも定かではない、さまざまな種を混ぜ合わせたものが副食らしい。その隣の練り物も暗い色で、主役にはほど遠い寂しい印象の食べ物だ。

アフリカの草原にライオンが現れて、獲物を捕らえ息つく暇もなく骨まで平らげていくように、他の人たちは用意されただけの食材を食べ尽くし満腹の余韻を堪能している。

フェルナンダは軽快に立ち上がったかと思うと、食後のテーブルを回り汚れた食器を片付け始めた。皿に残った肉汁はパンできれいにぬぐわれて、チーズは縁までしがみ尽くしてあり残飯はない。

「これがお土産だ」

カメラマンは食後に瓶を一本取り出した。ラベルには判読不明の文字が並び、中身は濃い茶色で、蓋を開けると薬草を煎じたような匂いがした。

フェルナンダは、

「薬用酒なら、私も飲みたいわ」

うれしそうにグラスを差し出した。ほかの仲間たちと揃ってぐっと一息に空けたところで、

「俺、この酒を飲んだことがある。たしか虫入りだろう?」

誰かが言い、それを聞いた彼女は卒倒してしまった。

数日後、フェルナンダの家に見舞いに行った。

建築学部を卒業したあとに自分で設計事務所を立ち上げた、と聞いていた。自宅が仕事場で、一人きりの事務所らしい。これまでに設計した建物を尋ねると、

「花壇」

うれしそうに言っていた。見舞いは口実で、事務所を兼ねた彼女の住まいをぜひ見てみたかった。

フェルナンダは私の訪問を喜び、居間を通り抜けてヴェランダへと案内してくれた。まだ肌寒い頃だったが、彼女は半袖のTシャツに幅広の綿パンツ、素足にサンダルという軽装である。ヴェランダに通されて、その意味がわかった。

日当たりのよいヴェランダからは、正面に何本もの線路とその上の空、眼下に車のあまり通らない道、脇に広々した運動場と大学が見渡せて、見張り台のような眺めである。十四、五メートルはあるヴェランダの半分はガラスで覆われ、温室になっている。ガラス枠はアルミサッシではなく、木製だ。真ん中に作業台が置いてあり、床は素焼きの色が美しいタイル敷きで、その上にはチーク材の床板が小径のように並んでいる。大小さまざまな鉢が所狭しと置いてある。素焼きの鉢に入った植物の大半は、初めて目にするものだった。古めかしい木製の小型の家具があり、たくさんの小引き出しが付いている。

「昔の薬局で使われていた家具で、薬草や香草を小分けしていたものよ」

引き出しの中には、ハトロン紙の小さな包みがいくつも入っている。

温室の隅には鋳鉄製のストーブがある。家で出る紙屑をそのストーブで燃やし、室内にも温室にもその熱を利用しているらしい。フェルナンダは、ストーブ脇に置かれたざるから乾燥した草のようなものを二つ、三つ摑んでガラス製ポットに入れ、ストーブの上で湯気を立てていたヤカンを取りハーブティーを用意してくれた。

時おり前を通り過ぎる電車の音がするだけで、温室の中は上から垂れる観葉植物の葉や窓を這う蔓に囲まれて森閑としている。

「植物が相手だと、いくらでも話せるのだけれど」

フェルナンダは呟き、自分で焼いたという茶碗にハーブティーを注いでから、最後にジャスミンの花を蔓からもいで加えた。

ポットの中で茶の葉が少しずつ開いていくように、フェルナンダはゆっくりと話した。途切れ途切れに出てくる言葉は丁寧で吟味され、そして少し古風だった。言い回しに品があり、素養の深さが知れた。

散文詩の朗読を聞くよう、と言うと、彼女は照れ笑いした。

「母のことがとても好きなのに、いっしょにいられないの」

フェルナンダの母親は名のある家に生まれて、中学校からイギリスの寄宿舎で過ごしたのだという。英国式の教育を受け、ミラノに戻って銀行家と結婚した。

「母は真冬でも部屋の窓を少し開けて寝るように命じる厳しい人で、おかげで兄も妹も私も丈夫に育ったけれど、早々に親から離れてしまったの」

家の中では必ず英語を話すことを強いられて、子供たちは外国語アレルギーになった。母親に抱きつこうとそばへ寄っても、

「何か用ですか」

ぴしりと英国式の発音で問われると、とても甘えることなどできなかった。

母親は、朝、目覚めるとすぐに身支度を整え髪をシニヨンに結い上げて眉と口紅を引く、という隙のない人だった。知的で上質な作法をわきまえ、そして美しい。フェルナンダと妹にとって理想の女性であり、けっして超えることのできない永遠のライバルでもあった。

「母と普通に話ができたのは、植木の手入れのときだけだった。庭は人に任せず母が自ら世話をして、そのうち温室も作り、いつもうちの中は花でいっぱいだったのよ」

幼い頃からフェルナンダと妹は、庭仕事をしている母親の隣に座って土いじりをして遊び、大きくなると種や苗を植えるのを手伝ったり剪定(せんてい)を習ったりした。

ひととおりの庭仕事を終えるといつも、母親は庭の草花から作ったハーブティーを淹れた。自家製のビスケットと合わせて、イギリスふうにお茶を楽しんだ。ふだんは言葉遣いや所作に厳しい母親も、このお茶の時間だけは気さくでまるで別人のようだった。

父親は忙しく不在がちで、家も子供も母親に任せきりだった。それでも子供たちが進学する年齢になると、進路は彼の一存で決められた。息子は金融業で家を継ぎ娘は不動産業者や美術商に嫁ぐ、というのが代々の家訓である。家訓に背いて将来を決めることなど、あってはならない謀反(むほん)のようなものだった。父親の厳命に子供たちを従わせるのが母親の任務であり、子供たちの側に立って庇ってくれることはなかった。
「母親であるよりも、妻であることを優先した人だったのよ」

高校を卒業したその日に、フェルナンダは家を出た。不動産について知識を深めるために建築を勉強する、というのが表向きの理由だった。理由など何でもよかった。冷え冷えとした家から一刻も早く出たかったのだ。

二年後には、妹もフェルナンダのあとを追って家を出た。「美術品を飾るにはどういう室内がふさわしいのか勉強する」と父親には説明し、姉と同じ建築学部に進んだ。

中学校から寄宿舎に入っていた兄は、「余剰資金の活用方法を知るため」と言い、モンテカルロを皮切りに、今でも世界じゅうのカジノを渡り歩いているらしい。

「建築学部の科目で造園設計を勉強したとき、やっと大切な友人に会ったような気がして」

自分にとっての家は建物や家族の集う居間ではなく、窓際や温室、ヴェランダや庭にあった植木だったのだ、と気付いた。母親が、自分たちには見せないような熱意と愛情を込めて世話をする植木。やさしい言葉をかけてもらうのは稀だった、幼い頃を思い出す。
「植木のそばにいると落ち着いた。花や葉を通して、母親の心の内を知ろうと必死だったのかもしれないわね」

フェルナンダは静かに言う。

造園設計では学び足りず、農学部にも入り直した。植物の世界は奥深い。密林に分け入るように、どこまでも伸びる枝葉や根をたどるように、フェルナンダは勉強し続けた。花や実の研究から草木染めの虜になり、樹液や根の効用を知るとホメオパシーを調べ尽くした。野菜や果物から栄養学へと興味が進み、以来、彼女の食生活は草食動物と変わらない。各分野で古書を集めるうちに、古美術にも興味が湧いた。花木を主題にした絵画や彫刻は数知れずあった。

父親の命に背くつもりで進んだ建築の道だったのに、いつの間にかフェルナンダの周りは植物と骨董美術で埋め尽くされていた。あれほど疎んじていたはずの生家と、瓜二つの家になっているのだった。

ハーブティーを飲みながら、フェルナンダは空いたほうの手で枯葉や萎れた花を取り除いている。咲いている花が見当たらないのにほのかに薔薇の香りがするのは、彼女のコロンなのかもしれない。

時おり隙間から外気が流れ込み、ジャスミンの葉が揺らめく。

会話は途切れがちだが、気まずいことはない。むしろ話の隙間に、ふだんは気づかない葉の揺れる音や淡い香り、薄い木漏れ日などが際立って感じられ、繁みに潜む小動物になったような錯覚を覚える。

居間には、天井まで届く本棚に多数の書籍や置物が見える。そのどれもが植物に関するものだ。本の間からも、葉の揺れる気配や蕾（つぼみ）が開く音が聞こえてくるようである。

深呼吸すると、家じゅうの植物とフェルナンダのため息を吸い込むような気がした。

帰り際に、

「また遊びに来てね」

ハトロン紙の包みをくれた。

中に入っていたのは、黒胡麻と見紛うような種だった。いくつかの鉢に蒔（ま）こうと土に置いたとたんにもう紛れてしまい、確かに植わったのかどうかもわからない。風で鉢の外に飛んでしまったかもしれない。地味ではかなげな様子は、フェルナンダとそっくりだった。

蒔いた種のことはそのうちすっかり忘れてしまい、同様にフェルナンダのことも温室で目にした木漏れ日のような印象になり、それも次第に薄れていき、その後会う機会はなかった。

春が来た。

空だと思っていた鉢に薄紫色の小さな花がこぼれんばかりに咲き、季節が変わったのを知る。一晩のうちに花はいっせいに開き、鼻を近づけるとほのかな香りがした。静かなヴェランダで飲んだハーブティーを思い出す。

あの種から、これほどの花が咲くなんて。

フェルナンダの照れ笑いが目の前に現れる。

思わぬ挨拶を受けて驚き、早速、ご近所へ春のお裾分けをすることにした。

うちの階下には、老齢の夫婦が暮らしている。四十過ぎの娘がいるものの仲は悪く、親元を訪ねてくるのはクリスマスくらいである。老夫は耳が遠い。腰痛がひどく、身体は半身に曲がっている。それでもネクタイピンに揃いのカフスピンを留め、磨き上げた靴で暮らす。彼は昔、裁判長だったのだ。曲がった身体を押して出かけていくのは、老妻のためである。彼女は四、五年前に足を骨折し、杖が松葉杖になり、車椅子になった。今ではテレビの前の革張りの椅子に寝そべるように座ったまま、もう歩かない。そして、妻が一日向き合うテレビは、消えたままなのである。毎朝、老夫は新聞を買いに行く。手は自由に動くのに、妻は新聞をめくろうとしない。老夫は、新聞を端から丹念に読み上げる。

「うるさい」

一面の記事が終わらないうちに、老いた妻は一喝する。怒声を合図にするかのように、老夫は再び階下へ行く。薬局へ行く日もあれば、市場へ買い出しに行くこともある。ローマに住む娘が、インターネットでまとまった買い物をして両親の家まで配達させているが、老父には物足りない。カフスピンまで念入りに身繕いして新聞を買いに行き、読み上げると叱られる。妻との一日の会話は、その一喝だけである。

起きて、支度をし、新聞を買い、読み上げ、叱られる。

用もないのに公共市場まで出かけていくのは、せめて店主や行き合うご近所たちと雑談を交わしたいからだ。


呼び鈴を押す。耳が遠いので、消防署の非常ベルのようなけたたましい音で鳴る。早速に花鉢を差し出すと老夫は目をみはって口笛まで吹き、

「どうぞ奥へ。ぜひあなたから直接、妻に渡してやってくれないか」

室内へ招いた。

いつものように、彼女は台所に座っている。じっと動かず、大きな石のように見える。テーブルは調理台となり、食卓へと変わり、それ以外は居間の机となったり、書斎でもありアイロン掛けをする作業場でもあった。一日じゅう一歩もそこから動くことはない。手伝いの女性が、昼食の後片付けをしている。消えたままの画面を見つめて座ってい

る老妻に私は声をかけ、テーブルに花鉢を置いた。

「目障りよ」

置くや否や、テレビのほうを向いたまま彼女は低く厳しい調子で言った。

老夫と手伝いの女性はすっかり恐縮して、

「こんなにきれいな花なのに」

老妻に、気持ちを変え花鉢を受け取るよう言い聞かせ、恐縮している。

かつて彼女は、有名な薬品メーカーの研究所の責任者だった。当時、女性でその地位に就く人はほとんどなく、よほど有能だったのだろう。厳しい仕事ぶりだったらしい。娘と反りが合わないのも、そうした性格のせいなのかもしれない。

「小さな生き物は嫌い。犬猫も花も、子供も」

断固とした口調で言い顎をしゃくるようにして、持って帰ってちょうだい、と私に命じた。

友人からもらった種から期せずして育った花であることを伝え、種が穫れた温室からの眺めを説明した。小さな薄紫色の花が春を運んできたような気がしませんか、と言ってみる。

「水をやり過ぎると、根腐れする。肥料をやり過ぎると、萎れてしまう。少な過ぎても枯れるし、多くても育たない。私には、世話の匙加減がわからないのよ」

老妻は消えた画面を見たまま、怒ったように言った。

「うちは植木があっただけまだましだったのかもね」

階下の老妻との一部始終を話すと、フェルナンダは電話の向こうで愉快そうにしている。

「植木のそばにじっとしていると、聞こえない声で話しかけてくるのがわかるの。その老夫人は、きっと小さな声を聞くのが怖いのよ。これまでずっと、大きな声ばかりで人と対してきたのでしょう？」

フェルナンダに教えてもらい、毎朝その花鉢を抱えて階下を訪ね、挨拶を済ませると花鉢を抱えてうちへ戻ることにした。

老妻は、消えた画面を向いたままである。そのうち、おはようもさようならも省き、花鉢を抱えて脇を通るだけの数日を過ごした。

「あなたが帰るとき、ほんの少しだけ花の香りがするのね」

ぽつりと老妻が言った。

フェルナンダが贈ってくれた種は、彼女が異境を旅したときに岩の蔭で見つけた花から採ったのだという。

「ワタシノコトヲワスレナイデ、という名前なのよ」

ヨットの帰る港

月もない。あたりは真っ暗で、足元だけを見て歩いている。

時おり水が道のへりに当たる小さな音が聞こえるばかりで、ほかに何の気配もない。

十分に着込んでくるように、と出がけに忠告を受け真冬の身支度をしてきたが、湿気をたっぷりと含んだ寒さが靴の底から身体の芯へと忍び寄り、思わず身を縮める。

トスカーナとリグリアの州境を流れる川沿いの道を行く。

川幅は意外に広いようだ。近辺に人家はない。灯りがないので、ここから対岸は見えない。見えるのは、黒々と重い川の水面だけである。川は、うっそうとした繁みの中を流れている。背の高い木がほとんどなく、藪続きである。川からの湿気で、あたりにはぬかるみと草木のため息が混ざったような、うら寂しい空気が漂っている。

数人の連れといっしょなので暗闇も泥道もあまり気にせずに歩いているものの、ふと立ち止まって背後を振り返ってみると、歩いてきた道筋は闇に沈んでもう見えない。簡単にあとには戻れないと思うと、心細い。

年齢が一回りほど上の知人たちに誘われて、川の近くにある村で数日を過ごす予定である。

知人たちは、金融アナリストに不動産業、ファッションデザイナーや美術商といった自営業者ばかりの顔ぶれである。それぞれの業界で名の知れた仕事人たちで、ミラノやローマを拠点に国内外を忙しく飛び回っている。時おり電話で話すことはあっても、簡単には約束が取り付けられない人たちばかりだ。勤め人ならとうに定年退職の年齢だが、自分で会社などを切り盛りする立場ともなると簡単に引退するわけにもいかないのだろう。全員が現役で、どの人も四六時中、時間に追われているような、第一線に立つ者に特有の厳しい顔つきをしている。

同じ町に住んでいるのに、激務の皆が一堂に会するのは難しい。声をかけても、必ず誰か欠ける。そのうちにぜひ、と言いながら、季節はどんどん後ろへ飛んでいく。

「時期を決めて、毎年ここに集まることにしないか」

そう提案したのは、ジャンパオロだった。ミラノで経営コンサルタント会社を営んでいる。集まった面々は小学校の同級生たちで、場所はジャンパオロの別荘である。

しばらく川沿いを歩き、繁みの中の道を何度か折れて、やっと舗装された道路に出た。

道沿いに古めかしい石塀があり、塀伝いに数分歩いたところにジャンパオロの別荘はあった。長い石塀は、別荘の敷地を囲んで立っているらしい。

鉄の門扉を押し、敷地内に入った。初めてではないのだろう。皆、慣れた様子で玄関へ続く小道を歩いていく。広い敷地の奥に四階建ての家が見えた。ごく普通の小ぶりの一軒家に、二階三階と積み足してできたような印象だ。数世紀前の建物なのだろうが造りは頑丈で、しっかりと踏ん張っているように見える。ふと先頭を行くジャンパオロの後ろ姿を見ると、ずんぐりとした身体つきで元気がみなぎっていて、目の前の家とそっくりだ。

待ち構えていたように玄関の前まで走り出てきたのは、ジャンパオロの妻である。化粧っ気のない顔に満面の笑みを浮かべて、夫の同級生たちを出迎えた。くたりとしたコーデュロイのパンツに洗いざらしのトレーナーというくだけた装いである。銀色の短髪が、日焼けした肌を引き立てている。小柄でハキハキと明るく、大きくよく通る声だ。

ジャンパオロはミラノの大学で講義を持つ、高名な経営学の専門家でもある。その妻は貿易会社を経営する有能なキャリアウーマンだと聞いていた。自他に厳しい女性に違いない、と気後れしていたが、会ってみると気のおけない普通の中年女性だった。

寒い夜道を歩いてきたあとだったので、歓待を受けてわが家に着いたようにほっとする。玄関前の泥落としで靴底を丁寧にぬぐい、家の中へ入った。

どの人も、ジャンパオロの家に着いたのがうれしくてならない様子だ。靴をぬぐいながらわざと大げさによろけてみせるなど、年甲斐もないはしゃぎぶりを見せる。入るとそこはもう居間で、僅か数歩で木の食卓が出迎えた。

居間には、食卓と椅子があるだけだった。床に置ききれなかった無数のものが、壁に掛けられている。杖や帽子に始まり、フォルダーにはさまった新聞や雑誌、花瓶、ラジオ、メモの貼られたコルクボード、多数の鍵束に電話などさまざまな生活用品が、額縁に入った家族の写真や絵画とともに隙間なく壁を埋め尽くしている。

妻は皆からコートやマフラーを預かると、玄関脇にある梯子ほどの幅しかない階段を軽快な足音を立てて上っていった。

「ご覧のとおり、ここには食卓の上以外には物を置く場所がないのでね」

ジャンパオロは笑い、どやどやと席についた友人たちに早速ワインを振る舞った。

客たちの荷物を上階に置いてきた妻は、テーブルの端から順に愛想よく手短に挨拶を交わしながら、椅子と壁とのあいだの僅かな隙間をお腹を引っ込めてすり抜け奥へ入っていった。奥には台所がある。

一杯目のワインで、すでに客はすっかりくつろいでいる。立派な肩書きと重い職責から離れて、小学校時代に戻った気分なのだろう。いつの間にか顔つきも言葉遣いもほぐれている。

「来年の夏についてだが」

台所から流れてくる刻んだり炒めたり煮込んだりする音や匂いに、料理の捗り具合を確かめてから、ジャンパオロは開会宣言をするように声を上げた。

クリスマスもまだだというのに、早くも来夏の話とは。聞きしに勝る多忙ぶりらしい。

上座にいたアントニオが芝居がかったふうに両手でテーブルをバンと叩き、

「僕は、来春に買い替えることにした」

皆を見回しながら、重大発表をするかのように厳粛な口調で言った。同級生たちは、おお、と低く唸り声を上げている。

事情が呑み込めずにきょとんとしている私に、

「ヨットの話さ」

隣の男性が教えてくれた。

集まった面々は、ただ同級のよしみというだけではないのだった。事業に成功して、余裕ある暮らしを楽しむヨット仲間でもあるらしい。

皆が通った小学校は、ローマの山の手地区にあった。昔から高級官僚や映画俳優、老舗の店主などが住む地区として有名である。住人は、地位と富と名声に裏打ちされた人生の成功者たちである。地区には食料品店や日用雑貨店がない。生活臭も人声もない。

瀟洒な住宅が並ぶ地区内の道を走るのは、真新しい高級車ばかりだ。自家用車といっても、運転するのはお抱え運転手である。

　ジャンパオロをはじめ今晩ここに集まっているのは、恵まれた家に生まれて何不自由なく育った人たちだ。同級生のほとんどは、あえて働かなくても一生安泰に暮らせるような身上なのだろう。全員が自家用ヨットを持っている。豪邸を都市部に構え、山と海と湖に別荘を持ち、毛皮や美術品、骨董品に宝飾品、車と揃えてしまうと、あとはヨットなのだ。毛皮や車と並んで贅沢品だが、ヨットを買うということは、自分だけの空間を手に入れるということでもある。

　欧州の財界人の間では、ヨットは一種〈料亭〉のような役割を果たす。毎夏、政治家や実業家の自家用ヨットでのクルージングバカンスが話題になるが、領海外の沖合で密談をしている場合が多い。自分のヨットを持つ。その中で行われることはすべて〈内密かつ〈非公式〉で、しかし何よりも〈効力を発揮する契り〉であることが多い。

　遊び慣れている彼らは、誰もが手に入れられるようなヨットでは飽き足らない。それで、世界にただ一艘の船を造らせる。家造りと同じで、内装に凝り帆にも凝る。船名を刺繍したポロシャツやジャケット、帽子、テーブルクロスやナプキン、リネン類まで揃える。特注ゆえに、かかる時間も経費も半端ではない。設計から進水まで数年がかりで、一艘につき数千万円などあたりまえである。むしろ、数千万円かけて造るような船でなければ乗る意味はない。そういう人たちが、今晩の食卓についているのだった。

春にヨットを買い替えると宣言したアントニオは、ナポリの貴族を出自とする、投資コンサルタントである。親もその親も、数代さかのぼって、金融関係に従事してきた。政治家になった先祖も多い。六十歳を超えているようにはとても見えない胸板の厚い堂堂とした体軀(たいく)で、体重は百キロは超しているだろう。ギョロリとした目は美しい形だが、ひどく充血している。幾日幾晩眠り続けても、簡単に澄み切ることのないような目だ。やや長めの頭髪は真っ白に光り、前髪を後ろへ流してジェルで固めている。けっして美男子ではないのに匂い立つような男ぶりで、ひと目見ると視線をそらしにくいほどである。

「その新しいヨットが、僕らの新居のようなものだ」

アントニオはハスキーな声で続け、隣の女性の手をわざわざ卓上に引き上げて皆に見せるように両手で強く握りしめた。皆は、再びため息をもらしている。女性は何も言わない。

訳ありふうに手を握ったまま見つめ合っているアントニオとその連れを見て、どういうことなのか、と目配せでジャンパオロに尋ねようとした。するとちょうどそのとき、

「さあ、どんどん召し上がれ」

台所から妻が叫び、大皿に山盛りの肉を運んできた。

余計なことは訊かないで、と、彼女に釘を刺されたように思った。

ジャンパオロは素知らぬ顔で妻から大皿を受け取ると、ドンとテーブルの真ん中に置き、肉汁を上からたっぷりかけて皆に勧めた。みるみるうちに肉の山が片付いたかと思うと、早々に妻は次の大皿を運んでくる。

「今度は、野菜よ」

金串（かなぐし）に刺してある野菜は、ぶつ切りで大きい。妻は大皿の上から大胆にレモンを搾りかけ、塩や黒コショウを振りかけている。海賊の酒盛りのようだ。初老の男女が好き勝手に肉に食らいつこうが野菜を串のまま丸齧りしようが、食卓の品位が少しも落ちることがないのはさすがだった。


荒々しい室内バーベキューが終わった。葉巻や煙草の煙がもうもうと立ち込めている。食後酒の瓶が空になるのを見て妻は立ち上がると、玄関扉と窓という窓を開け放った。肉と煙草の煙は居間に充満して客を楽しませたあと、煙突代わりの狭い階段を通って階上へと抜け、家は丸ごと燻（いぶ）されたようである。

妻は元気よく階段を上り、皆のコートや鞄を持って下りてきた。窓からの外気に備えて羽織れ、ということかと受け取ると、

「じゃあ、ゆっくりお休みなさい」

妻は平然と告げた。「悪いが」と、ジャンパオロが玄関のほうへ手を差し伸ばし、お帰りはあちら、というふうに合図してみせた。てっきり今晩は階上の部屋に招待されるのだと思っていた。鯨飲馬食のあと、こんな深夜にどこへ行けというのだろう。来た道を反芻してみるが、道中には宿屋どころか小屋の一軒も見かけなかった。

「案内するよ」

ジャンパオロに言われて、毛糸の帽子を目深にかぶりマフラーを幾重にも巻いて、私たち客は家を出た。皆、意味がわからない、と怪訝そうな顔をしている。先ほど来た道を戻る。漆黒の闇、とはこういうことを言うのだろうか。行きよりずっと温度が下がっている。少し歩くと、湿気でコートの表面は霧吹きで水をかけられたように濡れてきた。黒い藪に入り、川沿いのぬかるみをうつむいて歩く。

「着いたぞ」

ジャンパオロと先頭を歩いていたアントニオが、短く叫んだ。黒い川にヨットが並んでいる。ジャンパオロが客に用意した宿泊所は、各人の自家用ヨットだった。

川沿いは、碇泊所になっているらしい。ジャンパオロは全艘の場所を確保し、友人たちのヨットをそれぞれの碇泊港から川まで運ばせ、ずらりと並べて碇泊させたのである。

手の込んだことをする奴だ、と誰かが呻くように言い、そうだな、ともう一人がうれしそうに返した。別の男はヒュウと指笛を鳴らした。

アントニオには、あらかじめ事情が知らされていたらしい。二人はミラノでともに仕事をすることも多く、ジャンパオロの企みをアントニオは手伝ったのだろう。意表を突かれて喜ぶ仲間を見ながら、満足げに笑っている。

早々と愛船に乗り込んだ一人が、

「やるなあ」

大声を上げて感嘆している。各ヨットには、手回しよく暖房が入れてあったからである。そして寝酒用のリキュールのボトルと籠に入った旬の果物が、それぞれの船室の扉前に置いてあった。

私は女友達と合わせて四人で、ジャンパオロのヨットに招待された。

甲板から船内に入ると、重油の臭いが鼻をついた。数日前から暖房が入っているのだろう。船内はからりと乾いていた。蚕棚を連想させる二段ベッドに寝袋ごと横になると、すぐに眠りに落ちてしまった。

「よくもそんなことが、ぬけぬけと言えるわね！」

女性の激しい怒声に飛び起きて、上段の寝台に思い切り頭をぶつけた。船内は真っ暗である。夜は明けていない。船内の他の女性たちも目を醒まし寝袋に入ったままで寝台に座り、いったい何ごとか、と暗がりで黙って顔を見合わせた。

ぼそぼそと低い男の声が聞こえるが、何を言っているのかはわからない。

「何ですって、馬鹿にするんじゃないわよ！」

ガタン。物が倒れる音がしたかと思うと、扉を力任せに開けたのだろう、バンと壁に打ち当たるような派手な音が響き、

「さあ行くわよ」

キャンと啼く犬の声、甲板を荒々しく歩く靴音、ぬかるみをにじり踏むような音になって、足音は遠ざかっていった。

仲間のうち犬連れで来ていたのは、アントニオの連れの女性だけである。

食卓で、これ見よがしに握り合っていた二人の手を思い出す。充血したアントニオの大きな目と、それを見つめ返していた連れの女性の目。

再び元の静けさと暗闇が戻って、同船の女性たちと深いため息をついた。皆が事情を呑み込んでいる。黙ったまま、それぞれの寝台に横になった。

「明るくなってから、お見舞いに行きましょう」

一番年上の女性が淡々と言った。

空が明るくなるのを待ちわびて、歯磨きに甲板へ出た。ずらりと横並びのヨットでは、

それぞれの甲板でそれぞれの朝が始まっている。夜が明けていないのは、アントニオの船だけである。

皆、未明の騒ぎを聞いたはずだが、誰も何も言わない。顔を洗ったり、軽く体操したり、コーヒーを飲む人もあれば、ラジオのニュースに聴き入る人もある。

白々とした空に青みが深くなり朝日が船内へ差し込んできた頃、川上からモーターボートが近づいてきた。目を凝らすと、ジャンパオロと妻が手を大きく振っている。

「よく眠れたかしら」

朝釣りにでも行ったのかと思うとそうではなく、ジャンパオロはエンジンを止めると最寄りの一艘にロープを投げて横付けし、妻が大きな籠をこちらへ渡した。上にかぶせてあった布巾を取ると、オレンジジュースに温かい牛乳、コーヒーが入っているらしいポット、それに焼きたてのパンもある。芳(こう)ばしい匂いが漂ってくる。ジャムや蜂蜜の瓶も見える。

ジャンパオロは、扉が閉まったままのアントニオの船に目をやり、何かあったのか、と別の仲間に目で問うている。問われた男は、さあ、と肩をすくめるだけである。

「うまそうな匂いだな」

しゃがれた大声がして、アントニオが船室から顔を出した。黒いブリーフだけで甲板に出てくる。大きく迫り出した腹にブリーフは隠れて、遠目には丸裸のように見える。

「起き抜けに、裸で寒いところに出るなんて」

ジャンパオロの妻は慣れたふうにアントニオをやんわりたしなめて、モーターボートから薄い毛布を放り投げた。

アントニオは裸のまま、分厚く切ったパンにたっぷりバターを塗り付けて頬張り、大きなマグカップに三人分のエスプレッソを入れている。

他の仲間も起き抜けのまま甲板に出て、思い思いに朝食を始めた。さまざまな家庭の朝を横一列に眺めるようだ。

二杯目のコーヒーを飲み終えた頃、

「このヨットを売ることにした」

アントニオがぼそっと言った。返事をする者はいない。

グラツィアとアントニオは、かれこれ十数年にも及ぶ愛人どうしである。

若い頃は男性雑誌の表紙を飾ったらしいが、今でもグラツィアは目を惹く女性である。頭の回転が速く、手先が器用で、感性も鋭く、グラビアモデルからあっという間にトップレベルのデザイナーとなった。デッサンだけでなく財務や経営にも長けている。自分のブランドを立ち上げて北アフリカに工場を作り、製造と流通とをこなしてしまう。虚飾に満ちた古いファッション業界は相手にせず、衣服だけではなく住宅の内装や庭園、都市設計や企業イメージにまで力を発揮して、各界で引っ張りだこのコンサルタントとなった。

アントニオと出会ったのは、偶然だった。船舶メーカーの新ヨット披露の会場に、アントニオはジャンパオロやそのほかの同級生たちといっしょに来ていた。一人息子も大学へ進学して落ち着き、そろそろヨットを買い替えようか、と新しいヨットを見に来ていたのである。

「雷に打たれたような一目惚れ、とはあのことだろうな」

ジャンパオロは、二人が出会ったときのことを思い出して言う。

大勢の招待客の前で、斬新でしかし優雅な船室のデザインを披露したのがグラツィアだった。アントニオにもグラツィアにも、長年連れ添った伴侶(はんりょ)がいた。人目を忍ぶ交際が始まった。仕事で各地を駆け回る二人は、時間をやりくりしては密会を重ねた。

「待ち合わせ場所は、この川に碇泊させた船だった」

ジャンパオロがアントニオの船に目をやって、言う。

昨晩歩いた、藪に覆われた川沿いの道を思い出す。

アントニオの妻は、船酔いするのでヨットには近づかない。息子が幼かった頃は、いつも母子で岸に残り砂遊びをしながら沖に浮かぶ夫のヨットを見て過ごした。夫がヨットでどこへ誰と行こうが、妻は気にしなかった。必ず最後に戻ってくる港は自分、と信じていたからである。

グラツィアとアントニオはヨットを沖合いに出すことはなく、川べりに碇泊させたまま逢瀬（おうせ）を重ねた。暗いぬかるみに身を隠すようにして。

港は、海だけにあるとは限らない。

アントニオの妻は、それを知らなかったのである。

それでもしばらくすると、社交界で二人の仲を知らない者はいないようになった。二人は、公の場にも平然と連れ立って現れるようになった。それぞれの正式な伴侶を知る、昔からの知人たちは大いに戸惑ったが、人目をはばからない二人の様子に、

「まもなく離婚して、再婚するに違いない」

と、考えた。

数年経ち、十年が過ぎ、二人はいつ孫を抱いてもおかしくない年齢になった。

「川に碇泊しっぱなしのヨットは、湿気と過ぎた時間でボロボロになって」

ジャンパオロの妻はそう言って、両手で自分の頰を包み込むようにした。

船を新しく買い替えることにした、とアントニオが言ったとき、彼がようやく愛人グラツィアと家庭を持つ決意をしたのだ、と仲間たちは安堵した。

二人が愛人関係になって、「帰る港をいくつも持つなど甲斐性のある奴だ」と、非難

されるどころか一目置かれてきたのは、男のアントニオのほうだけだった。

一方のグラツィアは、「年増女が色仕掛けで家庭を崩壊させた」と、ずっと悪者呼ばわりされてきた。そのへんの男が束になってもかなわないような、彼女の才能と財力に対するやっかみなのかもしれなかった。二人とも不倫なら、同じ船に乗った同志である。女ばかりが叩かれるのは理不尽だ、と仲間たちはグラツィアに同情していたのである。


「ヨットの購入資金を全額工面してくれ、と頼んだらこの始末だ」

甲板の端に離れて座っていたアントニオが苦笑した。

二人の新居を得ることは、それぞれの離婚を意味する。グラツィアが望んでいたのは二人の愛の巣ではなく、アントニオの正妻という立場だった。新しい船を買うと聞いて、ようやく自分の欲しかったものが手に入る、彼のたった一人の妻になる時が来た、とうれしかった。買った当時は最新モデルだったヨットは海に出ることもなく、長らく川辺に留めたままである。じめじめしたぬかるみを歩き、すっかり古びてしまったヨットを暗闇で見るたびに、「まるで私たちを見るみたい」と、グラツィアは悲しかった。

「それぞれ立派な本宅があるのだから、逢い引き用にはもっと小型で廉価なのにしよう。今の船は僕が買ったのだから、次の〈玩具〉は君が買ってくれよ」

まるで、ビジネスは男女公平、と言わんばかりだった。

馬鹿にするんじゃないわよ！

湿ったヨットを蹴(け)るようにして降り、ぬかるみを大股(おおまた)で去っていったグラツィアの昨晩の足音が耳によみがえる。

バッグに導かれて

イタリアに暮らすようになって以来、二、三年ごとに引っ越しを繰り返してきたが、現在の家はなかなかの住み心地である。ミラノの町の中央にあって、どこへでも徒歩で行ける。家の前は大きな広場で見晴らしがよく、公営の市場があり、新聞の売店があり、広場を取り巻くようにバールが建ち並び、運河が流れて風情がある。何より、人通りが多いのがいい。朝は学校に行く子供たちや勤め人たちの活気で満ちていて、昼前になると乳母車を押して公園へ行く若い母親たちや、バールの店先に座ってのんびり四方山話にふける老人たちがいる。目の前を作業着姿の塗装業者が早足で横切ったかと思うと、瘦せて背の高い北欧人のファッションモデルたちが群れをなして通り過ぎる。年齢や国籍、職業や身なりの異なる雑多な人たちが交差するのが、いかにも自然で快い。

しかしこの家の一番の魅力は何といっても、同じアパートに住む隣近所の人たちとの良好な関係である。この七階建てのアパートは、第一次世界大戦前に建てられて堅牢だ。

各階に二軒ずつしか世帯がない。数少ない住人のあいだには、親しい往来がある。砂糖の貸し借りに始まり、今日はうちでコーヒーを飲んだかと思うと翌日には昼を三階の夫婦宅で楽しみ、運転できる者が車を持たない住人の分もスーパーマーケットでまとめ買いをしたり、下階の老いた住人宅で上階の鍵っ子の小学生を預かる、という具合である。

一階に、夫婦と娘の三人家族が住んでいる。夫は大学教授で妻は大病院の元看護師長、娘は大学院に通う学生である。

一人娘のラーラは、北イタリアの大学の医学部を卒業したあと研究の道を選んだ。学ぶ機会があれば、世界のどこにでも飛んでいく。図書館でアルバイトをしたり家庭教師をしたりしながら渡航資金を貯め、奨学生募集を見つけると応募しては旅立つ。貧しくはないがとりたてて裕福でもない家で、六十五歳を過ぎた両親に過分な負担をかけたくないからだ。学業が優秀なばかりでなく、堅実でやさしい女性なのである。

結婚して長らく子宝に恵まれなかった夫婦は、あきらめた頃に授かったこの娘に限りない愛情を注いでいる。できるだけ長く手元に置いておきたかっただろうに、ラーラは高校を卒業すると、

「外の世界を見たい」

と、ミラノに数ある大学には目もくれずにわざわざ地方の大学へ進学してしまった。

娘が選んだのなら、と夫婦は笑って見送った。同じ北イタリアの町とはいえ、一人暮らしを始めた娘の下宿先はどんな異国よりも遠く感じられた。

クリスマスや復活祭、夏休みといった年中行事や休暇に合わせて、ラーラはミラノの両親の元に帰ってきた。しかしやがて恋人ができ、学業も忙しくなり、大学の友人も増えて、帰省の交通費は恋人や友人とのピッツァ代や映画代にとって代わられた。

大学を卒業すれば、きっと戻ってくる。

夫婦は、娘が下宿を引き払ってミラノに戻ってくる日を心待ちにした。ところが最高点で大学の課程を修了したラーラを担当教授は、研究室に残らないか、と熱心に引き止めたのである。

親としては、娘が評価されて鼻高々な一方、この先ミラノで親子三人が揃って暮らすことはもうないのかもしれない、と密かに悲しんだ。寂しいのでミラノに戻ってきて、と娘にはけっして言えない。研究者として洋々たる未来が待っているかもしれない。夫婦は娘に、担当教授の誘いをぜひ受けるように勧めた。

一階に親戚や近所の人々が集まって、ラーラの大学卒業と研究者としての門出を祝った。花束や祝儀袋、旅行券や新しいドレスなど、宴席には祝いの品がたくさん届いた。

両親からの贈り物は、革製のバッグだった。底光りする黒い革で、しっかりとした縫製だが触れるとしなやかで手に吸い付くようである。コンピューターからちょっとした着替えまでが入るような頑丈で大ぶりなバッグなのに、楚々とした品があり女性らしいものだった。

それまでは使い込んですっかり色の褪せた布製のリュックサックしか持っていなかったラーラは、黒い革のバッグを手にして、突然、大人になったように感じた。

担当教授の研究室にすぐに空きができて、ラーラはミラノに戻らずそのまま研究を続けることになった。将来について具体的な青写真があるわけではなく、とにかく勉学が楽しくてならないのである。両親は自分を地方の大学に通わせ、学費、下宿代、過不足ない生活費に加えて、研究者の講演があると言えば聴講費も旅費も面倒をみてくれている。そればかりか、「世界から一流の学者が集まるのだから」と言って、靴から帽子まで新品を揃えて送り出してくれる。遠からずミラノに自分が戻ることを両親がどれほど待ち望んでいるか、ラーラはよく知っている。

「ミラノの家に戻れば、きっと甘えてしまうから」

久しぶりにミラノに戻ってきたラーラと階下でばったり出会った。バールでいっしょにコーヒーを飲みながら、彼女はきっぱりと言った。早々に親元を離れたのも、あまりに家の居心地がいいので一生ここから出られなくなるかもしれない、と不安になったからだという。

猫可愛がりされて、いくつになっても親から自立できないような若者たちが大勢いるだけに、ラーラの決意は新鮮だった。

しばらくして夏休みを間近に控えたある日、

「ドイツの大学の研究室に空きが出たから、夏休みを切り上げて八月末には出発することになったのよ」

泣き笑いのような顔で、ラーラの母親がぽつりと告げた。

今晩娘が帰ってくるので、と夫婦から食事に誘われて、いっしょに近所の市場まで買い出しに出かけていたところだった。
一、二ヶ月などあっという間に過ぎるから、と慰めると、いつもは元気いっぱいの彼女なのに、
「少なくとも二年間は行くらしいわ。驚かせようと、娘に内緒でサルデーニャ島行きフェリーの予約をしたばかりだったのに」

と、力なく首を振り、ますます泣きそうな顔になった。

元看護師長だった彼女は、サルデーニャ島の出身である。中学を出るとすぐに勉強の

ためにミラノの専門学校へ入り、そのまま市内の病院に就職し、結婚した。以来、故郷に戻ることなくミラノでずっと暮らしている。

娘の熱意は、若い頃の自分の気持ちとそっくりである。島の両親は、ミラノに行くときも引き続きそこに残って暮らすことを決めたときも、一言も反対しなかった。むしろ、島にいては将来がない、と背中を押してくれたのだった。

「それにしても、まさかドイツとはねえ」

繰り返し独り言を呟いては、首を振っている。

娘の行動を頭では理解していても、実際に娘が遠くへ行ってしまうとなるとやはり寂しいのだろう。

いよいよ夏休みになり、一階の家族は揃ってサルデーニャ島へ発った。親子三人水入らずの夏を過ごすのも、この先もう何度もないかもしれない。アパートの住人たちに挨拶をして回り留守を託して、家を丸ごと車に積み込んだかのような大荷物で一家は賑やかに出発した。


ひときわ暑い夏である。アフリカから熱風が吹き込み、イタリア半島はその北端まで熱帯のような日が続いている。

八月に入るとほとんどの会社や店が休業し、人も車も消えて町は閑散としている。車の通らない道路で、スケートボードの練習をしている若者までいるほどだ。唯一、聞こえてくるのは、店舗を改装している工事の音くらいである。高い脚立やペンキの大きな缶を持った作業員たちが、そここの休業中の店や事務所に出入りしている。休みのうちに内装工事を済ませてしまおうと、働いているのである。

三人家族が休暇に出かけてから、もうすぐ二週間になる。今晩ラーラだけが一足先にサルデーニャ島からミラノに戻り、明日にはドイツへと再び出発するはずである。アパートの他の住人たちも皆バカンスに出かけてしまい、残っているのは私だけである。

「町に残っている友達と待ち合わせして、食事をするつもり」

夜になってミラノに着いたばかりのラーラから、礼儀正しく挨拶の電話を受けた。しばらくの間、友達ともう会えない。話は尽きないだろう。

翌日、空港に行く前に挨拶し合うことを約束して、ラーラからの電話を置いた。

いつにもまして、暑い夜だった。

窓から周囲の家々を見ると、どの窓にもしっかりと鎧戸が下ろされている。鎧戸の下りた家には、もれる灯りも見えない。冷房のある家は意外と少ないから、夏は夜になるとどこが留守宅なのかが、それではっきりとわかるのだった。各建物に一つ二つは、開け放たれた窓がある。居残り組らしい。鎧戸がすべて下りていても、天窓にぼんやりとした灯りが映る家もある。空き巣の標的にされるのを恐れて、ある時間になると室内の電灯が点くようにタイマーを設定して、出かけているのである。

日が落ちると、歩道に細かな水しぶきが降りかかる。にわか雨ではなく、留守宅のヴェランダの植木に自動水撒き機から水が噴き出し、階下まで雫が飛んできているのだ。うちの上の階も不在である。自動水撒き機からの涼やかな打ち水の音を聞きながら、いつの間にか寝入っていた。

どのくらい眠っただろう。突然鳴り響いた玄関のブザーに飛び起きた。時計を見ると、夜中の二時である。ブザーは執拗(しつよう)に鳴り続けている。監視モニターを見ると、画面いっぱいに不安げなラーラの顔が映っている。

何か起きたに違いない。

すぐに解錠し、大急ぎで階下へ行った。ラーラは中に入らずに、ドアの前で私が下りてくるのを待っていた。顔面蒼白(そうはく)である。

「大変なことになっちゃった」

半泣きでやっとそれだけ言うと、こちらに抱きついてきた。幼い子供に抱きつかれるようで、何ごとが起きたのかとひどく戸惑った。ラーラは相当に動揺していて、なかなか次の言葉が出てこない。いったんうちへ上がって居間へ通し、冷たい水を一杯飲ませた。

「全部、失くしちゃったの」

それだけ言うと、声を上げて泣き出した。

ひとしきり泣いて落ち着いたのか、盛大な音を立てて洟をかみ、きりりと眉を上げて、

「泣いている場合じゃないわ。警察に行かなくちゃ」

あの黒い革のバッグを盗まれたのだという。


翌朝、ラーラに付き添って最寄りの警察署へ行った。署内には早朝だというのに、すでに数人の先客がいた。外国人ばかりである。待合室にいるイタリア人は、ラーラと見張りの警察官のみ。欧州連合圏外の外国人たちが、滞在許可証の申請や更新に来ているのだろう。被害届を出しに来ているのは、私たちだけだった。天井から〈各種届け出〉と記された小さな札がぶら下がり、その下に二列ほど椅子が並べてある。そこが待合室なのだった。しばらく待ってもいっこうに呼ばれないので、〈各種届け出〉と手書きの張り紙がしてあるドアをそうっと開けてみる。

スチール製の大きな机が二つ見え、警察官が一人座っていた。じろり、とこちらを見たので、盗難の被害届を出しに来た旨を告げると、

「入って」

短くそれだけ言い、警察官は机上のコンピューター画面に視線を戻した。

ラーラと私は恐る恐る部屋に入り、その警察官の前に並んで座った。まだ二十代に見える警察官は、こちらの挨拶にも目で返礼するだけで、にべもない。

「それで」

どちらの用件なのだ、というふうな目で私たちを順々に見た。その厳しい視線にたじろぎながら、

「昨晩、私は近くの広場で盗難に遭いました。それで、被害届を出しに来たのです」

ラーラは警察官に負けないほどの目力で、テキパキと切り出した。

盗まれたものが何だったか説明し始めようとする彼女を、警察官は冷たい目で制し、

「盗まれたのは確かですか？　あなたがぼんやりしていて、どこかに置き忘れたのではないのですか」

そう尋ねたのである。

横目でそっと見やると、ラーラは自分とさほど年の変わらない警察官を刺すような目つきで睨(にら)み返し、黙っている。よほど悔しいに違いない。彼女の憤りがこちらにも伝わり、ここで警察官を相手に言い合いにならないように、と祈る。

ラーラは一呼吸置いてから、

「広場の中央にある噴水のへりに座りました。バッグをすぐ脇に置いて、サイダーを一口飲んだその二秒の間に、置いたはずのバッグがなくなっていたのです。置き引きに間

違いありません」

　警察官は表情を変えずに、

「サイダーの前に、何か他のものでも飲んでいたのではないですか」

　畳み掛けるように尋ねた。この質問には、ラーラばかりか私もむっとした。あらぬ嫌疑をかけられたようで、あまりの言い方だと抗議しようと思ったら、

「あのバッグには、私のすべてが入っていたのです。あなたにはそういうバッグがないの？　たった二秒でもぼんやりしていたのは私が悪いけれど、私のすべてを取り戻したくて助けを求めて来ているというのにあんまりです」

　彼女は立ち上がり警察官を上から睨みつけて、大声で言った。

　若く、栗色の巻き毛で、声が高くてまだ少女のようなラーラが悔しさのあまり声を震わせているので、警察官は少しだけ驚いたような顔をした。それでも一言も発せず、座りなさい、と手で合図して、

「広場に行く前に立ち寄った店に忘れた、ということはないのですね。盗難届は法務省に上がる書類です。いい加減なことでは作成できません。それに、すぐに盗まれたと思わずにもう少し人を信じたらどうなんです？」

　八月末のミラノの早朝である。人はいない。切羽詰まって来ているというのに、人を信じたらどうか、と陳腐な説教をされて、今度は私の辛抱が切れた。

ラーラが今晩にはドイツに留学するために出発しなければならず、もう時間も気持ちの余裕もない、という事情を説明し、酔って置き忘れをするようないい加減な娘ではない、と憤慨して付け加えた。

警察官は、当事者でない私には顔すら向けない。そして無言のまま、彼はコンピューターのキーボードを猛烈な勢いで打ち始めた。画面から目を離すことなく、昨夜の状況を質問し始めた。

「バッグには、私のすべてが入っていました。財布に身分証明書、運転免許証、クレジットカードに銀行カード。携帯電話。家の鍵、下宿の鍵、研究室の鍵、車の鍵、ガレージの鍵。MP3にタブレット。ミニフォトアルバム。そこには、恋人と両親と友達の写真が収めてありました。これまで一番楽しかったときの記念写真です。ピアスの入った箱。スカーフとカーディガン。今夜のエアチケット。化粧ポーチと紳士用の香水と……」

そこで警察官が、なぜ紳士用の香水が、という不可解な顔をして目を上げたので、

「父が愛用している香水です。ドイツに父の代わりに連れていこうと思って」

そう言うと今度は本当に悲しくなったらしく、彼女はとうとう泣き出してしまった。

それでも警察官は、顔色を変えない。

「財布の中に入っていたものをもれなく挙げるように」

スチールの机のこちらと向こうで、刺すような警察官の目をときどき見ながらまるで

尋問にでも答えるように、ラーラは失ったものをひとつずつ正確に申告した。

「以上でおしまいですか」

「もうこれ以上、私には何も残っていません」

警察署を出ると、すでに十時を過ぎていた。


バッグの中には、パスポート以外のすべてが入っていた。携帯電話も手帳も財布も鍵も失くしてしまったので、島にいる両親に電話をかけることもできない。

身ぐるみ剝がれる、とはまさにこういうこと、とラーラと溜め息をついた。

しかし、いつまでも嘆いている場合ではない。家に戻ると早速、〈するべきこと〉の一覧表を二人で作った。賊は、家の鍵も車の鍵も盗んでいる。財布の中には住所のわかる身分証明書も入っていた。身ぐるみ剝がれたうえに、家ごと持っていかれてはたまったものではない。八月のミラノを、開いている錠前屋を求めて探し回る。幸い営業中の業者が見つかり、家の鍵の取り替え作業の立ち会いを引き受けて、ドイツに発つ彼女を見送った。

錠前の業者の携帯電話は、作業中もひっきりなしに鳴り続けて大忙しの様子だった。工事に立ち会いながら、あれこれ話す。

「夏は泥棒天国です。夏の休暇中に事務所や家を塗り替える人は多いので、塗装業者の恰好をして町中を梯子を担いで歩いていても誰からも怪しまれない。夜まで待たずに、堂々と空き巣狙いです」

錠前を取り替えて一息ついていると、サルデーニャ島にいるラーラの母親から電話があった。言いにくそうに切り出して、

「ちょっとこれからレッコまで行ってくれないかしら」

と、言う。ミラノから車で小一時間のところにある、緑深い湖畔の町である。今度は何ごとかと思うと、

「娘の財布をレッコの人が拾ってくれたので、受け取りに行ってもらいたいのだけれど」

元看護師長は、控えめながら指令を発するように言った。財布の中にあった電話番号を見つけて、連絡があったらしい。

「夜、ゴルフ場のクラブハウスのレストランで働いている女性で、そこで待っているそうよ」

湖畔のクラブハウスか。

森林の奥深くに広がる、隠れ家のようなクラブハウスを想像する。そこのレストランで夜働く女性は、どういう人なのだろうか。

電話に出た女性はしっかりした口調で、熟年か、と想像する。

せっかくそこまで受け取りに行くのだから、勤務先のレストランで食事をしたい、と告げると、

「ぜひそのようにどうぞ」

と、うれしそうである。

ラーラの人生の一部を受け取るために、夜の湖へ車を飛ばす。

ミラノからはごく近くのはずだったが、初めて訪れる一帯は夜になると国道沿いの街灯があるだけのかなり寂しい場所だった。日中に走ると、森が続く爽やかなところなのだろう。クラブハウスは、国道から脇道に入って、濃い木々の繁みを少し走ったところにあった。会員制のようで、通りすがりの一見客は敷地内に入りづらい空気である。クラブハウスの入り口に、そのレストランがあるのだった。

門をくぐると、三、四十の小卓が中庭に並んでいて、卓ごとに大きな白い布製のパラソルが広げてある。夜の湿気避けだろう。卓の上、中庭のところどころにロウソクの灯火が揺らめいていて、幻想的な光景である。店は開いたばかりらしく、客は誰もいない。中庭の奥にレストランの建物があり、その前に白いシャツにネクタイ、黒のスーツ姿の男と白いブラウスに黒のパンタロンの若い女が並んで立っている。二人は私を見るとすぐ満面の笑みで、待っていました、というふうに目礼した。

財布を拾ったシモーナは、若い女性だった。

落ち着いた電話口の応対からもっと年上かと思っていた、と言うと、照れくさそうに笑った。

店で一番の自慢料理を、と注文する。支配人も、と重ねて頼む。

「お任せください」

シモーナは落ち着いてそれだけ言うと、いったん店の奥に退いた。

中庭から店の外観を見る。煉瓦作りの二階建てで、中庭から奥へ抜ける小径が見える。植木や照明、屋根瓦など、隅々にまで手入れが行き届いて洒落た様子だが、元は近世あたりに建てられた農家だったに違いない。

十分ほどして、黒服の中年男性を伴ってシモーナがやってきた。

「お食事の前に」

大きく膨らんだ財布を手渡した。

私は受け取った財布を上に掲げて支配人に見せながら、正直で真面目な従業員を雇って目が高い、と讃辞を述べた。

シモーナが誰なのか、このレストランがどういう店なのか、何も知らない。相手にしてみても、財布の持ち主はラーラというイタリア人のはずなのに、代役で受け取りにやってきたのは日本人であり、わけがわからない。お互いの不信の念と疑問を、対面してそれぞれに黙認する。

せっかくですから記念写真を、と提案し、財布を真ん中に私たちは三人で写真を撮った。何かあれば証拠写真になるでしょう、と黙って目で納得し合い財布の受け渡しは無事終わった。

出された料理は、思いがけなくすばらしかった。見知らぬ湖畔の漆黒の森の中で、ロウソクの灯火のもとで給仕たちに代わる代わる話し相手になってもらいながらの食事には、忘れがたい味わいがあった。

ラーラのバッグから戻ってきたのは、財布だけである。路上の隅に打ち捨てられた財布を拾い親切に連絡をしてくるようなシモーナと出会えたのは、不幸中の幸いだった。むしろ、拾い物の縁のようなものを感じる。

ラーラが冷たい警察官に、あの黒いバッグには自分のすべてが詰まっているのだ、と訴えたときの顔を思い浮かべる。拾われた財布には、素直で真摯な彼女の人柄が乗り移っていたに違いない。バッグから飛び出た財布は、思いもかけない新しい接点を作った。新しいものを探しに果敢に外界へ出ていくラーラの生き方と、そっくりだった。

カテリーナの旅支度

車でトリノへ向かっている。友人カテリーナを家まで迎えに行くところである。近年、超高速の特急が走るようになって、ミラノとトリノ間はわずか一時間に短縮された。新しい特急は本数も多く、利用する人が増えている。そのせいか、高速道路は空いている。

すっかり春だ。遠くにはアルプス山脈が見える。ごく一部の頂に雪が残っているが、澄み切った空を背景に濃紺色の連峰が浮かび上がっている。

長年の重責を解かれ、カテリーナはさぞほっとしていることだろう。大手銀行の支店長の任を勤めあげたばかりなのだ。大学卒業後、トリノ支店を皮切りに北イタリア各地の支店を順々に巡り、この二十年は管理職の激務をこなしてきた。能力を買われ、通常は六十歳で定年のところを請われて延長し、先月ようやく退職の運びとなった。

カテリーナの世代では、そこまでのキャリアを達成する女性は少なかった。昇進のためには、頻繁に研修に参加し、厳しい社内試験にも合格しなければならない。研修や試験は、本社のあるローマで行われる。もちろん一日では終わらない。何日にも及ぶ出張のたびに、家を空けることになる。辞令は容赦ない。幹部候補には、異動がつきものだ。支店だけでなく勤務地までもが、数年ごとに変わる。結婚して子供を持つ女性で、たび重なる研修をこなし、難関の試験も突破し、すべての辞令に即応できるのは稀だった。留守宅の家事や子供の面倒を共働きの夫に任せるのには限度があるし、家を空ける妻や母親は世間からもよくは言われない。働く女性たちは有能であっても、家庭を最優先にせざるを得ない。

ところがカテリーナは、研修と試験と転勤と非難を乗り越え支店長の地位を摑んだ。三十代にして早くも管理職に昇進し、移る先々で入会したライオンズクラブや商工会議所では、常に最年少の、しかも女性支店長として話題を呼んだ。

輝く出世は、夫と一人娘の協力があってのことだった。

一人っ子どうしの結婚だった。大学で同級だった夫は秀才ではなかったが温厚で、首席のカテリーナにぞっこんだった。金融関係への就職を断念した夫は、市内にある自動車部品メーカーに職を得て満足だった。優秀なカテリーナを妻とし、双方の母親を引き取って暮らし始めた。カテリーナがキャリアの階段を上り始めると、老母二人が留守宅で孫の世話から家事までしてくれた。ベビーシッターや家事代行を頼むと、一人分の稼ぎを丸々注ぎ込むことになる。老母たちは主婦不在の家に不便がないよう手伝うことで、同居の礼を返そうとしたのだろう。

カテリーナがまだ部長格で、トリノから一時間強のところにある山岳地方に転勤になった頃に、私は仕事を介して彼女と知り合った。

何度かトリノの家へ夕食に呼ばれたことがある。夜八時を過ぎて訪ねていくのに夫婦ともまだ帰宅しておらず、老母たちと幼女が出迎えてくれることが多かった。居間や台所のほかに五つの寝室と三つの浴室があるような家だったが、老母たちは揃って足が悪く記憶も少し曖昧な状態になっていて、一日の大半を台所に座って過ごしているらしかった。招待されるたびに居間ではなく台所に食卓の用意がされていたし、クロスワードの雑誌が開かれたままだったり、点けっぱなしのテレビからは観てもいないクイズ番組が流れていたりしたからだ。

当時、毎週金曜日にカテリーナは単身赴任先からトリノの自宅へ戻り、月曜にはまた勤務地に戻る生活をしていた。帰路スーパーマーケットに寄って、トリノの家用に一週間分のまとめ買いをする。週末のあいだにカテリーナは、小学生の娘から一週間の学校の様子を聞き宿題を見る。風呂に入れてシャンプーをしてやる。新しい洋服や玩具を買ってやる。老母たちが服用する薬を日ごとに仕分けする。美容院へ行く。トリノ支店の同僚たちと会う。

多忙な週末の夕食に出てくる手作り料理はパスタくらいで、あとは高級食材店で買ってきた総菜が並んだ。豪勢なのに、味気ない食卓だった。

カテリーナが家を空けるのは、月曜の朝から金曜の夕方までの五日間である。やっと家族が揃って楽しいはずの金曜なのに、家の中にはよそよそしい空気が流れていた。老母二人はカテリーナが帰宅してほっとするのか、惚けたような表情で咀嚼するだけで喋らない。幼い娘は甘え方がぎこちなく、わがままを言ったり拗ねたりし、そのうち叱れ泣き出してしまう。夫は、週末だけ会う妻にうまく声をかけることができないでいる。皆、心に溜めたことを言葉にできず、うれしさと不満で胸を一杯にしたまま、金曜の食卓の会話はぎくしゃくとしていた。

カテリーナは、日曜の夜になると疲れ果ててしまう。翌日は、まだあたりが暗いうちに家を出なければならない。早々に就寝。夫婦二人きりで出かけるのはむろんのこと、会話もなく週末は過ぎていくのだった。

昇進を重ねるにつれ勤務先は遠くなり、トリノへの帰宅は毎週末から月に一度となり、やがて季節ごととなった。

「手頃な物件が見つかったので、買うことにしたわ」

ラ・スペツィアという海辺の町に引っ越したカテリーナから、電話があった。

六十歳を目前に控え同期は定年退職の準備をしていたが、彼女だけは本社に呼ばれて定年延長と転勤を打診された。そこが最後の勤務地になるはずだった。ラ・スペツィアは、古くから軍港として知られる町である。適度に観光地化された海水浴場もあり、大き過ぎず小さ過ぎない。なかなかに風情のある古い町だ。

「ここだけの話だけれど、数年後には再開発が決まっている地区で、投資先としては申し分ないのよ」

その美しい最後の赴任先で引退後に暮らすための購入なのかというとそうではなく、彼女は銀行員の口調で蓄財の大切さを熱心に説明した。

一度もその家を訪ねることのないまま、老いた母親たちは次々と他界した。単身赴任を始めた頃に小学生だった娘は、もう大学生になっていた。

〈遠過ぎて自分は週末ごとにトリノには戻れなくなったが、海辺の町に家を買ったのだ。これからは、夫と娘が自分を訪ねてくればいい〉

ところがボーイフレンドと同棲を始めた娘は、海辺の町まで来るのを億劫がった。その町が遠いからではなかった。生まれてからの二十年のほとんどを離れて暮らし、今さらどのように接したらよいのか。母親との距離があり過ぎたからだった。

しばらく前から夫は家には住んでいない、とカテリーナは娘から聞かされた。妻がトリノから離れているうちに、夫にも居心地のよい別宅ができたからである。

亡くなった母親たちも、夫も娘も、カテリーナの帰りを待ち焦がれて、くたびれ、そのうち彼女のいない毎日に慣れてしまった。

カテリーナには、家族が消えた日常が残った。

定年退職をさらに二年ほど先延ばししてもらえないか、と本社から打診されたとき、

「たった二年でよろしいのでしょうか」

と、カテリーナは即刻、承知した。

働いている間は、トリノにはもう帰らない。海辺の町に構えた別宅に一人で暮らし、二年間、黙々と銀行へ通った。

「延長できる限り、勤めさせてもらいたいのですが」

二年の延長期限が切れる前、今度は彼女のほうから頭取に頼みに行った。

カテリーナは、異例ずくめの女性だった。

女性としては最多の支店で責任者を務めたし、一度きりしか認められていない定年の延長を彼女は繰り返してみせた。そして、六十五歳。

トリノの一等地に建つ広い本宅。

スキーのために買った山の家。

投資目的で購入した海辺の家。

商工会議所仲間たちとヴェネツィアに共同購入したマンション。

両親が遺したピエモンテ州の農地。

くるぶしまで届く五着の毛皮のコート。

最新型の高級外車二台。一台は然(しか)るべき場所へ行くためのもので、もう一台は日常使いだ。

それぞれの車庫。

各地の家に使用人がいる。掃除や洗濯など、面倒な家事はすべて任せきりである。自ら行うのは買い物くらい。使用人に任せると、無駄使いが心配だからである。

骨董商に頼んで集めた美術品や家具。

どの家も広く、豪華な物であふれている。

そしてどの家でも、カテリーナは独りぼっちなのだった。

ひととおり退職祝いの宴席が終わると、トリノで彼女は時間を持て余した。

大学を出てからの四十年余り、働きに働いてきた。家を価値ある物で満たし、いっぱいになると別荘を買い、飾り立ててきた。足りない物はもう何もない。安堵し、あらためて周囲を見回してみると、すべてを失っているのに気がついた。

去ってしまったのは、家族だけではなかった。かつての同僚や部下たちといっしょに食事に出かけても、会話はいっこうに弾まない。それまで楽しく話ができたのは仲がよかったからではなく、上司である彼女に取り入ろうとしたり仕事に役立つ情報を探り合っていたからなのだった。職場を離れて共通の話題がなくなると、元同僚や部下たちは子供の自慢や連れ合いの愚痴などを話題にした。カテリーナにはたしかに娘も夫もいるのにもかかわらず、話題にするほど家族のことを知らない。次第に周囲の人々は、接点のなくなった彼女を煙たがるようになった。

「やっと自由になったのよ。いっしょに旅行に行かない？」

カテリーナに誘われて、トリノに迎えに行くところである。私の前に、彼女はいったい何人に声をかけたのだろう。

トリノの家は、最初に訪れた頃と少しも変わっていなかった。

台所の隅には、カテリーナの老母が座っていた肘掛け椅子が生前の頃と同じところに置かれたままになっている。背もたれの高い椅子で、老母が頭を当てていたところには脂染みが黒く残っている。

「冷蔵庫の整理をするから、ちょっと待っていてね」

今は一人暮らしだというのに、五人家族だった当時のまま古びた大型の冷蔵庫を使っている。冷蔵庫から食料品を取り出し、スーパーマーケットのレジ袋に入れている。

「台所付きの宿なのでしょう？　捨てずに持っていきましょう」

口を開けた牛乳のパックを振ってみて、「あと一杯分は残っている」独り言を言いながら、ガムテープで口を塞いでいる。

「一週間ならバターやチーズは傷まないから、置いていく」

「イチゴが二個にレモン一個、バナナが半分か。刻めばフルーツポンチになるわ」

「解凍して残った挽き肉は、先週買って余っているパンを混ぜてハンバーグにしましょう」

「先月開栓したワインは、料理に使える」

ぶつぶつ言いながら、古いコルク栓やガムテープ、プラスチック容器やアルミホイルで、次々と冷蔵庫の中の残り物を包んでいく。

先月のワインは、もう酢に変わっているのではないか。一杯分の牛乳は、持ち運びの手間をかけるほどの価値があるのだろうか。こぼれたらどうする。

豪華な骨董家具が並ぶ広い家で、騒がしい音を立てている旧式の冷蔵庫から出てくる残り物の食材の数々を見る。いよいよ野菜室も空になり、最後にウイキョウを手にしてカテリーナは思案深げにしている。ウイキョウは使い残しの四分の一で、切り口が茶色く変色している。さすがに捨てるのだろうと思いゴミ袋を渡すと、

「色の変わったところを取り除いて細かく切れば、サラダに使えるわね」

と、屑同然の野菜を包んだ。

わずか一週間の予定なのに、彼女は大きなスーツケースを二個も持っていく。宿泊先には、洗濯機もアイロンもある。洗濯すれば済むことだ。

「洗うと傷むから」

冷蔵庫から持ち出したさまざまな使い残しと大きなスーツケース二個で車のトランクを満杯にして、私たちは旅に出た。


トリノから山を越えて、フランスへ行く。

四十年余りの在職中カテリーナは支店から支店へ、職場から家へ、家から別荘へと車で移動する毎日だった。よって、高速道路だけではなく県道や市道、抜け道に至るまで熟知している。

「この先は急な上り坂が続くから不経済よ」

彼女が指示する道順は、走行のし易さや時間より燃費が優先だ。言われたとおりに脇にそれる道を行くと突然、集落に出た。落人が逃げ込んできたような、ひなびた村である。

「よろず屋があってね、そこの野菜はこの一帯で一番安いの」

それぞれの家の畑から持ち寄ったような、小ぶりで不揃いの野菜が店頭に並んでいる。カテリーナは店主と懇意である。昔、この山向こうの支店に勤めていた頃に知り合ったらしい。

「葉野菜は傷みが早いから、芋にニンジン、豆くらいにしておきましょうか」

せっかくの旅である。フランスでの食事も楽しみにしているのに、トリノからは残り物を、山の寒村では芋を買っていくなんて。

日が暮れて、宿に到着した。異国の町に来たのに、荷物を解いて変色したウイキョウを見たとたん、カテリーナの家の台所に舞い戻ったような錯覚を覚え、ヘッドレストに脂染みの付いた椅子が目に浮かんだ。

「今日はもう遅いし、あり合わせのもので済ませておきましょうよ」

そう言いながらジャガイモの皮をむこうとするカテリーナを、私は無理矢理、外へ連れ出した。


朝起きて、ホテルの部屋でコーヒーを淹れる。

「このスプーンで三杯半ね」

背後からカテリーナが言う。

「一日二回にしておきましょう。そうすればちょうど一週間は、足りるはず」

コーヒー豆の量から逆算し一回に使う分量を言っているのだ、としばらくしてから気がついた。

コーヒーの件は、序の口だった。

朝食をとりながら、いつの間に準備したのか、彼女は小さな字でびっしりと書き込んだメモを読み上げ始めた。朝から晩までの詳細な予定が記されている。

「今日は旧市街に骨董市が立つの。八時半には現地に入りましょう。正午に宿にいったん戻り、パスタ。具はトリノから持ってきたチーズと黒コショウ。食後バスで隣町へ移動し、二時から美術館見学。三時半に海岸沿いの仮設店でお茶。商店街を徒歩で通り抜けながらウインドーショッピングをして、帰宿。夕食は抜きでいいかもね。翌日の訪問先の予習をして、二十二時までには就寝」

毎日の予定だけではなく、滞在中の予定がすべて決められている。

最後の日くらいは外食にしないか、と言うと、

「予算は?」

厳しい口調で訊き返された。

カテリーナが立てた緻密(ちみつ)な日程に沿って、一週間の旅が始まった。

事前にろくろく下調べもせずに出かける私とは正反対で、彼女は念入りな準備をして

三十分ごとの行動を定めている。ひとつ予定をこなすごとに、カテリーナは日程表の脇に印を付けていく。キオスクで新聞を買う。売店で水を買う。バスに乗る。美術館に入る。その都度、支出額と残高を記録している。

「一日の予算を超えないためよ」

怪訝そうな顔で数字を見ていた私に、彼女は当然のように言うのだった。

土産物店を冷やかす時間など、少しもなかった。

「将来価値が出る物でなければ、買い求める意味なし」

カテリーナは厳命して、日程をこなすために先へ行ってしまう。多少の疲れや喉の渇きくらいでは、休憩もしない。予算を超えてしまうからである。

三日目の夜、三度目の茹でジャガイモとコンソメスープに硬くなったフランスパンを浸して食べながら、私はとうとう辛抱しきれなくなって、翌日からの別行動をカテリーナに提案した。

「この日程どおりに回れば、町の要所要所を効率よく見ることができるのに」

彼女は納得のいかない様子だったが、しぶしぶ別行動を承諾した。

残りの四日間、私が浜辺でぼんやりと過ごしていたあいだに、彼女は計画したとおりに名所旧跡を訪ね終え満足そうだった。美術館や教会を回ったときに集めたパンフレットを丁寧に台紙に貼り付け、覚え書きや出納を記したメモもいっしょに綴じ込んでいる。

帰宅してから余白に自分で撮った写真を貼る、と言う。インデックスシールで分類し、できあがるとファイルの表紙に旅行日と場所を書いてから、大きくため息をついた。

「次はどこに行こうかしら」


旅行と写真は、彼女が若い頃からの趣味だった。トリノの家の本棚には、経済専門書の隣に旅行関係の本を集めた一角がある。紀行文学の類いは一冊もなく、地図やガイドブック、旅行代理店のパンフレットであり、隣には旅ごとに彼女がまとめてきた記録ファイルが並んでいる。大量の紙焼きやスライド写真もあり、いくつもの揃いの箱に整然と収められている。本棚やサイドボードの上には、お気に入りの写真が額装されて置いてある。

砂漠に沈む夕日を背に、肩を寄せ合っている夫婦。

ヤシの木の前で笑う、真っ黒に日焼けをした幼い娘。

大型客船の甲板で、並んでジュースを飲む家族三人。

カモメが杭に止まっているのは、ヴェネツィアだろうか。

日向の猫とギリシャ文字。

パゴダの尖端と雲。

イギリスふう庭園の薔薇は枯れている。

道に停められた、錆びた自転車。

青空市場で野菜を売る老女。

赤い表紙の記録ファイルは結婚間もない頃に夫と出かけた旅のものであり、緑は娘が生まれて家族三人の時代のものである。そして白は、独り身に戻ったこの数年の旅の記録である。


いよいよ旅の最終日となった。帰路につく前に海沿いの店で食事をし、よく晴れた春の光景を楽しむことになった。私は料理を待つあいだの時間潰しに、店内で買った数枚の絵はがきに近況を書くことにした。友人や家族に宛てて簡単にしたためると、カテリーナに絵はがきを回して余白に名前を入れてくれるよう頼んだ。経済新聞を読んでいた彼女は快諾し、名前を書き入れ、そのままじっと絵はがきを見つめている。しばらくしてから寂しそうな目を上げ、

「送る相手がいて、うらやましいわ」

ぽつりと言った。

カテリーナは、家に帰る前からもう次の旅行を考えている。

休暇ごとに豪華な旅行をいっしょに楽しんだ家族は、もういない。彼女を待つ人は、

どの家にもいない。

旅や転勤、出張に研修。行く先々で、将来のためになる、と買い求めてきた数々の物は、同じく投資のために手に入れたいくつもの家の中に並んでいる。価値ある物であふれているのに、ただ広く空虚ないくつもの家で。

何年も前、トリノの家で同席した金曜の夕餉を思い出す。

私はレジ脇にある絵はがきを一枚買い足して、カテリーナに渡した。そして、旅に出かけて気が向いたらぜひミラノへ絵はがきを送ってくれるよう、頼んだ。

文庫版　あとがき

イタリアを初めて訪れたのは、大学三年生のときだった。そもそも海外へ行くのも一人で旅をするのも最初で、それがいきなりイタリアだったのである。

当時インターネットはなく、イタリア特集を組む雑誌もなかった。さすがに空路ではあったものの、北半球を回って行くのか、南半球経由にするのかを選ばなければならない。どちらを回っても、イタリアは遠かった。

美術や音楽でイタリアは広く知られているはずだったのに、〈パスタ〉と言っても通じる人はなく、然るべき本格派を試そうにもイタリアンレストランは東京都内ですら二軒しかなかった。そして、そのどちらも学生には高嶺の花だった。気さくなイタリアンの看板を掲げていたのは、どこも和製だった。大学前の喫茶店で、五目野菜とソーセージをケチャップで炒め合わせたスパゲッティを頰張りながら、教科書にあった〈アルデンテ〉もこういう茹で加減なのだろうか、などと想像を巡らせたものだった。

イタリア映画が上映されると聞くと急いで観に行くのだが、どの作品も暗く、重く、悲しかった。ネオリアリズム時代はとうに終わっていたはずなのに根強いファンは多かったらしく、現代ものの公開は稀だった。こうして長らく私は、歯ごたえのない、モノクロのイタリアとばかり顔を合わせていた。しかたなく書店の洋書コーナーで、季節遅れで届くファッション雑誌を見つけてはページを繰った。モードには目もくれずに、背景に写り込んでいる街角や海山、空を食い入るように見た。切れ端だったが、天然色のイタリアがそこにあった。どの色も澄みきって揚々としていた。同じ赤でも日本の赤とはこれほども違うのか、といちいち驚いた。木の小椅子一脚にも、路肩に停めてある乗り古しの小型車にも、窓枠、犬、その首輪にも感嘆し、見とれた。知らなければ知らないほど、いっそう惹かれた。手の届かない相手への片思いのようなものだった。

そしてある日突然、そのまま私はイタリアに降り立ったのである。

ずっと昔、外国の政治家が日本に降り立つや「魚の匂いがする」と言ったのが忘れられなかった。初めて自分が訪ねるとき、イタリアはどういう香りで出迎えてくれるのだろう。けっして嗅ぎ逃すまい、と機内から私は緊張していた。懸命にバイトで貯めたお金で手にしたチケットは、南回りのフライトだった。バンコックを経てクアラルンプール、ドバイも経由したのだったか。ようやくローマの空港に着いたのは、日本を出てから三十数時間もあとのことだった。嬉しくて胸が張り裂けそうなのに、目はかすみふらつく足での、イタリアへの第一歩だった。

あのときしみじみと吸い込んだのは、いったい何時頃のイタリアだったのだろう。それはパスタでもトマトでもない、コーヒーとも違う匂いだった。すれ違った男性のオーデコロンの残り香。遠くでエスプレッソコーヒーが吹き出す。離着陸のエンジンの音。走るハイヒール。幼子の「あのね」。堂々とした歩幅。額にかかる金色の髪。首に抱きつく両腕。ブレスレットが揺れる。パイプの煙。手入れの行き届いた素足が光っている。白タク。片肩に引っ掛けたジャケットの鯔背。じゃれつく犬……。

どれもありきたりで知っている物であり、人のしぐさ、食べ物の匂い、雑多な音、光だった。そのすべてが一緒くたになって近づき、〈ようこそ〉と大きく包み込んだ。それがイタリアの匂いだった。

あの人間臭さを、温かみのある気配を今でも忘れない。

昨年の年明け早々に、トリノのカテリーナから電話があった。ややあって、

「この春、日本に行こうと思っているの」

と、遠慮がちに言った。大学時代のバイトが縁で知り合って以来の付き合いで、「定年退職したら、いっしょに日本へ旅行したいわ」と、会うたびに半分冗談めかして彼女は繰り返していた。時が経ち、互いの事情も変わり、待っていてもいっしょに行くのは

無理、と諦めたのだろう。

私は同行できないことを詫びながら桜の開花予報を懸命に調べ、どの既製のパッケージツアーが相応しいか、吟味した。二人で旅程をなぞり読みするうちに、いっしょに各地を巡っているような錯覚を起こした。それだけで、カテリーナは大げさなほどに喜んだ。

トリノに初めてカテリーナを訪ねたときのことを思い出す。忙しかっただろうに、彼女は駅まで迎えに来てから市場へ立ち寄り、旬の野菜や上等の惣菜を買い私の鼻先で包みを揺らして、

「今晩が楽しみでしょう⁉」

と、精一杯に歓迎してくれた。のちに夫と別れ、退職し、一人娘は子育てに忙しく、旅に同行してくれるような友もない。彼女はたった一人で、桜を見に行く。私の国へ。

カテリーナの日本旅行は、最後の日を東京で自由に過ごしてイタリアへ発つ予定になっている。私は彼女に、せめて代わりに友人を案内役としてホテルに送るから、と約束をした。

四月二日の朝。几帳面なカテリーナは、待ち合わせの時間通りにロビーへ下りてきた。私の友人の顔も知らず少々不安げだが、いつも通り毅然(きぜん)と立って待っている。

そこへ早足で近づき真正面に立つと、ヨーコの代わりにまいりました、と私はカテリ

ーナに挨拶した。不意打ちに、信じられない、というふうに目を見開いたかと思うと彼女はそのまま椅子にへたりこみ、

「あなた、良いお友達をお持ちなのね」

と、笑い顔のまま泣き出した。

日本旅行最後のその日に東京の桜が満開との予報を見て、急きょ私は彼女に内緒で日本に帰ることに決めたのだった。二人で歩く先々に桜は咲き、舞い、散り、落ちて伏し、時の儚(はかな)さをひと包みにして見せた。

消え物は、香り、色、手触りや音を置いて去っていく。しかしやがてそれらは集まり、さまざまな思い出に形を変えて残る。

イタリアで知った物や場所は元の姿を消し、あのとき深呼吸でしみじみと味わったように温かな気配となって、いつも私のそばにいる。

二〇一六年　春

初出一覧

Ⅰ

その土地に暮らして

サルデーニャ島のフェラーリ　集英社WEB文芸「レンザブロー」二〇一二年九月

犬を飼って、飼われて　「すばる」二〇一三年五月号

大地と冬空と赤ワイン　集英社WEB文芸「レンザブロー」二〇一二年一二月

黒いビキニと純白の水着　「すばる」二〇一二年七月号

ハイヒールでも、届かない　「すばる」二〇一二年九月号

聖なるハーブティー　「すばる」二〇一三年一月号

掃除機と暮らす　「すばる」二〇一三年二月号

塔と聖書が守る町　集英社WEB文芸「レンザブロー」二〇一二年一〇月

ヴェネツィアで失くした帽子　「すばる」二〇一三年四月号「帽子がとりもつ縁」改題

赤い小鳥の絵　集英社WEB文芸「レンザブロー」二〇一三年一月「絵の中の赤い小鳥」改題

Ⅱ

町が連れて来たもの　集英社WEB文芸「レンザブロー」二〇一三年二月

めくるページを探して　集英社WEB文芸「レンザブロー」二〇一二年一一月

四十年後の卒業証書　集英社WEB文芸「レンザブロー」二〇一三年三月

思い出を噛み締めて　「すばる」二〇一二年八月号

硬くて冷たい椅子　「すばる」二〇一三年三月号「箱に込める気持ち」改題

小箱の中に込める気持ち

老優と哺乳瓶　「すばる」二〇一二年一〇月号
花のため息　集英社WEB文芸「レンザブロー」二〇一三年四月
「花の気持ち」改題
ヨットの帰る港　「すばる」二〇一二年一二月号
バッグに導かれて　「すばる」二〇一二年一一月号
カテリーナの旅支度　「すばる」二〇一三年六月号「お金では買えない」改題

本書は二〇一三年十月、集英社より刊行されました。

集英社文庫

カテリーナの旅支度（たびじたく） イタリア 二十（にじゅう）の追想（ついそう）

2016年5月25日 第1刷
2020年12月21日 第3刷

定価はカバーに表示してあります。

著者 内田洋子（うちだようこ）
発行者 徳永 真
発行所 株式会社 集英社
東京都千代田区一ツ橋2-5-10 〒101-8050
電話 【編集部】03-3230-6095
【読者係】03-3230-6080
【販売部】03-3230-6393（書店専用）
印刷 大日本印刷株式会社
製本 大日本印刷株式会社

フォーマットデザイン アリヤマデザインストア　　マークデザイン 居山浩二

ISBN978-4-08-745443-7 C0195